文庫

ブラッドマーク

堂場瞬一

講談社

目次

ブラッドマーク

第一章　西へ

人生は下り坂だ。

俺は今年、五十五歳になった。五十五歳と言えば、そろそろ人生の畳み方を考え始める時期である。まだ仕事を続けるか。仮に引退したらこのままニューヨークに住み続けるか、温暖なフロリダにでも引っ越すか。考えることは多い。

引退に関する最大の問題は、金がないことだ。ちゃんと稼いではいたのに、その金はいつの間にかどこかへ消えてしまっている。

しかし、下り坂なのは俺の経済状態だけではない。金は――回り回ってまた手元に来るかもしれないが、個人の力ではどうしようもないこともある。

例えば……。

メッツは三年連続で、ナショナルリーグ東地区最下位。まるで六〇年代のチーム発足当初の頃のような負けっぷりだ。一時の栄光はすっかり過去のものになり、俺も球場に足を運ぶ気をなくしていた。

そして、ヤンキース——今年球団を襲った不幸を考えると、さらに気が重くなる。サーマン・マンソン（一九四七〜一九七九年。ヤンキースで活躍したキャッチャーで、キャプテン。一九七〇年新人王、一九七六年シーズンMVP）の突然の死。一九七七年、七八年と二年連続でヤンキースがワールドシリーズ優勝を果たした原動力である主力選手の事故死は、明らかにチームの低迷——それも長く続く低迷を予感させる。プレーぶりが傑出した選手はいくらでもいるが、マンソンのようにチームを引っ張れる選手は、簡単には現れないものだ。まだ三十二歳……あと五年、現役生活を続けていれば、殿堂入りは確実だったと思う。

　気晴らしにラジオをつける。最近、二十年近く使っていたラジオを買い替えたばかりだった。しかしラジオはラジオ。買い替えても、音質が極端に良くなるわけではなく……しかも毎日のように流れる馬鹿なディスコ・サウンドが、俺を悩ませるばかりだった。今日もまず、耳に飛びこんできたのはドナ・サマー（一九四八〜二〇一二年。アメリカの歌手。七〇年代に数々のヒットを飛ばし、「ディスコの女王」と呼ばれた。グラミー賞を五回受賞）の『ホット・スタッフ』だった。ミドルテンポのディスコ・サウンドはまったく俺の好みではないが、あまりにも頻繁にオンエアされているので覚えてしまった。

　まったく、このディスコってやつは……俺は観《み》ていないが、二年前にヒットした映画『サタデー・ナイト・フィーバー』（一九七七年公開。まさにディスコを舞台にした映画で、ジョン・トラボルタの出世作。ディスコブームの発端とされる）の影響が大きいのだと、かつての相棒、リズ・ギブソンが解説してくれた。この映画で使われた曲を集めたサントラ盤が大ヒットし、全米をディスコ・サウンドが埋め尽くした。俺の感覚では無機質なサウンド、無意味な歌詞、熱のないボーカル……こういう曲に合わせて若い連中が踊りまくっているのが信じられない。信じられないと言うと、リズは「だったら一回行ってみればいいのに」と俺をディスコに引っ張っていこうとするのだが、今のところは何とか回避していた。何が悲しくて、五十五歳のオッサンがディスコへ行かなくてはいけないのか。

立ち上がり、スクラップブックを取ってきた。最近、昔の新聞記事を見直すことが増えている。特に、自分がかかわった事件に関して……名前と顔写真は記事に出ないように気をつけているのだが、どうしても取材を受けざるを得なくなることがあり、今たまたま目にした記事もその一つだった。もう五年前になるのだが、ニューヨーク市警がイタリアン・マフィアの幹部を一人、監獄へ放りこむのに手を貸した事件だった。

実に嫌な事件だった。俺は、この事件で依頼人を失ったのだ——彼は、マフィアに殺された。

気が滅入《めい》る事件を思い出してしまった。

ラジオを消し、代わりにテレビの電源を入れる。朝のトーク番組の時間……画面にはリズがいた。かっちりしたデザインの、落ち着いたグレーのスーツ姿。豊かな髪はファラ・フォーセット（一九四七年〜二〇〇九年。アメリカの女優。代表作に『チャーリーズ・エンジェル』など）を意識して綺麗《きれい》に膨らませているが、リズの場合、ファラ・フォーセットのようなセクシーさとは縁遠い。有能な弁護士、あるいは冷徹なバンカーといった風情である。「だから眼鏡はかけないの」というのが彼女の言い分だ。これで眼鏡をかけたら、本当に弁護士か銀行家に見られてしまうから。探偵として、あくまでタフで熱血のイメージを保っていたい、と。

トーク番組の話題は、この年ロサンゼルスで起きた連続殺人事件だった。わずか一ヵ月の間に若い女性ばかり三人が殺されており、しかもロス市警には犯人からの「挑戦状」が届いて、地元の人たちを恐怖に落とし入れていた。

「ニューヨークで同じような事件が起きるとは考えにくいですね」リズが低い、落ち着いた口調で言った。「この事件は、ロサンゼルスが典型的な車社会であることと深い関係があります。公共交通機関の利用が多いニューヨークで、同様の事件が起きることはまずないでしょう。車を使った手口は、ニューヨークでは考えにくいものです」

「リズ、犯人はロス市警に挑戦状を送ってきました。こういう挑発は前代未聞ですね」と司会者。

「犯人の身元につながりそうな情報は記されていないようです。その辺のことを考えると、警察の事情に詳しい人間が犯人とも考えられます」

「元警官——現職の警官とか？」

リズは何も言わず、穏やかに微笑《ほほえ》むだけだった。

こういうのがすっかり板についている。

俺の下で三年ほど探偵の修業をしたリズは、独立してすぐに売れっ子の探偵になった。探偵といえば男、というのが当たり前なのだが、女性の探偵にもニーズがあるということを彼女は証明したのだ。そもそも依頼人の半数は女性と言っていい——だいたいが、夫の浮気を疑う妻だが、そういう人にとっては、女性探偵の方が相談しやすいのだ。相談しているうちに納得して、依頼しないで引き上げてしまう人も少なくないらしい。依頼は引きも切らず、評判が高まって、最近はテレビ出演が増えてきた。探偵が顔と名前を晒《さら》してテレビに出ることにはプラス面とマイナス面があるのだが、今のところは彼女にとってプラスに働いているようだ。このまま犯罪コメンテーターとしてテレビの世界に転じて、探偵は廃業してもいいのではないだろうか。探偵稼業にはどうしても危険がつきものだし、安全に儲《もう》けられるなら、その方がいい。

電話が鳴る——久しぶりに仕事の依頼だろうか。リズが忙しくなるのと反比例するように俺の仕事は少なくなってきたが、これも仕方がないと半ば諦めていた。やはり俺も年だ……世間の人は引退を考える年齢である。

とはいえ、向こうからくる依頼を断る理由はない。

スクラップブックを棚に戻してゆっくり立ち上がり、受話器を持ち上げた。

「はい？」

「ボス」

「何だ、リズか」

「何だ、はご挨拶ね」

俺はテレビの画面に目をやった。リズは真顔でコメントを続けている。

「テレビは……」

「今やってるやつ？　録画よ」

「そうか」

「しばらく会ってないけど、元気？」

「ああ、ジイさんは元気にやってるよ」

「ほら、そうやって自分でジイさんって言わないの。本当に老けるよ」

「そうやって言えるうちが花だから」

「花ねえ……ジョーの場合はドライフラワーよね」

「俺を枯れさせてるのは君じゃないか」

「失礼」リズが電話の向こうで咳《せき》払いした。「今日は仕事の話。私が非公式に相談を受けたんだけど、ジョーの方が合ってるんじゃないかと思って」

「君の事務所は、人手は足りてるんじゃないか」

俺は相変わらず、昔ながらの一人きりの探偵だが、リズの事務所には探偵志望の若い男女が二人、さらに庶務を担当する若い男――三桁の足し算もできなそうなマッチョ野郎なのだが――が一人いる。

「野球の話なの。依頼主はヤンキース」

「ヤンキース？　ヤンキースが探偵に仕事を？」

「ちょっと裏の話なのよ。サーマン・マンソンの件」

「まさか、あれが事故じゃなかったとでも言うんじゃないだろうな」

マンソンは八月、オフの日に自分で小型飛行機を操縦していて墜落し、死亡した。事故として片づけられたはずだが……。

「事故は事故。でも、マンソンがいなくなって、ヤンキースは大変なんでしょう？　私はよく知らないけど」

「暗黒時代の始まりだな」

「キャッチャーがいなくなって」

「君も少しは、野球のことが分かるようになったか」

「これは、ヤンキースの人から聞いた話。それで、マンソンの後釜として狙っている選手について、調査して欲しいと」

「ヤンキースの中で？」マンソン亡き後のヤンキースのレギュラーキャッチャーは、ジェリー・ナロン（一九五六年〜。元大リーガー。ヤンキース、マリナーズなどでプレー）か、ブラッド・ガルデン（一九五六年〜。元大リーガー。ヤンキースなどでプレー）か……どちらも弱い。キャッチャーはまさに、チームの中心である。そしてマンソンクラスのキャッチャーは、簡単には見つからないものだ。いや、十年に一人、いるかどうか。

「その辺の事情は、本人から聞いて。直接の依頼人は、ミスタ・マット・ハリス」

「マット・ハリス？」俺は思わず声を張り上げた。「あのマット・ハリス？」

「どのマット・ハリスか知らないけど……引き受けるなら、すぐにつなぐわ」

「もちろん。断る理由があるか？」

「私には、ジョーの事情は分からないわよ。じゃあ、そちらに行くように、ミスタ・ハリスに言っておくから」

　電話を切り、俺は両手を揉《も》み合わせた。これで運が向いてきたか？

　まさか自分が、ヤンキースとかかわる日が来るとは思わなかった。しかもこんな形で。

　マット・ハリスは俺より少し年上——六十歳ぐらいの男だ。一九三〇年代後半から四〇年代にかけて、ヤンキースの下部組織で腕を磨いてメジャー昇格を狙っていたが叶《かな》わず、終戦後に引退してスカウトに転身した。それから三十年以上、有望な若手選手を発掘して、ヤンキースを支え続けている。毎年、車で走り回る距離は四万マイル（約65000キロ）を超え、二年に一回、新車のキャディラックを買い替えている——という逸話を、俺はスポーツ・イラストレイテッド誌で読んでいた。

雑誌で見た写真と同じ男が、目の前にいる。よく日焼けしているのは、真夏の陽射《ひ》しを遮るものもない田舎の球場で、選手たちを見守り続けているからだろう。豊かな髪は白くなり、顔には皺《しわ》が目立つ——しかしサングラスを外した瞬間、強面《こわもて》のイメージは吹っ飛んだ。目が優しい。野望に満ちた若い選手から見ると、慈悲深い叔父、という感じだろう。簡単に人の信頼を勝ち取るタイプだ。

「ジョー・スナイダーです」俺は右手を差し出した。

「マット・ハリスだ」

ハリスが、差し出された手を握る。力強い、一発で人を魅了する握手。多くの野球少年が、こんな叔父さんがいたら、と夢見るような男だ。ごつい手でバットを握り、時に猛烈な、時には簡単に取れる打球をノックし、ボールを介して無言で会話を交わせる相手。

「スポーツ・イラストレイテッドで、あなたの記事を読みました」

「あの取材では、私は半分しか本音を話していない。スカウティングの秘密を、スポーツ・イラストレイテッドのように発行部数の多い雑誌で明かす馬鹿はいないよ」

「話さなかった秘密を、ぜひ知りたいですね」

「いずれお話ししよう……ミズ・リズ・ギブソンから君を推薦された」

「彼女は、野球に関しては、まだまだ素人です。私は子どもの頃から、ヤンキースを見て育ちました」

「生まれもニューヨークか？」

「ええ」

「私も同じだ。私の場合、今はニューヨークにいる時間は短いがね」

「全米を駆け回っているんですね」

「ああ」

「一杯どうですか？」私はデスクの引き出しからバーボンのボトルを取り出した。

「いいね」ハリスがニヤリと笑う。「平日の午前中から吞《の》む酒が一番美味《うま》い」

俺は二つのグラスにバーボンを注ぎ、一つをハリスに手渡した。二人並んでソファに腰を下ろす。このソファもいい加減くたびれてきて、買い替えなければならないのだが、その金がない。ヤンキースの仕事を引き受けたら、何とかなるだろうか。本当は、もう十年も居座っているこの事務所から引っ越したいのだが。

ハリスがバーボンをぐっと吞んで、葉巻を取り出した。

「吸ってもいいかね？」

「どうぞ」

俺は一年前に禁煙していた。健康上の問題ではなく、体力的な問題……ある事件で、犯人を走って追いかけている時に、息切れして死にそうになったのだ。歳取《とし》って、体をケアしていかねばならない時期だと痛感して、禁煙に踏み切った。本当は酒も控えるべきなのだが、酒までやめたら、自分は霧のように薄らとした、曖昧な存在になってしまうだろう。

葉巻の甘い香りが鼻を刺激する。急に煙草《たばこ》に対する強い欲望が芽生えたが、バーボンを呑んで我慢する。煙草がなくても、俺にはまだこいつがある——。

「リズからは、案件の概要しか聞いていません」

「ああ……ややこしい話なんだ、ミスタ・スナイダー」

「ジョーと呼んで下さい」

「では、私のこともマットと」

「マンソンの後釜のことだと聞きました、マット」

「マンソンの抜けた穴はとてつもなく大きいんだよ、ジョー」ハリスが溜息《ためいき》をついた。「簡単には埋まらない」

「下には？」

ハリスが力なく首を横に振った。

「なかなか難しい……ヤンキースは今、キャッチャーが一番層が薄いな。マンソンがいるから、若いキャッチャーを育ててこなかったとも言える」

「トレードでは？　ジョニー・ベンチ（一九四七年〜。元大リーガー。シンシナティ・レッズで活躍し、七〇年代のチーム黄金時代を支えた。本塁打王二回、打点王三回。野球殿堂入り。しばしば「史上最強のキャッチャー」と評される）を引っ張ってくればいいじゃないですか」

「無理、無理」ハリスが顔の前で手を振った。「ベンチはフランチャイズ・プレーヤーだ。ずっとレッズでプレーし続けて、引退するだろう」

「では、誰か他に有望な選手は……」

「一人だけいるんだ」

「誰ですか」

「ラルフ・チェイス」

その名前は、俺の記憶にヒットしなかった。申し訳ない気持ちになり、つい謝ってしまう。

「すみません、知らない名前です」

「知らなくて当然だろう。今年、メジャーでは五試合にしか出ていない。あとはずっと、ドジャースの３Ａにいた」

「何歳ですか？」

「二十七歳だ」

その年齢でメジャーに定着できていないのは、何か重大な欠点があるからだろう。そんな選手を引っ張ってきても、マンソンの代わりにはならないはずだ。

「今年、3Aではホームランを十五本打っている」

「悪くないじゃないですか」

「去年は三割、一昨年はホームラン二十本だ」

「打つだけのキャッチャーとか？」

キャッチャーにももちろん、ジョニー・ベンチのように傑出した打撃能力を持つ選手はいる。しかし何より重視されるのは、守備能力と「野球頭脳」だ。相手チームのバッターのデータを頭に叩《たた》きこんでピッチャーをしっかりリードし、守備の要となる。コミュニケーション能力も大事で、時には語学力も……スペイン語圏である中米から来る選手は年々増えており、彼らときちんと話すために、わざわざスペイン語を習うキャッチャーもいるそうだ。

「いや、リードもしっかりしている。肩も強い。座ったまま、二塁へ送球が届くよ」

「それはすごい。でも、打てて守備もいいのに、どうしてメジャーに定着できないんですか？」

「そこなんだ」ハリスが深刻な表情を浮かべ、腕組みをした。「問題は性格――性格に難があるらしい」

「メジャーリーガーなんて、全員性格が悪いのかと思っていました」あれだけ高い年俸を稼ぎ、周りからちやほやされていたら、真面目で高潔な性格でい続けるのは難しいだろう。「レジー・ジャクソン（一九四六年～。元大リーガー。アスレチックス、ヤンキースなどで活躍し、通算五百六十三本塁打。野球殿堂入り。プレーオフに強く「ミスター・オクトーバー」の異名を取ったが、歯に衣着せぬ傲慢な発言で、しばしば物議をかもした）のように」

「レジーは……単に遠慮がないだけだ」ハリスが苦笑する。「ただ、問題のキャッチャーも、色々トラブルを抱えているようなんだ。性格の問題はともかくとして、素行もよろしくないようでね」

「ドラッグですか？　アルコールですか？」

「どちらも噂《うわさ》がある。ただし、噂の域を出ない」

「ドジャースからは……」

「リーグも違うし、しっかりした情報は入ってこないんだ。やはり噂程度でね。同じリーグのチームなら、もう少しはっきりした話が分かるんだが」

「なるほど」

「しかし、能力はある。ヤンキースとしては、マンソンの後釜に欲しい」

「トレードですね？」

「ああ。しかし、本当に獲得していいものかどうか、迷っている。私の本来の仕事は、アマチュアの選手を見つけ出すことなんだが、ラルフ・チェイスの獲得に関しては、全権を委任された」

「ということは——何か問題があるかどうか、私に調べろということですね？」

「さすが、ミズ・ギブソンが推薦するだけのことはある。勘がいい」ハリスがうなずいた。

「私は彼女のコーチですから」

「それは彼女から聞いた。酒が過ぎなければ、東海岸で一番の探偵だと」

「全米一と言って欲しかった。彼女の教育を間違ったかな？」

「いずれにせよ君は、野球に詳しい。それはこの調査で強みになるはずだ」

「ファンだ、というだけです。ニューヨークで育った人間として、当然ですよ」

「ミズ・ギブソンは野球にあまり詳しくないそうだが」

「彼女の野球知識を一としたら、私は一万ですね」

「そこを見こんで頼みたい。ラルフ・チェイスが本当はどういう人物なのか、調査してもらえないか？　今が……十月。今年中には獲得するかどうかを決めて、交渉に入りたいんだ」

「では、猶予は三ヵ月弱ですね」

「クリスマスは、仕事を終えてゆったり過ごしたいね。二ヵ月ではどうだろうか」

　去年はヤンキースとワールドシリーズを戦ったドジャースだが、今年はナショナルリーグの西地区三位に終わっていた。ヤンキース同様、今年は店じまいである。

「分かりました。では、十一月まで監視を続けます。それまでに、何かまずいことがあれば報告します」

「結構だ。それで、料金だが」

　俺は規定の料金を説明した。ただし今回、相手は西海岸にいるはずなので、出張経費はそれなりにかかる。

「もちろん、かかった分は請求してもらって結構だ。ただしチェイスは、ニューヨークに来ると思う」

「と言いますと？」

「元々こちらの出身なんだ。シーズンオフになると、ニューヨークに戻ってアルバイトをしているはずだ」

「なるほど」多くのマイナーリーガーが、そのような生活を送る。シーズン中はチームがある程度食事の面倒を見てくれる――ただし試合後にハンバーガーやホットドッグが出るだけだ――が、シーズンオフになると、自分の面倒は自分でみなければならない。マイナーの給料では、シーズンオフに悠々自適で暮らすわけにはいかないのだ。

「詳しいデータは、ここにある」ハリスが、封筒を差し出した。

「確認していいですか？」

「ああ」

俺は封筒を開け、中から折り畳んだ紙を取り出した。ニューヨークの実家の住所と電話番号、それにロサンゼルスのすぐ近郊にあるロング・ビーチ市の住所と電話番号があった。家族構成も。

「彼は、ロング・ビーチ・レッドウッズの所属なんですね？　パシフィック・コースト・リーグの？」

「そうだ」ハリスがうなずく。「シーズン中はロング・ビーチが本拠地だ。今どこにいるかは分からないが」

「ドジャースと連絡を取ってもいいんですか？」

「それは……困るな」

ハリスの葉巻の灰が長くなっていたので、俺は立ち上がって自分のデスクから灰皿を取ってきて渡した。ハリスが軽く頭を下げて受け取る。

「まだトレードの話は具体化していない。向こうに、こちらが動いていることは知られたくないんだ」

「金の問題ですね？」

「足元を見られたくないからな」

「面倒な選手かもしれませんよ。というより、面倒な状況かもしれない。３Ａではいい成績を残しているのに、素行不良があってメジャーに上がれない――そういう選手がいるのは理解できます。しかし彼は、もう二十七歳だ。チームとしても、二十七歳の選手を飼い殺しにしておく理由はないでしょう。面倒な選手は解雇して、オール・アメリカン・ボーイ的な若い選手を二人、あるいは三人連れて来た方がいい」

「そこが、我々にも謎なんだ。少なくともうちだったら、こういう呑気《のんき》な真似《まね》はしない。本人のためにも早く決断して、別の人生を歩むチャンスを与えるだろう」

「今のヤンキースは、そんなに情け深いチームなんですか？　ミスタ・スタインブレナー（ジョージ・スタインブレナー。一九三〇〜二〇一〇年。一九七三年にヤンキースを買収し、オーナーになる。剛腕として知られるが、マフィアとの不適切な関係で資格停止処分を受けるなど問題も多かった。ファンの間でも評判が悪く、オーナー時代はチームの成績もアップダウンが激しかった）は、チーム作りについては非情なのだとばかり思っていましたが」

「まあ、金で買えるものは買う、というのがオーナーの方針だからね」ハリスが苦笑した。

七七年、七八年のワールドシリーズ連覇を支えたキャットフィッシュ・ハンター（一九四六〜一九九九年。元大リーガー。アスレチックス、ヤンキースで活躍し、通算二百二十四勝。一九六八年には完全試合も達成し、野球殿堂入り）と契約した時には、五年三百七十五万ドルの高額を提示した。レジー・ジャクソンも同様。今は、パドレスのデーブ・ウィンフィールド（一九五一年〜。パドレス、ヤンキースなど。二十三年間のキャリアでタイトルは打点王一回だけだが、通算三千百十安打を記録し、野球殿堂入りしている。大学卒業時に、野球のほかにバスケットボール、アメリカンフットボールでドラフト指名を受けた万能選手）に触手を伸ばしているという噂がある。

「ビリーとは……」

「あの二人の関係は私には理解できん」ハリスが顔をしかめた。

ビリー・マーチン（一九二八〜一九八九年。選手として一九五〇年代のヤンキース黄金時代を支え、引退後は数々のチームで指揮を執った。ヤンキース監督には五回就任、五回解雇されている）とスタインブレナーの確執は、ニューヨークだけでなく全米の野球ファンの間では格好のゴシップになっている。密《ひそ》かに「いつビリーがジョージを殴るか」という賭けまで行われているそうだ。しかし二人の関係についてハリスに分からないなら、チーム外の人間である俺に分かるはずもない。激情家二人の感情的なぶつかり合いかもしれないし、何かもっと深い裏があるかもしれないが……。

「ゴシップ的に見ている分にはいいんですが、成績が心配ですね」

「我々も同じなんだ。オーナーは、完成した選手を他のチームから引っ張って来るのが大好きだ。若く、可能性のある選手を育てている暇はないと言うんだな。ヤンキースは常に勝たなくてはいけない、そのためには、若い選手を我慢して使うような余裕はないとね。私のようなスカウトは、そのうちお払い箱になるかもしれない」

「冗談じゃない。あなたがいなくなったら、ヤンキース育ちの選手がいなくなってしまいますよ。あちこちのチームから選手を集めてくるだけで、パッチワークのようなチームになってしまうでしょう。そういうチームは応援しにくい。私だけじゃありません。皆、メッツの方へ行ってしまいますよ？」

「メッツの今年の成績でも？」

「だったら思い切ってボストンにでも引っ越して、レッドソックスを応援しますか」

「それはさらなる悲劇とストレスにつながるのでは？　バンビーノの呪い（当時、レッドソックスは一九一八年以降、ワールドシリーズ制覇から遠ざかっていた。これをバンビーノことベーブ・ルースをトレードでヤンキースに放出したせいだとするジンクス。一般的に言われるようになったのは一九九〇年以降）に耐えねばならんよ」

「修行の意味でも、ボストンで野球を観るのはいいかもしれません」

「まあ、そう言わずに、ニューヨーカーとして、ヤンキースに手を貸してくれ」

「分かりました。しかし、オーナーには抗議の手紙を書いてもいいですか？　今のようなやり方を改めないと、いずれチームは崩壊するかもしれません」

「オーナーは、手紙担当の秘書を置いているよ」

「手紙専門ですか？」

「ああ」ハリスが真顔でうなずいた。「あまりにも抗議の手紙が多いので、オーナーはまったく目を通さない。秘書の仕事は、中身を読んで選《え》り分けることではなく、シュレッダーで処理することなんだ。それで一日が潰れてしまう」

「簡単に処理されないように、封筒の中に金属片でも入れておきましょう」

「構わない」ハリスが真顔でうなずいた。「ただし、匿名にしておいた方がいい。シュレッダーを壊したのが君だと分かると、ジョージは君を掴《つか》まえて、頭からシュレッダーに突っこんでしまうだろうから」

俺たちは声を上げて笑ったが、あながち冗談でもないと俺には分かっていた。それぐらいやるような人間でないと、大リーグのチーム――特にヤンキースのオーナーなど務まらないのだろう。

「ハロー、こちら、ニューヨーク・セントラル保険のミッキー・ウォーカーと申します」

「保険の勧誘なら結構だ」相手――チェイスの父親が無愛想に言った。

「これは、若い皆さんにお勧めしている保険でして……」

「君、私は六十だ」

「あれ？　失礼しました。ミスタ・ラルフ・チェイスでは？」

「それは息子だ」

「こちらが実家かと思いましたが……もしかしたら息子さんは、まだロング・ビーチに？」

「ああ。今年はまだ帰って来ていない」

「それは申し訳ありません。こちらの調査不足でした。息子さんのような、若い運動選手にぴったりの保険があるんです。腕、肩、足、必要な部位に個別に保険を掛けられるんですよ。これで、万が一故障した時も安心して治療に専念できます」

「そういう話なら、息子と直接してくれ。私は、野球はさっぱりなんだ」

「お父様が手ほどきしたのかと思いましたよ。それがアメリカの伝統かと」

「冗談じゃない。私はペンより重いものを持ったことはない」

「失礼しました――」なおも会話を続けて情報を収集しようとしたが、電話は切れてしまった。

とはいえ、これで調査の第一段階は終了。やはりチェイスはまだロング・ビーチにいる。しかしこれだけではまだ安心して西海岸へ飛ぶことはできない。俺は昔の伝を辿《たど》って、知り合いの探偵に電話を入れた。

「ハイ、ジョー」電話の向こうの声は明るかった。俺は彼女の明るいハチミツ色の髪、顔に散ったそばかすを思い出した。ほとんど化粧もしていないのに、その自然さが逆に魅力になっている。彼女と初めて会ったのは十年ほど前、向こうが仕事でニューヨークに来た時だったが、真冬のマンハッタンに夏の乾いた風が吹いたように感じたものだ。その頃彼女は三十歳ぐらい。ということは、今は四十歳にはなっているはずだが、声は十年前と変わらず若々しかった。

「久しぶりだ、シャーロット」

「毎日あなたのことを考えて枕を濡《ぬ》らしていたのよ」

「それは申し訳ない。でも俺には、西海岸の能天気な気候は合わないんだ」

「ニューヨークはどんな具合？」

「毎日確実に、冬に向かって歩みを進めてる。セントラル・パークの池には、もう氷が張ってるよ」

「嘘《うそ》」シャーロットが豪快に笑った。「メイン州じゃないんだから、さすがにそれはないでしょう」

「メイン州でも、十月にはまだ氷は張らないと思う」

「それで、今日はどういうご用件？　私に会いたいとか？」

「それは山々――毎日そう思ってたけど、何も期待しないでくれ。俺ももう五十五歳だ。若い娘っ子を追いかけ回す年齢じゃないよ」

「私も四十歳よ。若い娘っ子とは言えないわ」

「お互い歳を取ったということか」

ひとしきり笑ってから、俺は本題を切り出した。

「真面目な話、そっちへ行くことになると思う。仕事だ。ある人間を監視するつもりなんだが、まず所在を確認したい。家にいるかどうか分からなければ、無駄足になってしまうからな。それで、西海岸で、知り合いの探偵は君しかいない――できれば、所在だけ確認してもらえないだろうか。ロング・ビーチなんだが」

「OK。いいわよ。何だったら、私が監視業務を引き受けてもいいけど。規定の料金さえもらえれば」

「君たち西海岸の探偵は、規定の料金が高過ぎる。言いなりに払っていたら、俺は破産するよ」

「じゃあ、結婚してくれたらタダにするわ」

「ジイさんをからかわないでくれ……どうだろう？　取《と》り敢《あ》えず所在の確認だけ、引き受けてもらえないだろうか」

「分かった――名前と住所を」

俺が必要なデータを告げると、しばらく電話の向こうでガサガサ言う音が聞こえてきた。近郊の街の地図でも広げているのだろう。

「家の場所はだいたい分かるわ。ロスからそんなに遠くない。どの程度の監視が必要？」

「現時点で、そこにいるかどうかが分かればいい。実家はニューヨークなんだが」

「何してる人？　基本的なデータは欲しいわね」

「野球選手だ。レッドウッズに所属している」

「そうか……ごめん、ジョー、私、野球は全然駄目なのよ」

「そうだった」

思い出した。十年前——正確に言うと彼女がニューヨークで仕事をしたのは、九年前の一九七〇年である。そう、メッツが球団創設以来初めてのワールドシリーズ優勝を果たした翌年である。その勢いで観客数は史上最高を記録したのだが、チームはナ・リーグ東地区で三位に終わっていた。俺は、一仕事終わった労《ねぎら》いとして彼女をシエイ・スタジアムに招待したのだが、終始退屈そうで、ホットドッグを「不味《まず》い」とはっきり言い切り、ビールの味も西海岸の方が上等だと断言した。ビールは、アメリカ中どこでも売っているミラーだったのだが。

俺はチェイスの基本情報を彼女に告げた。

「どういう目的の監視かは、聞かない方がいいでしょうね」

「ああ。あまり話を広めたくない」野球に関心がない彼女の口から噂が広まるとも思えないが、念には念を入れ、だ。

「取り敢えず二日ぐらい、監視してみる？　それであなたがこちらに来るかどうか、決めればいいでしょう」

「助かるよ。荷造りに二日はかかる」

「まさか」シャーロットが笑った。「Tシャツを何枚か、バッグに放りこんでおけば大丈夫よ。それとジャケットがあれば、カリフォルニアではどんな高級レストランにも入れるから」

「分かった。連絡を待ってる」

「請求書は送らないから。こちらへ来た時に、直接あなたに渡すわ」

「OK」

これで無駄足を踏まずに済むだろう。わざわざ大陸の反対側まで飛んで会えなかったら、調査のスタートが遅れてしまう。

シャーロットに会うのは……楽しみなのかそうでないのか、俺には分からなかった。電話で軽口を叩いている分にはいいが、実際に会ってどうのこうのは疲れる。愛の周囲をぐるぐる回って誰かと軽妙な会話を交わすには、俺は歳をとり過ぎた。そもそも俺は、ヴィクと長い間穏やかな関係を続けているし。彼女も歳は取ったが依然として魅力的で、しかも十年前に始めたピザハウスが繁盛して、今やマンハッタンの中で五つの店を切り盛りする実業家だ。ブルックリンに賃貸用の物件も買い、懐を心配する必要はなくなっている。最近はもっぱら、あちこちに旅に出ている。俺もつき合うことがあるが、彼女は既に、引退後にどこに住むか真剣に考えてリサーチをしているのだ。俺もフロリダで日焼けを楽しみながら暮らす日々を考えないでもないが、具体的に何をしていいか、まったく想像がつかないのだった。

ヴィクに電話をかけて、「しばらく西海岸へ行くかもしれない」と告げる。

「西海岸？」ヴィクが驚いたように言った。「あなた、ヴェジタリアンになって帰ってこないでしょうね？」

「食べ物の好みが変わるまで長くはいないと思う。そもそも、西海岸の人間が全員、ヴェジタリアンっていうわけじゃないだろうし」

「向こうでは、ペパロニのピザがまったく売れないっていう噂もあるわ」

「まさか」

「でも、そんなイメージ、ない？」

「まあね。まあ、ヴェジタリアンにはならなくても、サーフィンぐらいは覚えて帰ってくるかな」

「あなたがサーフィン？」ヴィクが笑った。「裸になる自信はある？」

「少し絞ってからにしよう」肉体の衰えは、自分でも意識している。

「向こうでは一人？」

「いや、シャーロット・ミラーと会うかもしれない。彼女に下調べを頼んだ」

「ふうん」

冷たい反応を聞いて、俺は失敗を悟った。九年前、シャーロットがニューヨークで仕事をした時には、ヴィクにも会わせたのだが、シャーロットは彼女のお眼鏡に適わなかった。というより警戒された。シャーロットの距離の詰め方は、情熱的とされるイタリア系のヴィクから見ても、あまりにも急過ぎるように見えたのだろう。

「心配することはない。彼女だって、もう四十歳だ」

「私は五十よ」

「年齢の神様は、君の存在を忘れたようだ」

ヴィクが明るく笑った。

「今のは気が利いた言い方だから、許してあげる」

「許してもらうような悪いこと、してないよ」

「はいはい、信じてあげる」

「どうも。信頼していただいて、ありがたい限りだよ。向こうで、何か新しいピザを仕入れてくる」

「ヴェジタリアンじゃないピザをお願い」

電話を切り、いつものように胸の中に暖かな炎が揺らめいているのを感じた。俺にとってヴィクは、そういう女性なのだ。いつでも温め、元気づけ、やる気を起こさせてくれる。そういう女性と穏やかな時間を過ごす時がきたのではないだろうか——移住先として、西海岸はありだろうか。

太陽が違う。

マンハッタンの太陽は、どこか不自然だ。高層ビル街の隙間から降り注ぐ陽光は、ビルのガラスに反射して、光量が増幅されているような感じがする。それ故か、七月、八月は大変な暑さになるのだが……ロング・ビーチの太陽はまったく違ってい
た。頭の上に何もない青空から降り注ぐ、純粋に猛烈な太陽の光。しかし十月であることを差し引いても、ニューヨークの真夏に比べれば、暑さは厳しくなかった。ただ、街全体を包みこむ陽光は強烈で、俺は普段かけないサングラスを着用に及んだ。

しかし、疲れた……六時間半のフライトはともかく、その後のロサンゼルス国際空港からロング・ビーチへのドライブで神経をやられたのだ。ここへ向かうサンディエゴ・フリーウェイは片側四車線の広い道路だったが、普段あまり車を運転しない俺にとっては、なかなかの試練だった。しかもこれだけ広い道路なのに途中が渋滞し、「空港から三十分でロング・ビーチに着くはず」というシャーロットの見込みは五十分に修正された。

それでも目的地に到着し、車を降りただけで、俺は全ての縛《いまし》めから解放されたような気分になった。暑いのは暑いが、潮風が強く吹き抜け、湿気を払い除《の》けてくれる。

ここからは海が見えないことだけが残念だった。

後ろからクラクションを鳴らされた。西海岸の流儀に反してしまったかと慌てて振

り返る。停止した日本車から出て来たのはシャーロットだった。

シャーロットは、九年分歳を取っていた感じではなかった。豊かに膨らませた髪型も昔と同じ。贅肉《ぜいにく》もついておらず、スラリとした体型に変わりはない。胸元がざっくりと開いた白いブラウスにジーンズという軽装で、銃は持っていない――少なくとも目に見えるところにはなかった。

「ジョー」

「シャーロット」

俺たちは自然に歩み寄り、軽く抱き合った。抱き心地も九年前と同じ。彼女もヴィクと同じように、普通の時間の流れには乗らないタイプかもしれない。俺はちらりと、彼女が乗ってきた車を見た――それだけ七〇年代後半という感じだ。

「驚いたな。まさか君が、日本車に乗っているとは」

「あら、カリフォルニアでは今、日本車は普通の存在よ。燃費がいいから助かるわ」

「ガソリンのことなんか、気にしてるのか？　君も環境保護がどうこう言い出すのか？」昔のヒッピー連中のようではないか。

「まさか」シャーロットが声を上げて笑った。「私たちが、年間何万マイル走るか、知ってる？　経費削減のためにも、ガソリンは節約したいのよ。経費の請求が少なければ、クライアントも喜んでくれる」

「俺は相変わらず、地下鉄かタクシーだ」

「ニューヨークなら、そうでしょうね」

俺も車を持っている——二代目のマスタングだが、ニューヨークでは車は金食い虫なのだ。リズの事務所では、庶務を担当する男が運転手を兼ねている。そこまで儲けている探偵はなかなかいない……もしかしたらリズは、探偵からの引退を考えているのかもしれない。祖父であるサム・ライダー——俺の大先輩の探偵でもある——への憧れから探偵になったのだが、十年この仕事を続けて有名になり、今やテレビに出て犯罪や防犯について話すだけで、かなりの収入になっているはずだ。本でも書けば、さらに大儲けできるだろう。セレブの仲間入りをしかけているわけで、運転手つきの車はその第一歩かもしれない。

俺は自分と自分を取り巻く環境が少しずつ変わってきているのを意識していた。本当に引退の日も近いかもしれない。

「そこがラルフ・チェイスの家だな」二軒先の、明るいグリーンに塗られた家。平屋建てで小さい——独身の野球選手が住むにはこれで十分なのだろう。

「そう。前の道路に停《と》まっているのが、彼のダットサン」シャーロットが白い流線型のスポーツカーを指差した。

「あれも日本車か」

「そう。なかなか優秀なスポーツカーよ」

「スポーツカーならコルヴェットが極めつきじゃないか」

「そんなこと、ないわよ。あなたも一度乗ってみればいいわ。私も買おうと思ったぐらいだし」

「俺の車で話そうか」

俺たちは、レンタカーのクライスラーに乗りこんだ。ツードアだが巨大な、昔ながらのアメリカのクーペ。俺はエンジンをかけて、エアコンを効かせた。

「クライスラーの方が、広くて快適じゃないか」

「運転している時は、広さはあまり気にならないわ……分かったことを話すけど」

「頼む」

「ラルフ・チェイスは、オフを満喫しているわけじゃないわね。私が監視していた二日間は、朝九時には球場へ出かけていた。そのまま午後半ばまで向こうに……トレーニングね」

「ああ」

「二日とも、午後に帰って来た後は出かけなかった。誰かが訪ねて来ることもなかった。練習して体を休めて、という感じ？」

「真面目な生活だ」

「野球選手の生活って、もっと派手な感じじゃないの？」

「それはメジャーリーガーの場合だ。彼は3Aの選手で、収入は少ない」

「夢がない話ね」

「いや、彼はまだ夢見てるんだと思う」二十七歳でも、メジャーに上がれると信じている……だとしたら、自分が分かっていないのかもしれないが。技術ではなく、生活態度や性格に問題があることを自覚していないとしたら、これからの人生、何をやっても苦しくなるだろう。

「電話番号なんかは分かってる？」

「ああ」

「それで……彼が何をやらかしてるか、探るわけね？」

「そういうことになる」

「私も手伝うけど……」

「取り敢えず、一人でやってみるよ。そんなに面倒なことになるとは思えない」

「そう？」

「ああ。ギャングを相手にしているわけじゃないから」

「野球選手のことはよく分からないけど、探偵が調べるようなことがあるわけ？」

「単なる素行調査だ。どういう理由でそんなことをするかは、俺は聞いていない」

ちらりと横を見ると、シャーロットが軽く睨《にら》んでいた。おいおい、勘弁してくれよ……俺は首を横に振った。気の通じた探偵同士であっても、現在進行中の事件については話せない。契約を交わして一緒に仕事をすれば、当然すべての情報を共有しなければならないが、シャーロットに関しては、正規の契約なしで手伝ってもらっている状態である。そういう事情は、彼女もよく分かっているはずだが……シャーロットの場合は、探偵に必要な素養の一つが、人より頭抜けているのだ——好奇心。

「終わったら詳しく話すよ。そんなに長くはかからない」

「いつまでこっちに？」

「チェイス次第だな。奴《やつ》はニューヨーク生まれで、両親は今でも向こうに住んでいる。シーズンオフになるとニューヨークへ戻るという話なんだけど、それがいつになるかは分からない」

「じゃあ、彼の動き次第で、ニューヨークへ戻る？」

「そうなるな」

「もう少し手を貸しましょうか？」

「それはありがたいけど……」彼女とはあまり金の話をしたくない。やはりニューヨークよりロサンゼルスやサンフランシスコの方が、探偵の相場は高いようだ。儲けていない人間から儲けている人間へ金が流れるのは、何となく不自然な感じがする。

「何が分かるのかな？」

「航空会社を買収してるから」

「どうやって？」

「それは秘密」シャーロットが微笑んだ。「たとえば、ある人間が飛行機を利用するかどうか――チケットを予約したかどうかは把握できるわ。同じ便に乗るのは難しいかもしれないけど、行き先が分かれば、その先はあなたには簡単でしょう」

「助かる」

「じゃあ、網を張っておくわ」シャーロットがうなずき、ラジオのスウィッチを入れた。途端に流れ出してきたのは、ビージーズ（ギブ三兄弟を中心に結成された男性ボーカルグループ。六〇年代から活動し、七〇年代後半にはディスコブームに乗って、数々の世界的ヒットを飛ばした。代表曲に『ステイン・アライブ』など）の『ナイト・フィーバー』。

「西海岸でもディスコなのか……」俺はつい、溜息をついた。

「そんなの、全米どこへ行っても同じでしょう」シャーロットが微笑む。「ジョーは、ディスコ・ミュージックは嫌いなの？」

「五〇年代のロックンロールに馴染《なじ》んできた人間としては、ディスコ・ミュージックは甘過ぎる。俺にとっての神はエルヴィスだから」

「懐かしのエルヴィス」シャーロットがうなずく。「でも、死んでしまった人（エルヴィス・プレスリーは一九七七年死去）の音楽ばかり聴いているのは、寂しくない？」

「だったら、クラシックの愛好家はどうなる？　モーツァルトもベートーベンもとっくに死んでるけど、彼らの音楽は生き残っている。エルヴィスも同じだよ。二十一世紀になっても二十二世紀になっても、エルヴィスは愛され続ける――それに、別にエルヴィスだけ聴いてるわけじゃないよ。最近だとラモーンズ（アメリカのバンド。一九七六年、『ラモーンズの激情』でアルバムデビュー。パンクミュージックの草分けとして知られる。メンバー全員が「ラモーン」姓を名乗っていた）がいい」

「ジョーも、気持ちは若いままね。私はディスコ・ミュージックで十分」

「そういうのこそ、若い人の音楽じゃないか」

「年齢の話はやめましょう。それより、あなたの弟子だったリズ、大出世ね。もう、探偵なんかやめちゃうんじゃない？」

「彼女はテレビ向きなんだよ。俺も正直、探偵はやめてもらいたいと思っている」

「あら、女性に探偵はできないとでも？」シャーロットが皮肉っぽく言った。

「違う、違う。女性は、探偵業務の特定の局面においては、男性より明らかに優れている。ただしリズは、無茶が過ぎるんだ。俺が知っている限りで、これまで三回、死にかけている。一度は撃たれて、本当に危なかった」

「冷静な子に見えるけど……そんなに無茶するの？」シャーロットが首を傾《かし》げる。

「誰が教えたのか知らないけどな」俺は皮肉をこめて言った。

「この話を続けると、あなたが謝ることになりそうね」

「ああ……とにかく彼女は今、探偵をやらなくても十分稼げるようになっている」

「こっちでも評判よ。ハリウッドが彼女に手を伸ばそうとしている、という噂もあるの」

「女優として？」

いくら何でもそれは……確かにリズは美しい。その美しさは不思議なことに、どんな服を着て、何をしていても削《そ》がれることはないのだ。ヒッピーの格好をしていようが――初めて会った時は、当時流行《はや》りのそういう服装だった――きちんとしたスーツを着ていようが、どちらも馴染んで美しい。しかし彼女には……セクシーさが足りない。そんなことを言ったら銃を突きつけられそうだが、それは事実なのだ。美しく、極めて有能ではあるが、隙がない。セクシーさとは、人間的な隙があってこそ生じると思うのだが。

「原作者として。彼女、よくテレビ番組に呼ばれて、犯罪について話してるでしょう？　でもあれって、知ってることの半分も話してないわよね？」

「依頼人のプライバシーに関わることもあるからな」

「ニュースやトーク番組なら、私たち探偵はそういうことを気遣って、きちんと話せない。でも、映画なら違うでしょう。事実をうまくアレンジして、誰からも訴えられないような話に作り変えられる。そのための検証スタッフも揃《そろ》っている。常に足りないのはアイディアなの。皆、ぶっ飛んだ話を欲しがっている」

「だったら、リズはシナリオライターとして望まれている？」

「というより、アイディアマン。原作者的な？　一発当てたらシリーズ化したいでしょうし、そのためにはリズを手元に置いておかないと」

「でもいつかはネタも尽きる。彼女には、探偵として十年の経験しかない。その中で、映画になりそうな事件はそんなにないはずだよ」

「映画会社と専属契約を交わしたまま、ロスで探偵をやるのもありかも」

「パラマウント専属の探偵？　それは敬遠されるんじゃないかな。自分のトラブルが映画になるかもしれないという前提で、彼女に仕事を依頼する人間なんて、いないだろう」

「西海岸のセレブは、東海岸の人とは考え方が違うから」シャーロットが微笑んだ。

「まあ……そういうことにしておこうか。そういう噂、リズの耳には入っているんだろうか」

「それは、私には分からない。あなたの方が知ってるでしょう。相棒はあなたなんだから」

「今や、相棒とも言えないな。この仕事だって、彼女が回してくれた。上り調子の女性探偵と、引退間近の老いぼれの違いだな」

「ジョー、自虐的になるのは似合わないわよ」

「愚痴っぽくなるのも、老いぼれた証拠かもしれないな。とにかく、今回はありがとう」

「今……午後一時ね。あと二時間ぐらいすると、チェイスが帰ってくるはず」

「車は家にあるけど……」

「ごめん、言ってなかったわね。チェイスは球場へ行く時、自転車を使う」

「自転車？」車社会の西海岸で自転車……ニューヨークならおかしくはない。書類を会社から会社へ届けるメッセンジャーボーイが自転車を飛ばす光景は、あの街の名物でもあるのだ。

「球場、近いのよ。それに、猛スピードで走っていくから、いい練習になってるんじゃないかしら」

「真面目にトレーニングはしてるみたいだな」聞いている話と違う。本当にきちんと練習しているなら、何の問題もないではないか。

「私が見た限りは。でも、二十四時間監視はしていないから、何とも言えないわね」

「球場へ行ってみるかな。まだいるだろう？」

「そうね。車だと十分ぐらいよ」

「じゃあ、行ってみる。場所だけ教えてくれないか？」

シャーロットは、抱えていた地図を渡してくれた。

「あなたの役に立つと思って準備しておいたわ」

俺はハンドルの上で地図を広げた。チェイスの自宅、それに球場に赤い丸印がついている。

「ありがとう。これで、何となく分かる」

「一緒に行こうか？」

「いつまでも君に面倒をかけるわけにはいかない。何かあったら、モーテルの方に連絡してくれないか？」

「了解。今夜は？」

「少し粘ってみる。夜中の動きも知りたいから」

「何かあったら私の事務所に連絡して。電話応答サービスに登録しているから、二十四時間、メッセージは受けつけられるわ」

「感謝する。経費は後で精算するから、請求書を用意しておいてくれ」

「じゃあ」

シャーロットがドアを押し開けた。さっとウィンクして自分の車に戻っていく。相変わらずさらりとした女性だ。しかし今日は、あまり軽口を叩かなかったな、と不思議に思う。昔の彼女は、用件の三倍は無駄話をしていたものだが。

人は変わるものかもしれない。彼女と会うのは実に九年ぶりなのだ。見た目は同じでも、内面は変わっていてもおかしくない――少なくとも俺は、確実に九年分、歳を取っている。

レッドウッズ・スタジアムは、ロング・ビーチの隣町であるレイクウッドとの市境にあった。住宅街の中に突然現れる、小さな球場。脇の道路に車を停めて降り立つと、すぐに打球音が耳に飛びこんできた。

試合をやっているわけではないので、球場には入れない。チームの人間を騙《だま》して中に入りこむことはできるかもしれないが、そんなことをすれば相手に俺の印象――それも悪い印象を与えてしまう。ここではできるだけ透明な存在でいたかった。

スタンドが途切れているところから、グラウンドの中が見渡せた。ざっと見た限り、スタンドの収容人数は一万人ぐらいだろうか。ヤンキー・スタジアムやシェイ・スタジアムに比べればささやかなものだが、新しいせいもあって、清潔感が溢《あふ》れている。芝の緑はヤンキー・スタジアムのそれよりもはるかに濃く、土の部分は赤に近い――いや、これはカリフォルニアの陽光の下で見ているからかもしれない。俺がヤンキー・スタジアムやシェイ・スタジアムに行くのは、圧倒的に夜が多いのだ。カクテル光線の下では、芝も土も本来の濃い色を失ってしまう。それはそれで、ナイトゲームの味わいと言えるのだが。

打席に立っているのがチェイスのようだ。写真で顔は確認しているが、今は遠過ぎて顔ははっきり見えない。左打席に入り、極端に低く構えたフォームでボールを待つ。マウンドの少し前に立つ白髪混じりの男が、ゆるい、打ちごろのボールを投じると、チェイスは確実に打ち返した。打球は右中間を鋭いライナーで割り、ツーバウンドでフェンスに達する。見るとその辺り、そして左中間のフェンス側にもボールが溜《た》まっていた。狙って同じような場所に打ち返している？　そんな技術があれば、すぐにでもメジャーに昇格できそうだが。

次のボールも、快音を残して右中間のフェンスを襲う。次も、その次も……。

「チェイス！」ピッチャーを務めていた男が声をかける。「球切れだ。今日はこれぐらいにしておいたらどうだ？」

「もう一回り！」チェイスが打席から怒鳴り返す。

「もう二百、打ってるぞ！　俺の肩が壊れちまう」

「了解」

チェイスがダグアウトに戻った。身長は六フィート（約183センチ）ぐらいだろうか。肩幅は広く、胸は分厚いが、腰回りは女の子のように細い。

ベンチに一瞬腰かけて水を飲むと、タオルで顔の汗を拭い、また飛び出して行った。ダッシュで右中間へ。ボールを一個ずつ拾い上げると、マウンドへ向かって投げ返し始めた。常にワンバウンドで、ピッチャーを務めていた男のグローブに正確に収まる。なかなかの強肩、そしてコントロールだ。外野手でも十分やっていけるだろう。

ほんの少しプレーを見た限りでは、悪くない——かなりいい選手に見える。しかも熱心……少なくとも今、この球場で練習しているのはチェイスだけなのだ。他の選手は、シーズンが終わって早々と故郷に帰り、地元でバイトをしながらトレーニングをしているのだろう。チェイスは、バイトをする必要がないのだろうか。

全てのボールを投げ返し終え、チェイスがマウンドに戻って来た。しばらく会話を交わす……チェイスは何度もバットを振る真似をして、相手の男がその都度チェイスの右肩に触れる。左バッターのチェイスは、右肩の位置か動きに何か問題を抱えているのかもしれない。打撃練習を少し見ただけでは、俺には何が問題なのかまったく分からなかったが。

さて、チェイスはいつ出てくるだろう。車を置いて、球場を一回りしてみる。球場は広大な駐車場に囲まれているが、正面入り口の近くに車が何台か停まっているだけだった。そこに混じって、一台だけ自転車がある。本格的なサイクリング用——いや、競技用にも見える自転車だった。

三十分ほど時間を潰していると、チェイスがやって来た。Tシャツに半ズボンという軽装で、リュックサックを背負っている。そこからバットが二本突き出ていたが、あれではぶらぶら揺れて安定しないのではないだろうか。テニスのラケットなら収まりがいいが、バットはラケットよりも長くて細い。しかしチェイスは気にする様子もなく、自転車に跨《また》がった。乗り出しはゆっくりだが、道路に出ると一気にスピードを上げて車の流れに乗る。あんなにスピードを出していたら危なそうだが、大丈夫なのだろうか。

俺は車に戻り、慎重に運転しながらチェイスの自宅に向かった。チェイスがどういうルートを辿るか分からないので、俺は取り敢えず、来た道を引き返す。途中でチェイスの自転車を見つけたが、それは無視……車で自転車を尾行するのは難しいし、危険なのだ。

チェイスの自宅前まで戻り、少し離れた場所に車を停める。二十分後、チェイスも戻って来た。汗だくで、タオルでしきりに顔を拭っている。かなりハードなトレーニングをした後に、自転車でそこそこ長い距離を走ってくるのは大変なはずだが、体がずぶ濡《ぬ》れになるほど汗をかいている他には、疲れた様子を見せない。

そこから先は長かった。

チェイスの一日は、やはりトレーニング中心で組み立てられているのか、家を出てこようとしない。俺は水をちびちび飲みながら、次の動きを待った。夕方、帰宅してくる人たちの車で道路は賑《にぎ》やかになったが、チェイスの家に動きはない。

俺は張り込み用の非常食料を口にした。チョコレートバーにポテトチップス。せめてサンドウィッチが食べたかったが、空港から直行してしまったので、用意している暇がなかったのだ。明日以降はどうするか……どこか、食事をテークアウトできる店を探さないと。

時折車を動かす。この辺は基本的に静かな住宅街で、レンタカーがずっと同じ場所に停まっていると、怪しまれるだろう。ただし、車を遠くに停めて、立ったまま張り込みするわけにもいかない。この辺の住人は基本、車移動のようで、歩いている人をほとんど見かけないのだ。正確に言えば、張り込みを始めてから、露出過多な格好でジョギングしている女性が二人、通りかかっただけ。

トイレを避けるために、飲み物はできるだけ飲まないようにしないと。なかなか苦しい張り込みになった。シャーロットがいれば楽しい時間になったかもしれないが、彼女を頼るわけにはいかない。

午後八時、家のドアが開いてチェイスが出て来る。胸元が大きく開いた黒いシャツに、爽やかな青のパンツという格好だった。髪は綺麗に撫《な》でつけられ、夜遊びの準備完了という感じ。

ダットサンに乗りこんだチェイスは、五分ほど車を走らせた。海岸に近いダイナー……食事か、と俺は一瞬気が抜けた。自分も店に入って、食事とトイレを済ませることにする。

外の駐車場から、店の中の様子が窺える。客は少なく、チェイスは入り口から離れた場所にあるテーブルに陣取った。それを確認して、俺も店に入った。店内全体が見渡せる、ドアに近いカウンター席に座り、すぐにハンバーガーを注文する。せっかくカリフォルニアにいるのだし、健康優先でつけ合わせはサラダかと思ったが、結局いつもと同じフレンチフライにした。少しぐらい腹が膨らむ食事をしても、バチは当たらないだろう。ビールは我慢してコーラ……コーラは久しぶりだったが、カリフォルニアの空気の中で飲むのは悪くない。

ハンバーガーは、どうということもない味だった。というより、全米どこで食べても、味はそんなに変わらないだろう。挟んであるトマトは味が濃いが……これがカリフォルニアの野菜なのかもしれない。カリフォルニアは、浮世離れしたヒッピー野郎たちの居城、あるいはリベラルの本拠地というイメージがあるのだが、実は農業を基盤にした州でもある。ただしそれに従事しているのは、メキシコ辺りから流れてきた移民たちなのだが。

急いでハンバーガーを食べ終え、トイレに立つ。その時間を使って、チェイスの様子を観察した。チェイスは馬鹿でかいハンバーガーに加えてホットドッグを取り、ゆったりと食事をしている。ハンバーガーにホットドッグは、マイナーリーガーの典型的な食事のはずだが、飽きないのだろうか。

トイレを出ると、チェイスは店員──彼の母親であってもおかしくない年齢のウェイトレスと、親しげに会話を交わしていた。どうやらこの店の常連のようで、ウェイトレスも親しげにしている。

「──いつまでこっちにいるの？」

「二、三日中にはニューヨークに帰るよ」

「向こうは寒いんじゃない？　こっちにいれば、練習もできるでしょう」

「オフに練習するような奴は馬鹿だよ」

自分の行動を否定するような言い方だが……どうも、チェイスという人間のことがよく分からない。嘘つきなのか、見栄《みえ》を張っているのか、あるいは何か狙いがあっての発言なのか。

俺は金を払って──チップは多めに置いた──先に店を出た。レンタカーの運転席に座って、店の窓越しにチェイスの様子を観察し続ける。俺より十分遅れで、チェイスが店から出てきた。俺は車を出して、道路に出た。チェイスがどこへ行くか分からないが、いつまでも車を駐車場に置いておくわけにはいかない。

愛車のダットサンに乗りこんだチェイスは、特に周囲を警戒している様子はない。バックで駐車場から出ると、さっさと走り出す。安心して、俺は尾行を開始した。

五分ほど走ると、一軒の派手な店の駐車場に車を乗り入れた。ディスコか……まあ、二十七歳の若者がディスコ通いをしても何の問題もないが、俺は困ってしまった。五十五歳のおっさんがディスコに入って――いや、そもそも入れるだろうか。ドアの横では、巨漢の黒人が後ろ手を組んで待機している。一応、入る客をチェックして選別しているようだ。しかし、入れない基準はなんだろう？　年齢？

チェイスは黒人のドアマンと一言二言、親しげに会話を交わしてから中に入った。ドアマンの柔らかい表情を見た限り、知り合い――チェイスは常連なのだろう。

俺は意を決して、ディスコの出入り口に立った。黒人のドアマンが怪訝《けげん》そうな表情を浮かべる。

「ジイさんも入れてもらえるかな？」

「あんたの年齢だと、この中にいるのは辛《つら》いと思うよ」

「辛いのは覚悟の上なんだ。仕事でね」

「仕事？」ドアマンが丸い腹を撫でた。腰には――拳銃。

「この店の保安担当者はいるかな？」

「俺がそうだ」

「保安担当者自ら、客のチェックを？」

「うちは小さな店なんでね。保安担当者が十人も二十人もいるわけじゃない。それに俺の出番なんか滅多にない」

俺は探偵の免許証を取り出して彼の眼前にかざした。

「探偵？　ニューヨークの？　こんなところで何をしているんだ？」

「それは、業務の秘密上、言えない。ただ、店に迷惑をかけることは絶対にない」

「そうかね」

ドアマンの右手が拳銃にかかった。俺は見えていない振りをした。ちょっと腕を捻《ひね》って制圧するのは簡単そうだが、余計なことをして刺激したくない。

「中に入って、ある人間の動向を確認したいだけなんだ」

「やめておいた方がいい——これはあんたのためを思っての忠告だよ。若い連中のエネルギーにやられるぜ？　俺だって、中に五分いるとおかしくなっちまう」

「あんた、何歳だ？」

「四十だよ。人生のきついことは大抵見てる」

「警官だな？　元警官」

「分かるか？」ドアマンが目を見開く。

「警官とのつき合いも多いんでね。あんた、まだ警官の殺気が抜けていない」

「去年、やめたんだ。うんざりしてね」

「ロス市警？」

「ああ」

「あそこは大変だと聞いている。NYPD《ニューヨーク市警》の知り合いも、あんたたちには同情している」

「警官同士はよく分かってるのさ。でも、ロスでもニューヨークでも状況は変わらない。ワルはどこにでもいるし、泣いている女の子の悲しみもどこでも一緒だ」

「あんた、なかなかの詩人だね」

「で？　誰の動向を確認してる？」

「ラルフ・チェイス」

ドアマンが眉を吊《つ》り上げ、表情が微妙に変わった。

「ラルフが何かやらかしたのか？」

「あんた、親しそうに話してただろう。彼は常連なのか？」

「それは俺の口からは言えないが、あんたがラルフの尻を蹴飛ばそうとしているんだったら、ここに入れるわけにはいかないな」

「そういうつもりじゃない。俺はただ、彼が普段誰と会って何をしているか、動向確認を頼まれただけだ」

「誰に？」

しつこい……こういう性格なのか、ロス市警で疑うことを徹底して教えこまれたか。当然、はっきりしたことは言えないのだが、俺はドアマンの目をじっと見た。

「ドジャースか」

俺は無言を貫いたまま、ドアマンの顔を凝視し続ける。

「分かったよ」ドアマンが肩をすくめる。「ドジャースは、ラルフを蹴り出すつもりなのか？」

「そういう事情は、俺は知らない」

「まあ……ドジャースが絡んでいるとしたら、あんたをここに入れないわけにはいかないな。ところであんた、ドジャースに顔は利くか？」

「そうでもない」

「もしよかったら、誰か紹介してくれないか？　俺も、こんなクソディスコの門番じゃなくて、ドジャー・スタジアムで警備の仕事をしたい」

「然《しか》るべき人間に会う機会があれば、話をしておく。あんたの名前は？」

ドアマンはシャツの胸ポケットから名刺を取り出した。このディスコの店名、電話番号、そして彼の名前が書いてある。

「連絡するには、この店に電話しないといけないのか？」

「いや」ドアマンが手を伸ばしたので、俺は名刺を返した。彼がポケットからボールペンを引き抜き、店の壁に名刺を押しつけて何か書きつけた。「俺の自宅の電話番号だ」

「ロング・ビーチの市内？」

「ああ。ここでの仕事は午後五時からだ。日付が変わるまでは店に詰めているけど、それ以外の時間はだいたい家にいる」

「分かった。ありがとう」

ドアマンが重いドアを開けると、途端に俺は、溢れ出した重低音に打ちのめされた。内心ではたじろいだものの「こんなことには慣れている」という笑みを浮かべ、ドアマンに向かって軽く会釈する。

ディスコというものを経験したことがないわけではないが、どうにも慣れない。そもそもディスコ・ミュージック自体が、肌に合わないせいだ。その原因は主にリズムである。だいたいがミドルテンポで、ドラムが叩き出すリズムは概して単調だ。これならロボットが叩いても同じではないか……ベニー・ベンジャミン（一九二五～一九六九年。ドラマー。モータウンサウンドを支えたスタジオミュージシャンの集団「ファンク・ブラザーズ」のメンバー）のドラムだったら、すぐにでも軽やかにステップを踏んでやるのだが。

あまりにも音が大き過ぎて、今かかっている曲が何なのかも分からない。広いフロアを一杯に埋めた人たちが、波のように揺れている。ミドルテンポの曲だと、どうしても体を揺らすようなダンスが中心になるらしい。これなら、俺が若い頃に流行っていたツイストの方がよほど速く、激しい。

俺はドアの前で佇《たたず》んだまま、何とかこの環境に体を慣らそうとした。気になるのは、かすかに漂う大麻の臭い……おそらく、トイレで誰かが一服している臭いが漏れ出ているのだ。

よくない傾向である。

満員のフロアに視線を投じた。見られている──それはそうだろう。俺は、ここにいる若者たちの親の年代である。スーツこそ着ていないが、しわの多いこの顔が、年齢を示すIDカード代わりになっている。何でお前みたいなジイさんが来るんだ、という無言の圧力がかかってきた。

何とか人混みをすり抜けて、バーカウンターに着いた。ここにもひっきりなしに、人が来たり離れたりしている。踊り疲れた時の、ちょっとしたアルコールの補給。あるいは少しだけ静かな環境を利用して、「抜け出してどこかへ出かけないか」という駆け引きが行われることもあるだろう。

バーテンダーは黒人の女性だった。やたらとスリムで背が高く、しかも髪をコーンロウに編み上げているせいで、さらに背が高く見えた。俺の顔を見ると、一瞬怪訝そうな表情を浮かべたが、人差し指を立てて「ちょっと待って」の合図を出した後、滑るように近づいて来る。ローラースケートでも履いているのかと思ったが、手の動きを見て、元々動作が軽やかで優雅な人間なのだと分かった。

「バド」

バーテンダーがカウンターの下に手を突っこみ、バドワイザーのボトルを取り出す。栓を抜くと俺の前に置いた。俺は財布を抜いて一ドル札を二枚、カウンターに置いた。

「釣りはいらない」

「どうも」

バーテンダーが二枚の紙幣をさらっていく。その動きも滑らかで優雅だった。

「ラルフ・チェイスは来てるかな？」

「あなた、ラルフの知り合い？」

「知り合いじゃない――つまり、まだ知り合いじゃない。これから知り合いになろうと思っているけど」

「よく分からないわね」バーテンダーの言葉には、どういうわけかイギリスの気取ったアクセントがあった。

「彼は、ここによく来ていると思う」

「今日は見てないけど……来てると思うわ。今日は木曜よね？　木曜には、だいたい来るから」

「一人で？」

「そうね――ねえ、人のことを詮索してるあなたは誰？」

「彼が欲しい人間だ？」

「どういう意味？」

「絶対に秘密にしてくれよ」俺は唇の前で人差し指を立てた。「名前は明かせないが、私は世界的なスポーツ用品会社でマーケティングの仕事をしている。我が社は今、若い野球選手との契約に力を注いでいて……ラルフ・チェイスはその条件に当てはまる」

「本当に？　彼はメジャーリーガーじゃないわよ」

「我々は次の時代のスターを探しているんだ。既に完成された選手じゃない……ただし、私たちが求めているのはクリーンなイメージだ」

「こんなところに出入りするような人間じゃなくて？　毎日野球ばかりやって、夜はミルクを飲んで午後十時には寝てしまうような若者が欲しいの？」

「ディスコで若いエネルギーを発散するのは、正常な行動だと思うよ。何も問題はない。ただ、彼がドラッグに手を染めていたら話は別だ。我が社のトップは、ドラッグ嫌いでね」

「何よ、うちの店がドラッグなんか提供してると思うの？」

「そうは思わないけど」俺は自分の鼻を指差した。「私は鼻が利くんでね。トイレに籠って誰かが使っていても分かるんだ……まあ、そういうのをどうするかは店の方針だから、私には何か言う権利はないが。ラルフ・チェイスはどうなんだ？」

「彼はクリーンよ。私が知っている限り、ドラッグを使ったことはない。たまにラリってる人間が絡むと、露骨に嫌な顔をするし」

「結構、結構」俺は何度もうなずいた。

「ラルフにとっては、いい契約になるの？」

「六桁にはなる」

バーテンダーが唇を尖《とが》らせた。不満なのかと思ったが、目が笑っている。口笛を吹こうとして失敗したか――あるいは店の音にかき消されて聞こえなかったかだ。

「ラルフのこと、ちゃんと面倒見てくれるの？」

「彼が我々の基準に合えば」

「だったら、私よりもラルフのことを知ってる子がいるわ」バーテンダーが周囲を見回し、急に声を張り上げた。「ジェシー！」

俺は振り向き、踊る人たちに目をやった。ほどなく、人の輪の中から、一人の小柄な若い女性が抜け出してくる。バーテンダーのところに行くと、二人は顔を寄せ合って話し始めた。そしてジェシーは、俺を見て胡散臭《うさんくさ》そうな表情を浮かべる。最近不思議に思うのだが、俺と初めて会った人は、俺が探偵だと知っていようがいまいが、胡散臭いものを見るような表情を浮かべる。自分で鏡を見ても、その理由は分からないのだが。

ジェシーが俺に近づいて来た。本当に小柄で、横にチェイスが並んだら、彼女より頭一つ分は大きいだろう。高校生のように見えたが、こういうところに出入りするのだから、二十一歳にはなっているはずだ。

「誰？」ジェシーが無愛想な口調で言った。

「ジョー・スナイダー。デューク・スナイダー（一九二六〜二〇一一年。一九四〇年代〜五〇年代にドジャースなどで活躍した強打者。一九五三年から五年連続四十本塁打以上。愛称は「ザ・シルバーフォックス」）とは綴《つづ》りが違う」

「デューク……誰？」

この話も本当に通じなくなったものだ。デューク・スナイダーは、ドジャースがロサンゼルスに移転した後も活躍したのだが、引退してから既に十五年が経過している。ジェシーが知っているはずがないということか。

「ちょっとラルフ・チェイスについて話を聞きたいんだ。外へ出られないかな？　ここはうるさくて、まともに話もできない」

「いいわよ。コーク、奢《おご》ってくれる？」

「好きなだけ。十本？　二十本？」

ジェシーが肩をすくめた。俺はバーテンダーに合図して、コーラのボトルを一本もらった。先ほどもらったビールよりも、よほど冷えている。コーラを受け取ったジェシーが、慣れた感じでカウンターの内側に回りこみ、ただの壁にしか見えない部分を押した。そこが隠しドアになっていて、生暖かい外気が入りこんでくる。俺もすぐに、彼女に続いて外へ出た。

急に騒音と暑苦しさから解放されて、奇妙な気分だった。反射的に背伸びしようとして、躊躇《ためら》う。店に入ってから五分も経《た》っていないのだ。それで疲れているようでは話にならない。

「ラルフに、スニーカーでも履かせようとしてるの？」

「正確にはバットとグローブを使って欲しいんだ……この件は、ミスタ・チェイスには絶対に内緒にして欲しい」

「どうして？　彼にとってはいい話じゃない」

「だからだよ。彼は少し……調子に乗るところがある、と聞いている。だから、正式に話が決まるまで、余計な期待をさせたくないんだ」

「ああ……そうね」ジェシーがコーラを飲み、煙草に火を点《つ》けた。臭いで、普通のキヤメルだと分かる。煙草のパッケージに、自分で巻いた麻薬煙草を隠しておく人もいるのだが。

「彼はどんな人だろうか。我々が聞いている限り、少しいい加減というか……生活態度に問題があるという情報もある」

「よく分からない」ジェシーが首を横に振った。

「彼とはどれぐらいのつき合い？」

「別につき合ってるわけじゃないけど。寝ただけよ……二回だけ」ジェシーは開けっぴろげだった。

「初めて会ったのは？」

「春ぐらいかな」

「ここで？」

「ここで」

「正確にはいつ頃？」

「五月？　そうだね。六月にはなってなかったと思う」

「ああ、やはりそうか」俺は深刻な表情でうなずいた。

「何？　何かまずい？」

「その頃、彼のチームは当然シーズンに入っていた。それなのに、ディスコ通いはいかがなものかと思う。メジャーリーガーならともかく、彼はまだそのレベルに達していないんだから」

「そういうの、分からないけど……彼は、遠征に行ってない限りは、毎週木曜日に来るわよ。それが決まりみたい」

「遠征している時以外は」

「そうなんじゃない？　それで、朝までいることもある」

「昼夜逆転か」

「そういうわけでもなくて、寝ないでも平気みたい。そういう人、いるでしょう？　ナポレオンとか」

「そんな大昔の人が、本当にショート・スリーパーだったかどうかは分からないけど」

「一度、彼の家に泊まったことがある。ここから直接家に行って……午前三時頃だったかな？　私は四時ぐらいに寝たんだけど、すごい音がして目が覚めちゃって」

「すごい音？」

「リビングルームでバットを振ってたの。裸で。その音がベッドルームまで聞こえてきたのよ。朝六時にね」

「それは早い」

「その日はデーゲームだから、昼前に球場へ行かないといけない。だから準備してるんだって……そんなもの？　そんなに早く準備してたら、試合までに体が冷えちゃうんじゃない？」

「心の準備ということでしょうな」俺は訳知り顔で言った。「あなたにも決まった動きがあるでしょう。車に乗る時には右から確認するとか、体を洗う時は必ず左からとか」

「私には別に、そういうのはないけど」ジェシーが首を傾げる。

「彼の場合、デーゲームの時は早朝に素振りをするという決まりがあるのかもしれない。スポーツ選手には、そういう人が多いんですよ」

「分からないわ」

「まあ、気にしないで下さい。しかし、生活態度は結構乱れていたと？」

「品行方正じゃないわね。彼の家に行ったのは私だけじゃないし」ジェシーが溜息をついた。「あ、でも、未成年には手を出していないわよ……たぶんね」

「自信はない？」

「私は彼のママじゃないから。ママだって、息子の性生活を知ってるわけじゃないでしょうけど」

「ごもっとも」俺はうなずいた。「彼に関して何かトラブルは？　店で誰かと喧嘩《けんか》になったりとか、女の子と問題を起こしたりとか」

「私が知る限り、ないけど。でも、本当に彼のことを全部知ってるわけじゃないわよ。ただ、女の子の評判はよくないわね。家で女の子同士が鉢合わせしちゃったりとか」

「そちらの方はお盛んだったんだ」

「真面目に野球をやりなさいっていう話よね。メジャーに行く力はあるんでしょう？」

「だから我々も、彼と契約したいわけで」

「ま、彼に関してはそんな感じ」ジェシーが肩をすくめた。「探偵でも雇って調べた方がいいわよ。何か、変なことがあってもおかしくない感じだから。でも、その危なっかしいところも魅力なんだけどね」

そういう男に惹《ひ》かれる女性がいるのは分かる。しかし俺は、思わずジェシーに説教しそうになった。そういう男に惚《ほ》れると、将来的に損をする可能性が高い。危なっかしい男が、ギャンブルに勝って巨額の富を手に入れる可能性は限りなくゼロに近いのだ。遅かれ早かれ大怪我《けが》して、人生というステージから退場することになる。

「ミスタ、ディスコなんかにいて、苦しくなかった？」

「俺の年齢では立ち入ってはいけない場所だった。正直、外に出てホッとしたよ」

「そんな顔してる。無理しない方がいいんじゃない？」

「これも仕事なので。貴重な時間をどうもありがとう」

「貴重？」ジェシーが煙草を投げ捨て、スニーカーの靴底で踏み潰した。「私は暇潰ししてるだけ。やることがあるなら、こんな店に来ないわよ」

「踊るのが好きなんだと思ってた」

「踊るのは好きよ。挫折したダンサーだから」

「挫折？」

「ずっとバレエをやってたの。でも膝を怪我して……今は、ディスコで体を揺らすぐらいが精一杯ね」

「それは残念だ」

「でも、人生なんてそんなものじゃない？」ジェシーが肩をすくめた。「怪我しないでバレエを続けてたら、今頃どうなってたかしら。どこかのバレエ団で踊り続けて、それで生活していけたかな？　厳しい世界なのよ。ある意味、野球選手で成功する方が、門戸が広いかも……じゃあね。もういいでしょう？」

ジェシーが、隠しドアから店に入ったので、俺はほっとした。挫折した若者にどんな言葉をかけるかは難しい。どんなことを言えばいいか、正解はないと言っていいだろう。

彼女を慰めるようなはめにならずに、俺はほっとしていた。

翌朝午前八時、俺はモーテルでしっかり朝食を摂《と》って、チェイスの自宅に赴いた。そのまま待機……しかしさほど待たなかった。午前九時、Tシャツと短パンという格好のチェイスが出て来て、自転車に跨る。

昨夜、チェイスは日付が変わるまで踊っていたようだ。俺は彼がディスコを出て、車で自宅へ戻るまで尾行を続けた。そして今朝……俺はかなり疲れて眠気と全面戦争を展開していたが、チェイスはまったく平然としている。やはりショート・スリーパーなのだろうか？ リュックサックにはまたバットが突っこんであるので、練習に行くのは間違いないだろう。

俺は先回りしてレッドウッズ・スタジアムへ向かった。到着してから二十分後、チェイスもやって来た。早くも額は汗で濡れている。

昨日も練習を見た球場の隙間から、俺はグラウンドの様子を窺った。チェイスが練習を始めたのを見て、球場を離れる。そもそも俺は練習を見るのが好きで、ヤンキー・スタジアムやシェイ・スタジアムで観戦する時も、試合開始時間のかなり前に球場入りして、両チームのバッティング練習を見守る。見ていて何かが分かるわけではないが、俺にとって試合観戦前の大事なイベントなのだ。選手が練習を通じて試合に対する気持ちを高めるように、俺は練習を見て「これからだ」と気持ちを盛り上げる。

ただし、路上に車を停めたまま、ずっと練習を見守っているのはまずい。球団関係者に見つかったら、厄介なことになりかねないのだ。野球好きのオッサンが時間潰しをしているように見られたらいいが……カリフォルニアの人間が疑《うたぐ》り深いのか寛容なのか、まだ見抜けていない。

一度モーテルに戻った。本当はチェイスの家の中を見てみたいのだが、これは犯罪捜査ではない。そこまでやったら明らかにやり過ぎだ。

代わりに、依頼人であるマット・ハリスに電話をかけた。ニューヨークは三時間進んでいるから、もう昼過ぎだ。

いつも忙しく動いてスカウト稼業に精を出しているハリスだが、この件――チェイスの件が落ち着くまでは、基本的に球団本部に詰めているという。実際、すぐに繋《つな》いでもらえた。

「ニューヨークの探偵は、西海岸でも溶けこめているかな、ジョー」

「昨夜はディスコで苦労しましたよ、マット」

「おいおい、君は踊るような年齢じゃないだろう」

「私のツイストの腕前を見たら驚きますよ……残念ながら、ディスコではツイスト向けの曲はかけてくれませんが。チェイスは昨夜、日付が変わるまでディスコでお楽しみでした。どうも、あまりいい評判は聞きませんね」

「どんな？」

「女性に評判が悪い。ディスコで会った女性を、よく自宅に連れこんでいるようです。女性同士が鉢合わせして、危うく大喧嘩になるところだったという話も」

「それはあまりよろしくないな……しかし、致命傷とは言えない」

「ええ。法に触れるようなトラブルではありません……ただし、彼が常連になっているディスコでは、麻薬が普通に使われています。彼が麻薬を使っている証拠はありませんが、そこは気をつけたいですね」

「調べられるか？」

「本格的に調べるなら、家を調査する必要がありますね。彼は間もなくニューヨークに戻ると思いますから、その後で忍びこんで調査することは可能です。ただし、素早くやらないと……この家は、シーズン中だけの契約だと思います」

「やってもらえるか？」

「依頼ならば」違法だが、そこは上手《うま》くやるしかない。「朗報もあります。彼は熱心に練習を続けています」

「それは確かにいい情報だ。野球には真剣に取り組んでいるわけだ」

「ええ。しかも、いいライン ドライブを飛ばせるバッターです。キャッチャーとしての腕前は分かりませんが、肩が強いのも間違いないですよ」

「君は、野球評論家としてもやっていけそうだね」ハリスが皮肉っぽく言った。

「余生はそれでもいいかもしれません……引き続き調査は進めますが、近日中にニューヨークへ戻ることになると思います」

おそらく、カリフォルニアの楽しさを味わうこともなくトンボ返りになるだろう。今のところは、秋のニューヨークとはまったく違う、爽やかな気候を満喫しているだけだ。どうせならカリフォルニアワインを堪能《たんのう》するとか、それこそサーフィンを経験するとかの楽しみがあってもいいのだが。

探偵仕事は、世俗的な楽しみとは無縁だ。

謎に迫ることに喜びを感じられない人には、絶対にできない稼業である。

俺はロング・ビーチに四泊した。その間、チェイスはディスコに二回出かけ、一方昼間は毎日練習……睡眠時間が短くて済む人間なのは間違いない。

チェイスがディスコへ行かないと確信した日曜日、俺は日付が変わるまで家で監視を続けてから、モーテルに戻った。夜、フロントに入っているのはいつも同じ青年——カリフォルニア州立大ロング・ビーチ校に通う学生だと言うのだが、毎晩ここでバイトしていて、まともに大学へ行けているのだろうか。彼も、チェイスのようなショート・スリーパーなのかもしれない。

「伝言を預かっています」青年がメモを渡してくれた。メモというか、封筒。「ジョーへ」という宛名は、間違いなくシャーロットの文字だ。

「何時ぐらいだったかな？」

「私がここに入った時には、もうありました。時間は分からないですね」

「ありがとう」

部屋に戻り、冷蔵庫を開ける。かなり古いモーテルだが、冷蔵庫とテレビは最新のものが入っており、俺はビールの六缶パックを冷蔵庫に入れていた。缶を開けて、長くビールを呑んでから、シャーロットのメモを確認する。

「チェイスが十五日午前十一時にＬＡＸ《ロサンゼルス国際空港》発、ラガーディア空港行き直行便のチケットを購入した」

今日ではないか。ロスからニューヨークまで、直行便では五時間から六時間。時差があるから、ニューヨークへ着くのは夜になる。俺は後からチェイスを追うことになるだろうと思ったが、メモには続きがあった。

「デルタ航空の同じ便を押さえた。明日、空港のデルタのカウンターでチケットを受け取って。現金払いのみ。時間は何時でもいいから、確認の電話をして」

助かった……俺は受話器を取り上げた。

「はい」既に午前一時近いのに、シャーロットの声は元気だった。

「今、メモを見た。ありがとう。チケットまで……」

「電話一本かけただけよ。お金はあなたの負担」

「もちろん。その便でニューヨークへ向かうよ……しかし、同じ便か。隣同士にでもなったらどうしよう」

シャーロットが声を上げて笑う。馬鹿にされたように感じたが、何故《なぜ》か怒る気にはなれない。

「私がそんなヘマすると思う？　席はうんと離れたところを取っておいたわ」

「さすが」

「詳しいこと、後で聞かせてね」

「もちろん。豪勢なディナーつきで」

「それと、あなた、ニューヨークのテレビ業界に伝はない？」

「ないでもないけど、そんなに強くない」リズの方がよほど、コネがあるだろう。

「テレビ業界に何か用事でも？」

「私もテレビで仕事ができないかと思って。張り込みや尾行も、段々疲れてきたのよ」

「そんな歳じゃないだろう」俺ならともかく。実際、この四日間でかなりのダメージを受けていた。

「そうでもないわよ。あなたはどう思う？」

「正直に言おうか？　君はセクシー過ぎる」

「どういうこと？」

「テレビを見ている青少年には、刺激が強過ぎるんだ。それに君は綺麗過ぎて、主婦層の受けもよくないと思う。大人の男性からは圧倒的な支持を得ると思うけど、そういう人たちはテレビを見ない――俺みたいに」

シャーロットがまた声を上げて笑った。例によって本気なのか冗談なのか分からない。しかし俺は、このところの緊張感が抜けていくのを感じていた。

「とにかくありがとう。向こうへ戻ったら連絡する――それと、きちんと請求してくれ」

「貸しにしておいてもいいわよ。何かで返してくれれば」

「それはやめにしよう。一回一回、きちんと精算だ。それと、ニューヨークへ来ることがあれば――」

「真っ先にあなたに連絡するわ。それと一つ、確認していい？」

「何だ？」

「リズとは寝た？」

俺は思わず絶句した。そんなことはしていない——理由はいくらでも挙げられる。親子ほども年が離れている、大事な師匠の孫に手を出せるわけがない。言えば言うほど、さらにからかわれる気がした。

笑いながら電話を切り、俺はさっさと荷造りを始めた。ＬＡＸまでは遠くはないが、午前十一時の便だと、空港へ向かう途中で朝のラッシュに巻きこまれるかもしれない。シャーロットが以前言っていた——ロスの道路は全て、長大な駐車場。先日、空港からロング・ビーチへ来るまでに、それを少しだけ実感していた。

アメリカは広い。本格的に西海岸で仕事をするのは初めてだったが、五十代も半ばになってアメリカの別の顔を見ることができたことを、幸運と呼ぶべきだろうか。


翌朝、俺は予想通り渋滞に巻きこまれた。それを見越して早くに出たので搭乗時刻には十分間に合ったが、チェイスを確認する余裕はない。これは仕方あるまい。航空会社に確認しても搭乗者の名前を教えてもらえるわけがないし、さらにシャーロットの手を煩わせるわけにはいかない。ただ、ロング・ビーチを離れる時にチェイスの家を見た限りでは、ダットサンは置いたままだった。そのまま路上に放置していくのか、あるいは誰かが預かる約束なのか、空港の駐車場に長期預けるのか。いずれにせよ、その時刻にはチェイスはまだ家にいた可能性が高く、搭乗に間に合うかどうか微妙な感じだった。もっとも、ここで長く暮らしているチェイスなら、渋滞を避けられる抜け道を知っているかもしれない。

飛行機が水平飛行に移った瞬間、シートベルトを外して機内を一回りする。いた——チェイスはシートを軽く倒して、既に寝入っている。３Ａの選手も、旅から旅への毎日だから、移動には慣れているだろう。何があってもさっさと寝てしまうのが、彼なりの体調管理法なのかもしれない。

チェイスが乗っているのが確認できたので、俺も残りのフライトは寝て過ごした。このところ監視業務が深夜まで続き、明らかに寝不足である。ただし……少し前までなら、疲れたなどとは絶対に口にしなかったし、意識するのさえ拒否したはずだ。どうにも弱気になりがちな自分が情けない。

東海岸時間で夜早い時間に、ラガーディア空港到着。俺はロサンゼルス国際空港からリズに電話を入れて、ニューヨークでのチェイスの動きをチェックしてもらうように頼んでおいた。俺の方が先に飛行機を降りたので、ターミナルを歩きながら公衆電話を探す——チェイスが歩いてくれば確認できる場所だ。電話が見つかり、リズの事務所に電話を入れる。彼女の助手——女性探偵を目指すオリヴィア・テイラーが電話に出た。

「ハイ、オリヴィア」

「ジョー」

「電話番かい？」

「はい。チェイスの家にはリズとダブルZが行っています」

ダブルZことザック・ジールも探偵見習いである。彼には軍歴があり、オリヴィアは一時ニューヨーク市警に勤めていた。リズは自分の周りを経験者、そして武闘派で固めたことになる。

目の前を、チェイスが歩み去った。俺は彼に背を向けて話し続ける。

「今、チェイスが通り過ぎた。間もなく空港を出ると思う」

「分かりました。ミックが空港へ迎えに行っています」

「わざわざ迎えに来てくれなくていいのに……車は変わってないよな？」

「ええ。営業車で」

「分かった」あの車に乗るのは気が進まないのだが、リズの好意を無にするわけにはいかない。

「俺もチェイスの家に向かう」

「連絡しておきます」

リズは、仕事で使う車には自動車電話をつけている。いつでもどこでも連絡が取れるわけだ。そのうち、無線機も導入するかもしれない。

ターミナルを出ると、タクシー乗り場には長い列ができていた。チェイスは巨大なスーツケース一つを持って、その列に並んでいる。いかにも旅慣れた様子で、前にいる若い女性と笑顔で会話を交わしている。それを横目で見ながらミックの車を捜す——捜すまでもなかった。

巨大なストレッチリムジンが近づいてくる。リズも趣味が悪いというか、俺の教育がなっていなかったのか……探偵仕事をするなら、こういう目立つ車は避けねばならない。フォードかダッジの小型車、どこにいても風景に溶けこんで目立たない車が一番いい。もっとも彼女は、テレビ局やパーティ会場に乗りつける時にしか、この車には乗らないようだが。

運転しているミック・バルガスは、NFLのニューヨーク・ジェッツでオフェンシブタックルで活躍したものの、膝の故障でわずか二シーズンで引退。実家の自動車修理工場を手伝いながらぶらぶらしていた時に、高校時代の友人たちが起こした麻薬事件に巻きこまれた。ミックに関しては完全に濡れ衣であり、その危機から彼を救い出したのがリズだった。それがきっかけで、ミックはリズの事務所に出入りするようになり、今は欠かせないスタッフになっている。事務仕事を一手に引き受け、運転手役も務めているのだが、暴力沙汰になりそうな場所へ彼を連れていくと、だいたい何もなく終わる。何しろ六フィート五インチ（約195センチ）、二百六十ポンド（約118キロ）の巨漢で、GEの大型冷蔵庫が歩いているようなものなのだ。リムジンにはいつも鉄パイプが用意してあるが、これは格闘用ではなく威嚇のためである。ミックはこの鉄パイプを軽々と曲げる。どんなにいきりたった相手でも、その様子を見ると戦意を喪失してしまう。

俺はリムジンの後部ドアを開け、スーツケースを放りこんだ。自分は助手席に収まる。

「やあ、ミック・バルガス。わざわざありがとう」

「ジョー、助手席はやめて下さい。リムジンですよ？　後ろの冷蔵庫に、冷たいトニックウォーターとバーボンを用意してあります」

「お客さん扱いは勘弁してくれ。俺がこのリムジンに乗ると、リズは後からタクシー代を請求するんだ」

「まさか」

「冗談だ」ミックはいい奴なのだが、ジョークを真面目に受け取ってしまうのが困りものだ。「……おっと、今タクシーに乗ったのが、ラルフ・チェイスだ」

「オーケイ」

タクシーが動き出すと、ミックもリムジンを出した。既にナンバーは頭に叩きこんでいるだろう。かなり距離があったが、彼は異常に視力がいいのだ。フットボールで膝を壊したものの、散々頭をぶつけた後遺症はないらしい。

「どこへ行きますか？」

「もちろん、尾行だ」

「リズがラルフ・チェイスの自宅で待機していますよ」

「俺も、奴が無事に家に帰るのを見届けたい。その後、皆で飯でも食おう」とはいえ、ミックと一緒だと財布の中身が心配だ。何しろ、一ポンド（約900グラム）のステーキを簡単に平らげる男、と言われているのだ。俺が昔から馴染みにしているステーキハウス「キーンズ」に連れていったら、いくらかかるか分からない。それに今の俺は、人がブルドーザーのように食事を片づけているのを見ると、うんざりしてしまう。

タクシーはクイーンズを走り、クイーンズボロ・ブリッジを走ってマンハッタンに入る。チェイスの実家はアッパーウェストサイドにあるのだ。高級住宅地で、野球選手よりも大学教授が育ちそうな環境である。

しかし、タクシーはそちらに向かわなかった。ブロードウェイの近く、エイス・アベニューで停まり、チェイスはスーツケースを下ろした。そのまま、ビルの地下に入っていく。

「あそこは……」

「『ビリービリー』ですね」

「何だい？」

「ディスコ」

「おいおい」俺は思わず溜息をついた。長いフライトの後でいきなりディスコ？　知り合いがいるのかもしれないが、踊るのを我慢できなかったのかもしれない。だとしたらとんでもないタフな男だ。野球選手としてタフさを発揮してくれるならいいのだが、ディスコでは……。

俺は自動車電話を取り上げ、リズの車の電話を呼び出した。

「踊りにいかないか、ハニー」

「はあ？」リズの声がひっくり返った。

ひっくり返りたいのは俺の方だった。

第二章　ディスコ

リズは二十分後にやって来た。一方通行の多いマンハッタンでは驚異的な速さ……リズの運転はとにかく乱暴で、レーサー並みの運転テクニックで知られるイエロー・キャブの運転手でも、助手席に座っていたら気を失うと言われている。

車を降りてリズを出迎える。今夜の彼女は細身のジーンズにコンバースのスニーカー、ブラウスにブレザーという標準的な仕事用の格好だった。尾行、張り込み、何だったら格闘にも対応できる。

「ハイ」リズの挨拶は淡々としたものだ。「ボス、カリフォルニアに行って、歳取った？」

言われて、慌てて両手で顔をこする。歳を取るも何も、二週間会っていなかっただけなのだが。

「フライト疲れだろう。結構揺れた」

「ボスの歳だと、飛行機もきついのね」

「長い移動の時は、優雅に大型のクルーザーに乗りたいものだ――それで、だ」俺はディスコの入り口に目を向けた。いつまでも路上で警戒していたら、怪しまれるかもしれないから、中に入るべきだろう。ロング・ビーチの店と違って、店の外にドアマンはいない。「中で確認しないと」

「それはボスの仕事では？」

「今、この中にいる連中に、スナイダーの綴り違いの話は通用しそうにない」

「私も分からなかったけど……ザック？」

リズが、自分の乗ってきた車――こちらはいかにも仕事用という感じのフォードだ――に向かって声をかける。ザック――ダブルZが、開いた窓から首を突き出した。

「ディスコタイム」リズが指示する。

「了解」

ザックが車から降りた。ミックと違ってそれほど大柄ではないのだが、厳しい軍務を十年近く続けて、今でも体は引き締まっている。短く刈り上げた髪にも、まだ軍人の気配があった。

「ハイ、ザック」俺は右手を差し出した。ザックが力強い――強過ぎる握手で応じる。「ラルフ・チェイスが中に入った。何をしているか、確認だけしてくれ」

「特に何に注意を？」

「ドラッグ。奴はロング・ビーチで、平気でドラッグを使うような人間が出入りしているディスコの常連だった」

「本人は……」

「使っている形跡はない。あまり派手にしないで、どんな人間と会っているかを確認してくれればいい」

「イエス、サー」

「サーはやめてくれ」俺は苦笑した。「君とは単なる仕事仲間だ。俺たちの関係に上も下もない」

「光栄です、サー」

今にも敬礼しそうな様子で、ザックが目礼した。リズにうなずきかけて、ディスコへ降りる階段へ消える。

「あんなに堅苦しい態度だと、依頼人を緊張させないか？」俺は階段の方へ目を向けながらリズに訊《たず》ねた。

「それがね、彼のような軍隊経験者を信頼する人は多いのよ。特に年配の女性は、ね。国のために命をかけて尽くした人間は信用できるっていうことだと思う」

「彼もベトナムでは苦労してきたと思うが……」

「でも幸い、トラウマは負っていない。ひどい目に遭うと、あとあと大変でしょう」

俺とリズは、六〇年代後半から七〇年代前半にかけて、ベトナム帰りの兵士が関係した事件を多く扱った。ほとんどが薬物絡みで、きつい軍務を乗り切るために、違法な薬物が蔓延《まんえん》していたことが想像できる。暴力的な事件に発展することもあり、悲劇的な結末に終わった事件も一件や二件ではない。

突然雨が降り出した。結構な雨脚で、俺とリズはフォードに避難した。豪華なストレッチリムジンよりも、やはり狭い車の方が落ち着く。

「冷えるな」

「そう？　ロング・ビーチの気候に慣れたから？」

「そうかもしれない」

「向こうはどう？　カリフォルニアで探偵事務所を開業する気になった？」

「俺には無理だな。太陽が明る過ぎる。君にも無理だろう」

「あら、向こうへ行ったら体を鍛えて、肌を過剰に露出して、依頼人を魅了しようかと思ってたのに」

「君は、きっちりスーツを着て、マンハッタンの摩天楼の下を歩いてる方が似合う。生まれた時からのニューヨーカーなんだから」

「西海岸への憧れはあるけど」

「憧れるだけにしておいた方がいい」

「了解。ボスの忠告は貴重ね」

リズがエンジンをかけ、ヒーターを入れてくれた。エアコンが温風を噴き出す音に混じって、ディスコ・サウンド……音楽の源泉がカーステレオのカセットプレーヤーと気づき、俺はカセットをイジェクトした。

「君もわざわざ、こんな曲をカセットに入れて聴いてるのか？」

「これはザックの好みよ。私も別に、邪魔には感じないけど」

俺は車内に入りこむ街灯の光で、カセットのレーベルを見た。下手くそな字で「Chic/C'est Chic」と書いてある。

「聴き覚えのない曲だな」

「本当に？」リズが、運転席で身を捩《よじ》る。「去年ぐらいから、散々ラジオで流れてるわよ。ちょっと大人っぽくていい感じでしょう。他のディスコ・ミュージックとは違うわ」

「シック（アメリカのバンド。七〇年代後半からのディスコブームの立役者。『C'est Chic』は二枚目のスタジオアルバムで一九七八年発売。シングルカットされた『Le Freak』は通算六週ビルボードチャートで一位。ギターのナイル・ロジャースはプロデューサーとして、その後世界的ヒットを連発する）ねえ。シック（洒落た、垢抜けたという意味の「シック」はフランス語）なんだろうな」

「頭から馬鹿にしないで、聴いてみればいいのに」微《かす》かに非難するようにリズが言った。「ウッドストックの時代だって、ずっとロックを聴いてたじゃない」

「あれはロック。これは違う」

「相変わらず偏屈ね」

「君だって、今更ジャズを聴けって言われても困るだろう」

ジャズを好むのはヴィクだ。彼女も若い頃——ブロードウェイの人気レストランでウェイトレスを務めていた頃はロックンロールが好きだったのだが、歳を重ねるに連れてジャズに惹かれ、今では週に一度はジャズを聴かせるクラブに通っている。俺も何度かつき合ったが……まあ、ディスコ・ミュージックに比べれば千倍ましだが、ロックンロールには敵《かな》わない。ただし、ジャズの生演奏を聴きながら呑むバーボンは美味い。ロックンロールにはビール、ジャズにはバーボンがよく合う。

「まあね。でもジョーって、ずっと若い人の音楽を追いかけてきたじゃない。だいたい、自分より年下の人が好むような音楽を聴いてたわよね」

「ついに力尽きたんだ。俺は評論家じゃないから、合わないと思った音楽を、無理に聴く必要はない。とにかく、どこへ行ってもディスコ・ミュージックばかりってのは困るよ」

「耳栓をするわけにはいかないしね」

「いや、本気で耳栓が欲しくなることもある」

その時、運転席のドアがノックされた。身を屈《かが》めたザックがリズにうなずきかける。リズが後ろに向かって顎をしゃくると、ザックが後部座席に乗りこんできた。

「いました。一人で静かに酒を呑んでいます。誰かと接触している様子、話している様子はありませんでした」

「取り敢えず、酒で喉の渇きを癒《いや》している感じ？」とリズ。

「ええ。ビールを二本、立て続けに呑んでいました。それと、店に裏口はありません。ここを見張っていれば大丈夫です」

「どうする、ボス？」リズが話を振ってきた。

「ロング・ビーチのディスコでは、だいたい日付が変わるまで店にいた。遅くなるけど、彼が店を出て自宅に戻るまで確認しよう。明日の朝からは、俺が監視を担当する」

「手が必要なら――」

「泣きつくよ」

探偵は互いに仕事を融通し合う――手が足りなければ助け合うのが礼儀だ。最近はいっそのこと、リズの事務所に所属しようかと考えることもある。しかし、彼女の軍門に下るわけには……昔の「弟子」のところで働くのは、いかにも情けない。

俺はどうしたいのだろう。一人で、燃え尽きるまでまだまだ頑張りたいのか、早く安楽な引退生活を送りたいのか、誰かの下で、あまり複雑なことを考えずにダラダラと仕事がしたいのか。

昔はこんなことは考えてもいなかった。日々起こる事件に対応しているだけで手一杯で、それがまた楽しくもあったのだが、今はそうはいかない。これが歳を取るということなのか？

チェイスは午前一時過ぎ、自宅へ戻った。フォードとストレッチリムジンの尾行を引き連れて……それを見届けて、俺はミックが運転してくれるストレッチリムジンで自宅へ戻った。そんなに長い間空けていたわけではないのだが、部屋の中が何だかカビ臭い。窓を全開にしたが、雨のせいで湿った空気が入りこんでくるだけだった。ニューヨークでは、快適な陽気を楽しめるのは五月のほんの一時期だけだ。爽やかな青空と適度な気温——それはあっという間に去って、猛烈な暑さの夏がやってくる。ニューヨークには冬と夏しか季節がないようだ。俺も生まれついてのニューヨーカーだが、この急激な季節の変化には未《いま》だに慣れない。

冷蔵庫の中を改め、古い食パンとチーズを取り出してチーズサンドウィッチを作った。夜食としてはいかにも侘《わび》しい。マンハッタンでは二十四時間食事ができる店がいくらでもあるのだが、残念ながら俺の家の近くにはない。デリはあるのだが……アジア人の店主が異様に愛想が悪いので、どうしても足が向かなかった。

そそくさと夜食を済ませ、シャワーを浴びてベッドに寝転がる。眠いのだが、簡単に眠れない――軽い時差ぼけのような感じだった。それでもいつの間にか眠りに落ち、目覚まし時計のヒステリックな音で朝を迎える。掌《てのひら》を時計に叩きつけるようにアラームを止め、ベッドから抜け出す。またシャワーを浴び、髭《ひげ》を剃《そ》り――最近髭にも元気がない感じだった――スーツに着替えて準備完了。久々にネクタイを締めると、気持ちが引き締まった。

自宅近くの駐車場に停めているマスタングに乗りこみ、自分の本拠地での張り込みを開始する。途中、ベーグルショップに寄って、朝食用にロックス（スモークサーモンとクリームチーズのベーグルサンド）とコーヒーを買いこむ。

チェイスの実家は、西九十八丁目にあるタウンハウスだ。前の道路にはずらりと車が並んでいる。環境はいい――マンハッタンでは一番治安がいい一角で、ここに実家があるということは、チェイスが裕福な環境で育った証拠である。一度だけ電話で話した――騙した父親は、コロンビア大学の教授。母親はマウント・サイナイ病院に勤務する内科医なのだ。

午前七時半、張り込み準備完了。俺はロックスとコーヒーの朝食をそそくさと済ませてから、タウンハウスの近くを歩いて回った。白と茶色を基調にした、いかにも高級な建物。近所を歩く人も、いかにも金を持っていそうだった。服を見れば、だいたいどれぐらいの金を稼いでいる人か、分かる。

午前八時半、チェイスが出て来た。派手なグリーンと黄色のジャージの上下という格好。いかにも運動をしそうな服装なのだが、荷物は持っていない。車に乗りこむ気配もない。そのまま歩いて、ハドソン川の方へ向かった。そうか、川沿いは長大な公園になっており、運動施設もあるのだ。確か、リトルリーグの試合に使えそうな球場もあったはずだ。とはいえチェイスは何も持っていないので、少し体を解《ほぐ》すぐらいのつもりかもしれない。

俺は十分距離を開けて尾行した。ジャージが派手なので、見失う恐れはない。予想通り、チェイスは公園に入った。遊歩道の脇でストレッチを始める。体はがっしりしているのに、柔らかいこと……長いフライトの後で散々酒を吞んだ翌朝とは思えないほどの元気さだった。

ほどなく、舗装の荒れた遊歩道を走り出す。これはどうしようもない——待機だ。スーツ姿で走り出すわけにもいかないし、そもそも現役の野球選手のランニングにつき合うなど、無謀でしかない。

待つしかなかった。いずれチェイスはここへ戻って来るはずだと信じ、近くのベンチに腰を下ろす。少し冷たい風が頰を撫でていく。枯れ葉の匂いが、その風に乗ってきた。

時々腕時計を見ながら、ひたすら待つ。三十分……ようやくチェイスが戻って来た。ランニングというよりダッシュ。俺の近くまで来るとスピードを徐々に落とし、最後は歩きになる。腰に両手を当てて呼吸を整えながら——顔は汗で光っており、呼吸は苦しそうだった。しかしすぐに元気を取り戻したようで、ゆっくりと家の方へ戻って行く。朝のトレーニング終了、という感じだろう。

どこにいても、真面目に練習はしているわけだ。一方でディスコ通いも……チェイスという選手を理解するのは難しそうだ。単に野球も遊びも全力で、というだけのタフな人間かもしれないが。

一週間余りで、俺はボロボロになった。

チェイスは毎晩ディスコ通いを続け、日中は練習——朝のランニングだけで済ませることもあれば、近くのスポーツクラブへ通う日もあり、時には自分が卒業した高校へ行って、後輩たちの練習に手を貸していた。そういう時は大抵、キャッチャーとして後輩たちの投球を受ける。練習が終わると、長いこと話しこむのが常だった。プロの目からアドバイスを送っているのだろう。

「ジョー、少し休んだら？」事務所を訪ねてきたリズが、真剣な表情で忠告した。

「別に疲れてないけど」俺は強気で言った。

「疲れてるわよ。顔を見れば分かるわ。うちのスタッフが監視を担当するから、一日か二日、休んだら？　ヴィクに慰めてもらえばいいじゃない」

「慰めてもらうようなことはない——ショックを受けてるわけじゃないし」

「意地を張らないで。今、うちの事務所は暇だから」

「君は相変わらず、テレビ出演がお盛んなようだけど」

「あれは別に、大変でも何でもないから。時間を取られるだけで」

結局俺は、彼女の勧めに従った。何かあったらすぐに連絡してもらうという条件つきで。

監視を交代した二日間は、何も起きなかった。俺は惰眠を貪り、二日ともヴィクと夕飯を食べ、十分休憩した。考えてみれば、ロング・ビーチへの出張も含めて二週間以上も働き詰めだったから、疲れているのは当たり前なのだ。

三日後の朝、久々にアッパーウェストサイドのタウンハウスの前にマスタングを停める。三台前に、リズのフォードが停まっていた。座っているのはオリヴィア。目は充血していて、いかにも辛そうだった。まさか、ここで夜を過ごしたのだろうか。

俺は助手席に乗り込み、彼女にスタイロフォームのカップを渡した。

「ありがとうございます」

「ここで徹夜か？　美容と健康のためにはよくないな」

「しょうがないですよ」

オリヴィアは二十八歳。ハイスクールを出てニューヨーク市警で働き始めたが、何かトラブルがあって辞め、リズの事務所で働き始めた。オリヴィアは辞めた理由を頑《かたく》なに言おうとしないが、女性ならではの辛い目に遭ったのかもしれない。ニューヨーク市警は圧倒的な男社会で、数少ない女性警官は、しばしば差別的な扱い、あるいは性的な嫌がらせを受ける。

「昨夜の動きは？」

「三時です」

「三時に戻って来た？」

「『ビリービリー』の閉店まで粘っていたんです。私も帰るのが面倒になって、ここで寝ちゃいました」

「それは申し訳ない。今日からは俺が担当するから」

「大丈夫ですけどね」オリヴィアがコーヒーを一口飲んで溜息をついた。「でも、よく遊ぶ人ですねえ」

「それで朝からトレーニングをしてるんだから、間違いなくタフだよ」

「私には無理ですね」

「君とそんなに年齢は違わないんだが」

「元々の体力が違うんでしょう――出てきましたよ」

タウンハウスの出入り口を見ると、確かにチェイスが出てくるところだった。今日は青いボタンダウンのシャツにジーンズという格好で、トレーニングに行く様子ではない。それにしても元気だ……昨夜帰って来たのが三時なのに、八時間たっぷり寝たような、快活な足取りである。

「どうします？」

「歩いて尾行だ。もう少しつき合ってくれるか？　二人一緒の方が尾行は上手くできるし、怪しまれない」

オリヴィアがコーヒーカップを持ったまま、車の外へ出た。チェイスの行動は、これまでとは違うパターン……ブロードウェイを越え、西九十七丁目にあるパン屋を訪れた。美味そうなパンが揃っている店だが、奥にはテーブル席があって、中で食事もできるようだ。たまには気分を変えて外で朝飯か、あるいは家族のために焼きたてのパンを買いに来たのか。

ほどなく、七歳ぐらいの女の子が店に入っていった。午前八時……この年齢の女の子が一人で店に入るのは不自然だ。俺は大きな窓ガラスに顔を押しつけるようにして店内の様子を窺った。少女は真っ直《まっす》ぐ店の奥に駆けて行き、チェイスが座っているテーブルについた。チェイスはすぐに立ち上がり、女の子の手を引いて、パンが並んだカウンターの方に行った。二人で楽しそうにパンを選び始める。

「ええと」オリヴィアが困ったように言った。「誰でしょう」

「分からない。入ろう」子ども……チェイスの子ども？　しかし、チェイスに子どもがいるという情報はない。結婚歴がないことも確認できていた。

「入って大丈夫ですかね」

「中は広そうだ。君は、父親に無理やり朝飯に連れてこられた娘、みたいな演技をしてくれ」

「分かりました」

実際には、演技をする必要もなかった。二人はパンと飲み物を購入すると、席について食べ始める——周りの様子が目に入らず、二人だけの世界という感じだった。

オリヴィアはクロワッサンを、俺はドーナツを買った。飲み物は二人ともコーヒー。オリヴィアは、俺が差し入れたコーヒーをまだ持っていたので、狭いテーブルにコーヒーカップが三つ並ぶことになった。

「わざわざ君に言うことはないと思うけど、必要以上に見ないように」

「リズからそう教わっています——ということは、ジョーの教えですよね」

「いや、サム・ライダーの教えかな。彼女は小さな頃から、サムの与太話を聞いて育った。ただしその与太話は、彼の貴重な経験談だ。だから、探偵のノウハウが子どもの頃から頭に染みついていた」

実際、彼女が「弟子」として俺のところにいた時も、基本的なノウハウで教えることはほとんどなかった。手綱を引く——暴走しがちな彼女を宥《なだ》めていればよかった。それはある程度は成功したと言っていいだろう。ある程度どころか大成功か。ただし彼女の暴走癖だけは完全には直らない。

俺たちは、意味のない会話を交わしながらゆっくりと朝食を摂った。オリヴィアは西海岸の様子に興味津々といった感じだったが、俺の方ではさほど話すこともない。ロング・ビーチというロサンゼルスの隣町に数日いただけで、ロサンゼルスのダウンタウンさえろくに見なかったのだ。

「でも、西海岸って憧れますよね」

「そうかな」

「ビルばかりのニューヨークで生まれ育つと、海を見たいと思います」

「ニューヨークだって海に面している。コニーアイランド（ニューヨーク・ブルックリンの南端にある地区。近郊型のリゾート地、観光地として、長年ニューヨーカーに愛されている）に行けば、大西洋を拝めるよ」

「でも、向こうは太平洋じゃないですよ」

「君は、太平洋に憧れているのか」

「広いですし」

「ベイビー、パパには理解できない感覚だ」

俺が力なく首を横に振ると、オリヴィアがくすりと笑った。

チェイスは、女の子と嬉《うれ》しそうに話している。まるで親子だ。しかしそんなことはあり得ない——隠し子？　若い頃に授かった子どもを養子に出したとか？　様々な可能性が考えられる。しかしそれが、彼の私生活のトラブルにつながっているとは考えにくかった。若い頃の過ちは誰にでもあるものだ。俺だって……。

「娘さんですかね？」オリヴィアが訊ねる。

「顔は似ていないな」

「でも、親子っぽい雰囲気ですよ」

「確かに」

チェイスは女の子の顔にパンくずがつくと優しく取ってやり、オレンジジュースを飲ませたりと、かいがいしく世話をしている。女の子の方も、チェイスの言葉に一々反応して笑うのだった。

顔は……やはり似ていない。チェイスはがっしりした長方形の顔で顎が張っているのだが、女の子の方は顎が尖った、典型的な逆三角形の顔立ちである。目の大きさ、口の形、全てがチェイスとは似ていない。ただし、母親似という可能性もある。

母親は誰だ？

俺たちがコーヒーを飲み終えたタイミングで、店に一人の女性が入って来た。すらりと背が高く、三十歳ぐらい――花柄のワンピースから伸びる脚が、実にいい形だった。

女性は真っ直ぐ、チェイスたちが座る席に向かった。振り向いた女の子が立ち上がり、女性に駆け寄って行く。二人は手をつないだまま、チェイスのテーブルについた。しかし一言二言話しただけで、女性と女の子はすぐに立ち上がる。チェイスの表情は固くなり、両手をきつく握りしめていた。

二人はそのまま店を出て行った。自動ドアが開く直前、女の子は振り返ってチェイスに向かって手を振った。チェイスが一瞬だけ、花が開いたような笑顔を見せて手を振り返した。

「女の子を尾行する。君はもう少し頑張って、チェイスを張ってくれ。彼の家の前で落ち合おう」

俺は立ち上がった。オリヴィアは素早くうなずいただけで、コンパクトを取り出した。一々振り向かずとも、これでチェイスの様子を監視しようというわけだろう。女性はこの手が使える。

二人――こちらは本当の母娘《おやこ》だろう――は、ブロードウェイを北へ向かって歩いた。日曜の朝、さすがにマンハッタンもまだ静かで、街全体が惰眠を貪っているようだった。そのまま三ブロック歩いて右折。西百丁目に入ると、またしばらく歩いてこぢんまりとした褐色砂岩作りの三階建ての家に入って行った。俺はしばらく間を置いてから家に近づき、住人の名前を確認した。「ジョーンズ」。住所と名前をメモして、家から少し離れる。この辺にはよくある古い家で、そこから読み取れる情報はない。

おかしなことになってきた。

チェイスの家まで戻り、オリヴィアと合流する。

「どうでした？」

「名前と住所は分かった。親子だと思う」

「それだけ分かれば、家族構成も割り出せますね。市警のネタ元を使えば――」

「俺の長年のネタ元は退職してしまった。君の方で、誰かいるか」

「はあ、まあ……」オリヴィアは乗り気でない様子だった。

「頼む。話が通じる相手がいるなら、連絡を取ってくれ。今日は日曜日だから、簡単には情報が取れないとは思うけど」

「分かりました」

本当は俺にも、市警の中にネタ元はいる。長年つかず離れずの関係を続けてきた日系の刑事・リキは本当に辞めてしまったが、一人いなくなれば別の人間をネタ元として確保するのは探偵の基本である。ただし、ここでオリヴィアに一働きしてもらうのは悪いことではない。彼女が市警で何かトラブルを起こして辞めたのは間違いなく、それをまだ引きずっている感じなのだが、それは決していいことではない。トラブルがあったにしても乗り越え、市警とは新たにいい関係を築いていくべきなのだ。媚《こび》を売る必要はないが、こちらが必要な時に、いつでも情報を取れるようにしておかないと。

それからは待ちの時間が長くなった。オリヴィアはリズの事務所へ引き上げ、ネタ元と接触。俺はその場に残って監視を続けた。ただし、動きはない。昼が過ぎ、午後もどんどん過ぎていく。俺は煙草をやめたことを本気で後悔し始めた。

夕方、ようやくオリヴィアが戻って来た。疲れた様子だったが表情は明るい。俺のマスタングの助手席に乗りこむと、すぐにメモを渡した。

「母親と娘の二人暮らしですね。母親はエレノア・ジョーンズ。娘はリリアン・ジョーンズ」

「離婚した？」俺は閉じたメモを一瞬だけ開き、すぐにジャケットのポケットに落としこんだ。

「そのようです。もう少し詳しく調べますか？」

「いや、それは俺が自分でやるよ。君は疲れているだろう。今日はもう休んでくれ。君をあまり働かせ過ぎると、リズに殺されるからな。彼女、労務管理は適切にやっているんだろう？」

ない」

「ええ——徹夜もありますけど、そういう後は必ず休みをくれますから」

「じゃあ、明日は是非休んでくれ。長い時間つきあってもらって、申し訳ない」

オリヴィアを帰して、俺は今後の監視について本格的に検討し始めた。ジョーンズ母娘とチェイスの関係は、今すぐ問題になることとは思えないが、調べておく必要がある。そのためには俺は自由に動き回らないといけないのだが、どうしても手が足りない。

ハリスの許可を得ないと。

俺は、タウンハウスのすぐ近くにある公衆電話に向かった。日曜日だというのに、ハリスはヤンキー・スタジアムの事務所にいた。

「やあ」声に少し元気がない。

「日曜日にすみません。ちょっとご相談があります」

「ああ」

「金を下さい——金を出す、という約束をお願いします」

「何だね、いきなり」

「人を使う必要が生じてきました。調査の範囲を広げます。正式に、エリザベス・ギブソンの事務所に協力を依頼しようと思います」

「彼女は、野球のことなら君の方が詳しいと言って紹介してくれたんだが」

「もちろんです。でもこれからやる調査は、野球に詳しくない人間でもできることです。主に監視と尾行、それに書類の調査ですから。でも、絶対に必要なことです」

「分かった。必要な分は請求してもらって構わない」

やはりヤンキースは太っ腹だ。探偵仕事で一番揉めるのが、この部分である。時に、調査の途中で応援が必要になることがあるのだが、それは俺に払われることになっている料金の中に含まれているのか、別途の経費なのか……大抵は「料金の中に含まれている」と言い張って、追加の経費を払わない依頼人が多い——いや、「必要な分は請求してもらって構わない」という依頼人は、これが初めてかもしれない。ただし、俺に払う金など、ヤンキースの経費の中では微々たるものだろう。選手たちに支払われる年俸ときたら……。

「それで、どうだい？　今のところは」

「練習には真面目に取り組んでいます。自分の高校で、後輩たちと練習してますよ。そうでなくても、ジムへ通ったり走ったり」

「プレーオフに出ていない選手は、今頃になると、だいたい十ポンド（約4・5キロ）は太るもんだ」

「そんなに？」

「奴らがどれだけ食べるか、見ていると驚くよ。体を動かしているシーズン中は体重は変わらないが、シーズンオフになって体を動かさなくなっても同じ量を食べるから、太るに決まっている」

「では、チェイスはよくやっている——真面目に調整しているのは間違いないようですね」

「必死なのは分かった。遊びの方は？」

「それも必死です。毎晩のようにディスコに出かけていますよ」

「ドラッグは？」

「今のところ、その線はありません——確認させて下さい」

「いいとも」

「チェイスの家族のことです」

「ああ」

「父親は大学教授、母親は医者、妹さんが一人、しかしもう結婚してボストンに住んでいる——それで間違いないですね？」

「それより遠縁の人間については分からんがね」

「チェイスは独身ですよね」

「何か問題でも？」

「いえ、確認しているだけです」

「私が知っている限りでは独身だ。それがどうした？」

「子どもがいるということはないですか」

「いや、そんな話は聞いたことがない」ハリスが呆《あき》れたように言った。「そうなのか？」

「そうかもしれない、という話です。それを確認しようと——そのために人手が必要になります」

「なるほど。しかし、子どもがいるとまずいだろうか」

「そんなことはないんですが、はっきりさせておきたいんです」

「そのための応援か」

「そうです。よろしいですね？」俺は念押しした。

「もちろん。また逐一報告してくれ」

「そうします」

電話を切り、タウンハウスの出入り口に視線を向ける——とその瞬間、チェイスが出て来た。シャツにジャケット、ネクタイというきちんとした格好に着替えている。そして、路上に停めた一台の車——ダッジに乗りこんだ。彼がニューヨークで車を運転するのを見るのは初めてだった。俺は慌てて自分のマスタングに乗りこみ、尾行の用意を整えた。

チェイスの運転は乱暴だった。概してニューヨーク、特にマンハッタンには乱暴な運転手が多いのだが――リズがその代表格だ――チェイスも猛烈だった。制限速度を十八マイル（約30キロ）も超えて飛ばし、強引に隣の車線に割りこみ、ウィンカーも出さずに右左折を繰り返す。どこかへ行こうとしているのではなく、彼の頭の中にあるマンハッタンの地図をサーキットに見立てて、タイムアタックをしているのかもしれない。

何度か右左折を繰り返し、リンカーン・トンネルに入る。この先はニュージャージーだ。ニュージャージーに、誰か知り合いでもいるのだろうか。

ハドソン川を挟んでいるだけだが、ニューヨークとニュージャージーはまったく表情が違う。ニュージャージー側には高いビルが少なく、特にチェイスが車を停めた辺りは、二階建ての家が建ち並ぶ静かな住宅街だった。その中に一軒の自動車修理工場……ふいに俺は、十年前の記憶が蘇《よみがえ》るのを意識した。十年前――ウッドストック・フェスティバルの最中に行方不明になった少女を探して、この辺りの自動車修理工場を訪ねて来たのだった。目の前にある工場ではないが、似たようなもの……チェイスは車の修理に来たとも思えないが、何だろうか。

チェイスは、工場の中に入った。日曜なので休みのようだが、シャッターは開いている。すぐに、ひょろりと背の高い男と一緒に出てきた。チェイスと同年輩。この工場を経営している人間だろうか？　それにしては若い感じがしたが。

一体何事だ――と思ったら、二人はキャッチボールを始めた。工場の前が広い駐車場になっているので、ボールを投げ合うのにちょうどいい感じなのだ。チェイスは軽く投げているだけなのに、ボールに伸びがある。相手はおっかなびっくりグローブを出してボールをキャッチしていた。まったくの素人ではないが、長年ボールに触れていない感じ。

二人はしばらくキャッチボールを続けた。工場の男の方も慣れてきて、チェイスのボールを難なく捕るようになった。しかしボールを投げるのは久しぶりだったようで、やがて痛そうに右肩を回してから、首を横に振った。どんなに熱心に野球をやっていた人でも、長い間ボールを握らずにいれば素人に戻ってしまう。誰かが言っていたが、ボールを投げるという行為は、人間の基本的な筋肉の動きに反しているのだということ。だからこそピッチャーは故障しやすいのだ、と。

二人は工場の中から椅子を持って来て、並んで腰かけた。背の高い男はもう一度工場の中に引っこみ、ビール瓶を二本持って戻ってきた。二人は瓶を合わせて乾杯し、一気にビールを呑む。

穏やかな時間が流れた。二人は低い声で話しているようで、俺がいるところからは内容は一切分からないが、古い友人同士が旧交を温めている感じだ。笑い声。度々の握手。二人のやりとりは三十分ほども続いただろうか。最後は長い握手で終わった。

チェイスは自分のダッジに乗りこみ、すぐにその場を立ち去った。俺はそこで初めて自分のマスタングから降りて、小走りで工場へ急いだ。男は椅子を片づけている。

「ミスター――」

呼びかけると、男が振り向いた。間近で見ると、本当に若い。顔にはニキビが目立った。しかし手は汚れており、この工場で長い間、真面目に働いているのがうかがえた。

「ジョー・スナイダーと言います」

「デューク・スナイダーと同じ?」

「残念ながら綴りは違うけど……ありがとう」俺は右手を差し出した。男が困ったような表情を浮かべて、おずおずと俺の手を握る。

「ありがとう、とは?」

「デュークの名前を出して通用する確率は、一パーセントもないんだ」

「そんなに?」男が眉をひそめる。「あれだけすごいバッターなのに?」

「もう古い選手ということなんだろう」

「残念だ……それで?」

「にわかには信じられないかもしれないけど、私はヤンキースのために仕事をしている。フリーランスだが」

「ヤンキース？」男の声がうわずった。「スカウト？　もしかしたらラルフをヤンキースに？」

　俺は唇の前で人差し指を立てた。

「この件はまだ極秘扱いで、表に漏れると非常に困る。内密にお願いできますか？」

「もちろん」男ががくがくと首を縦に振る。

「オーケイ。あなたの名前は？」

「ジェイク・ジョーンズ」

「ダブルJ？」

「高校時代はそう呼ばれてた」

「ジェイクと呼んでも？」

「もちろん」

「じゃあ、ジェイク——座って話せるかな」

　ジェイクが、片づけようとしていた椅子を地面に下ろした。俺は腰を下ろし、椅子の角度を変えて、彼を斜めから見られるようにした。オイルの臭いが漂う、どこか懐かしい雰囲気。ただし今工場に入っているのは、日本車——シャーロットの愛車と同じシビックだった。

「日本車を修理するのは、どんな気持ち？」

「車は車だから。でも日本車は、頑丈だね。簡単には壊れないから、あまり修理には入らないんだ」

「我がアメリカの車は、ますます弱い立場になりそうだな」

「でも、いい車は悪い車を駆逐する——しょうがないでしょう」

「それでジェイク、ミスタ・ラルフ・チェイスと君の関係は？」

「ああ、高校時代のチームメートですよ。俺がピッチャーで、あいつが受けてくれた」

「なるほど。バッテリーだったんだ」

「俺にはもったいないキャッチャーだった。キャッチングは上手いし、肩も強い。それに何より、リーダーシップがすごかった。チームをまとめていたのは、コーチじゃなくてあいつだったな。もちろん、バッティングも……野球の腕を買われて大学へ行って、ドジャースに指名されるのも当然だよね。俺たちの誇りだよ」

「なるほど。あなたはどうしてここに？　高校はマンハッタンでしょう」

「元々マンハッタンで生まれ育って……高校を卒業した後、自動車修理工になって、あちこちの工場で働いたけど、ここの娘と結婚してニュージャージーに移ってきたんだ」

「じゃあ、いずれこの工場は君が継ぐ？」

「もう継いでるけどね。親父《おやじ》さんは、俺たちが結婚してすぐに、病気で亡くなった」

「それは残念だった」

「厳しいけどいい親父さんだったよ」ジェイクが鼻をすすった。

「それで、今日はミスタ・チェイスはどうしてここに？」

「久しぶりに電話がかかってきて、会いたいと」

「何か特別な用でも？」

「そういうわけじゃなくて、たまたまこっちに来ているから会おうって。まあ、時間はあまりなかったけど」

「会うのは久しぶり？」

「三年ぶりかな？　三年前も急に電話がかかってきて、会いに来た」

「気まぐれなんだ」

「まあ、そういうところはあるけど、いい奴ですよ。我らがキャプテン。それに希望の星」

実際にはなかなかメジャーに定着できずに、３Ａで足踏みしているのだが。それでも彼のように、高校時代を限りに野球をやめた立場から見たら、眩《まぶ》しい存在なのだろう。

「頼り甲斐《がい》のあるキャプテン……なるほど。他には？」

「他にとは？」

「我々は」ヤンキースの人間は、ということだ。「選手の性格を重視する。あなたも知っていると思うが、ビリーはあんな激しい人だし、レジーも我が道を行く人間だ。二人の衝突は、チーム内に余計な緊張をもたらした」

「その話はいろいろなところで聞くけど、本当なの？」

「あなたが考えているよりもひどい」俺は眉をひそめた。「ただし私はヤンキースの人間ではないから、チーム事情を勝手に喋《しゃべ》るわけにはいかない」

俺は名刺を取り出して、ジェイクに渡した。ジェイクがしげしげと眺めたが、この名刺から得られる情報は限られている——名前と事務所の電話番号だけだ。

「212……マンハッタン？」

「何か調査の仕事があったら、電話してくれれば。修理を依頼してきた人間がギャングらしくて困っているとか」

「まさか」ジェイクが笑った。

「ギャングの車も故障する」俺は真顔で言った。

「あなた、探偵なの？」

「調査の仕事全般を請け負っている。ギャングから野球選手まで」

「つまり、ラルフの素行調査？」

「今のヤンキースは、選手を徹底的に調べる……彼は普段、西海岸にいるから、ヤンキースには情報が伝わりにくい。ミスタ・チェイスにこれまで何か問題は？」

「大学時代に、頭にデッドボールを受けて、何ヵ月か入院していたことがある。頭蓋骨骨折で、そこから内角のボールを克服するのに長い時間がかかった——今も克服できていないかもしれない。あいつがメジャーに定着できないのは、その辺が原因かも」

「なるほど。プライベートでは？」

「プライベート？」

「ドラッグとか」

「まさか」呆れたようにジェイクが吐き捨てた。「それだけはない。あいつはドラッグを死ぬほど嫌ってるから」

「何故？」それならどうして、ドラッグを使う人間がたくさんいるような場所に出入りしているのか。

「高校のチームメートが、ドラッグで逮捕されたんだ。中毒ってわけじゃなくて、面白半分に売人から買っただけなんだけど、その現場を警察に押さえられて……しばらく試合もできなかった。そいつは学校も辞めちまったし……俺たちは鉄壁のセンターを失ったんだ。それ以来、ラルフはドラッグを毛嫌いしている」

「酒の問題は？」

「今、ビールを呑んだ。一本のビールで三十分は楽しめる人間だよ」

「女は？」

「さあ……最近の女性関係は知らないな」ジェイクが首を傾げる。

「昔は？」

「俺たちは皆、女の子に飢えた高校生だった」ジェイクが笑い飛ばした。「ラルフにはガールフレンドもいたけど、その子とは高校を卒業する時に別れたよ。それだけ、野球に集中したかったんだ。絶対にメジャーへ行くって、その頃から言ってたからね」

「最近は？　今、女性関係の話とかはしなかった？」

「昔話だよ。チームメートの噂話とか」

「なるほど……エレノア・ジョーンズという名前に心当たりは？」

「いや」

「高校時代のガールフレンドの名前は？」

「覚えてない……でも、ギリシャ系の子だったから、エレノアなんて名前じゃなかったと思うよ。しかし、あいつがヤンキースとはねえ。俺たちにとってはありがたいけど。これでいつでもあいつのプレーを観に行ける」

「本当に獲得するかどうかは、まだ分からないけどね。その他に、彼に関する噂は何かないだろうか？　いい噂でも悪い噂でも」

「悪い噂はないね。仮にあっても、友だちを探偵に売るような真似はしない」ジェイクの表情が頑なになった。

「そんなに大変な話じゃない。これはあくまでビジネスだから。ビジネスに、下調べは絶対に必要なんだ。しかもヤンキースが扱うのは、超高級商品だ」

「レジーのようなことはないよ」

「本当に？」

「レジーみたいな選手は、同時代に二人はいないだろう。俺たちは彼を、楽しんで見てるけどね」

「ブロンクス・ズー（当時のヤンキースは、チーム内の混乱ぶりから「動物園」と呼ばれていた。ヤンキー・スタジアムのあるブロンクスには、本物の動物園がある）」

「勝てなくても、あれだけベンチ内の出来事がゴシップになったら、それだけで立派なエンタテインメントだよ。そんなところにラルフが入って、やっていけるかな」

「それを探るために、私は雇われた」

「そう……」ジェイクが腕組みをした。「まあ、女性絡みは……あるかもしれないけど」

「何か問題でも？」

「奴の両親は厳格なんだ」

「お父さんが大学教授、お母さんが医者」

「そう」ジェイクがうなずく。「二人とも、本当はラルフを研究者にしたかった。実際奴は、頭もよかったんだ。でも、野球の腕の方がはるかに上……両親も、それは分かっていても、簡単に納得できなかったんだろうな。高校時代、ラルフはずっと、肩身の狭い思いをしていた。大学へ行って、ようやく解放されたんだよ。野球のことだけ考えていればよかったんだから……あとは女の子」

「高校時代のガールフレンドとは別の子？」

「噂で聞いただけだけどね」ジェイクがうなずく。「ずいぶん派手に遊んでたっていう話だ。だから、何かトラブルがあってもおかしくないと思うよ……ないといいけどね。あいつ、ヤンキースに入れるかな」

「それを決めるのは私ではない」俺は逃げた。

「歳を取るって、できないことを積み重ねていくことじゃないかな。子どもの頃は夢がたくさんある。それなのに、あれができない、これもできないって分かってくる過程っていうかさ。ラルフは、そういう意味では歳を取っていない。それが羨ましいけど、あいつが野球で頑張っている限り、俺も頑張れるような気がするんだ」

「分かるような気がする。俺のような歳になれば、全てが終わったようなものだけど」

「そうだろうね」

軽い会話の応酬なのだが、かちんときた。俺は全てを投げてしまったような年齢に見えるのか。

見えてもおかしくない、と考えてしまうのが情けない。

午後八時、俺は久しぶりにヴィクのピザ・ショップに顔を出した。去年内装を変えたばかりで、テーブルクロスが赤白チェックに変わった。これだけで、いかにも本格的なイタリアの店という感じがしてくる。赤とクローム、五〇年代のダイナーの方が俺の好みなのだが……ピザの店には合わないだろう。

「ハイ、久しぶり」

雲の切れ間から太陽が顔を出したような、ヴィクの笑顔。昨日、一昨日の休みでも取りきれなかった疲れも、春の日差しを浴びて溶ける雪のように消え失《う》せていった。

「いつもの?」

「ああ」

「ちょっと待ってね」

ヴィクはすぐにビールを持って戻って来た。普段は遅くまで賑わう人気店なのだが、日曜の夜とあって、さすがに空いている。ヴィクは厨房《ちゅうぼう》で料理はせず、いつもは接客で忙しく動き回っている。ただし今日は暇……ビール瓶を置くと、ヴィクは俺の前に座った。

「まだ顔が疲れてるわね」

「肉体的に疲れているだけだよ。今回の案件では、精神を削られるようなことはない」

「それならいいけど」ヴィクが微笑む。「あなた、いつも精神的に辛くなるような事件ばかり、押しつけられていない？」

「押しつけられてるわけじゃない。いつの間にかそうなってるんだ」

「一種の才能？」

「自分を追いこむことが才能と言われても」俺は肩をすくめた。

すぐにペパロニのピザが運ばれてきた。俺は最近、ここのピザは酒の友だと思うことにしている。薄くクリスピーで、ビールの刺激にぴったりなのだ。

いずれにせよ、ヴィクが夕食につき合ってくれただけで十分だった。日曜の夜……あとはエルヴィスの古いレコードでリラックスし、明日からの仕事に備える。

しかし俺は今、任務中であり、日曜の夜だからといってサボるわけにはいかない。

「ヴィク、踊りに行かないか？」

「どうしたの、急に」ヴィクが大きな目をさらに大きく見開く。「あなた、ツイストを踊るには歳を取り過ぎてるわよ」

「ディスコだ。体を揺らしていれば格好がつくだろう」

「よしてよ」ヴィクが苦笑した。しかしすぐに真顔になる。「本気？」

「今追いかけている人間が、頻繁にディスコに出入りしているんだ。今日もそこにいるか、誰かと会っているか、確認しておきたい」

「私は囮《おとり》？」

「囮というか、目眩《めくらま》し？　君のゴージャスさは、若者たちの目を潰してくれるだろう。君が魅力を振りまいている間に、俺は一仕事するよ」

「あらあら、私みたいな人間で、若い人を魅了できるかしら」ヴィクが両手で頬を押さえた。

「魅了されない人間がいたら、そいつはどこかおかしいんだ」

「分かった。すぐ出る？」ヴィクが悪戯《いたずら》っぽく笑う。

「できれば」

「じゃあ、ちょっとお店の鍵を任せるから。待ってて」

ヴィクが立ち上がる。俺は残ったビールを呑み干し、彼女を待った。五分経つと、彼女は豪華なショールを巻いて戻って来た。

「ディスコって、こんな格好で大丈夫なの？」

「今夜行くところでは、ネクタイをしている奴を見たことがない。ついでに言えば、スカート丈が膝より長い女性も一人もいない」

「あらあら、パンツルックは許されないのかしら？」今日のヴィクは、長い脚が際立つような黒のパンツだった。

「そんなことはない。若い女性は、脚を出して自己アピールしたいだけなんだ。ディスコは、虫や動物の出会いの場みたいなものだし」

「私は、若い人の観察に専念するわ。何だか面白そうね」

店の前に車を停めると、ヴィクはすぐに「あら」と言った。

「この『ビリービリー』っていうお店？」

「ああ」

「ここ、ずいぶん古いわよ。私が近くで働いていた頃からある。その頃はジャズクラブだったけど……同じ名前っていうことは、経営者は変わってないんじゃないかしら」

「そうかもしれない」

「定見のない経営者ね。ジャズクラブだった頃は、結構尖った店だったわ。私も何度か来たことがあるけど、楽しめなかったわね。現代音楽とジャズの融合を目指す——なんて言ってたけど、意味が分からなかった」ヴィクが肩をすくめた。

「それに比べたら、今の方がよほど分かりやすい」

「ディスコ・ミュージックは単調だものね」

俺たちは腕を組んで階段を降りた。マンハッタンで地下にある店というと、どうしても湿気がこもり、小便臭い臭いがたちこめているものだが、この店は例外だった。掃除が行き届いているのだろうが、空調もしっかりしている。オーナーは定見はないかもしれないが、きちんと金をかけるセンスと常識はあるようだ。

店に通じる重いドアを押し開けると、腹に響く重低音のドラムとベースの音が襲ってくる。ヴィクは平然としていたが、俺は一瞬顔をしかめてしまった。しかし、地上ではなく地下に控えているドアマンのビリー——六フィート七インチ（約2メートル）はある長身の黒人だ——は、俺を見てにこやかな笑みを浮かべる。俺はすかさず握手して、彼の手に一ドル札を滑りこませた。途端に、ビリーの笑みがさらに大きくなる。

ニューヨークでは、愛想は金で買える。

俺はヴィクをカウンターに案内した。ロング・ビーチのディスコに比べると客の年齢層は高く、落ち着いた雰囲気が漂っている。ミラーボールや派手な照明などがないせいかもしれない。昔はジャズクラブだったせいか、天井が低いのだ。ここにミラーボールを下げたら、踊る人は全員頭をぶつけてしまうだろう。カウンターについて、酒を呑みながら静かに談笑している人も少なくない。しかもこの店にはバーテンダーが二人いて、希望すればカクテルも作ってくれる。

二人ともギムレットを注文した。

「こういうところだと、飲み物はビールぐらいかと思ってたわ」ヴィクが言って、グラスに口をつけた。「あら、美味《おい》しい。もしかしたらライムジュースじゃなくて、生のライムを使ってる？」

「そのようだ」

「優秀なバーテンね」

ヴィクは、ギムレットを作った女性バーテンに向けてグラスを掲げて見せた。

さて……酒は美味いが音楽はやはり煩わしい。しかしヴィクは、カウンターに寄りかかったまま、足で自然にリズムを取っていた。

「踊りたければ踊っても」

「あなたがつきあってくれればいいけど、どう？」

「やめておく」

今かかっているのは、ストーンズ（ローリング・ストーンズ。六〇年代初頭から活動を続ける史上最強のロックンロール・バンド）の『ミス・ユー』。去年のヒット曲で、初めて聴いた時には大変な衝撃を受けた。ラジオから、べースの音を強調したディスコ・ミュージックが流れてきたのだが、そこに乗る声がミック・ジャガー（一九四三年〜。ローリング・ストーンズのボーカル）だったのだ。仰天したが、ミックが歌っているのだから間違いなくストーンズの曲……いや、ソロで出した曲か？　俺は慌ててレコード店に飛びこんで、顔見知りの店員に確認した。ええ、こいつはストーンズの新しいアルバムからの先行シングルですよ。いい感じでしょう？　クソッタレ、という言葉を呑みこみ、俺はレコードを買わずに店を出た。

　ストーンズだけではなかった。ソウルフルなロックシンガーとしてずっと注目していたロッド・スチュワート（一九四五年〜。イギリスのロックシンガー。六〇年代後半から有名バンドを渡り歩き、七〇年代中盤にソロに転じてからは数々の大ヒットを飛ばした。独特のハスキーボイスが特徴）も、去年ディスコ・ミュージックの色が強い『アイム・セクシー』（原題『Da Ya Think I'm Sexy?』）をリリースして物議を醸した——そして大ヒットした。今年の頭には、ビルボードのヒットチャートで首位に立っている。

「あなたが好きだったストーンズも変わったわね」

「ミックに直接聞いてみたいよ。ボサノバが流行ったら、ストーンズもボサノバを演奏するのかね？」

「まさか」

「結局、ポップ・ミュージックは流行を作るのが役割だからな。どんどん新しい流行を作り出して、若者の少ない小遣いを巻き上げるために」

「そんなに皮肉に言わなくても」ヴィクが苦笑した。

「レコード会社の連中が自分で言ってたよ。俺だって、その話を聞いた時は幻滅した」

俺は話しながら、フロアで揺れ動く人波を観察し続けた。チェイスは……いた。今日は夜になって少しひんやりしてきたのに、筋肉を見せびらかすようにTシャツ一枚である。ゆらゆらと体を揺らすように踊って、周りの人に合わせている。どうにも眠くなる——体が揺れるほどの大音量なのに、何故だろう。ディスコ・ミュージックのテンポが、眠気を誘うのかもしれない。

曲が変わった。コモドアーズ（アメリカのソウル・ファンクバンド。一九七四年にデビューし、七〇年代後半から八〇年代にかけて数々のヒットを放つ。ライオネル・リッチーがボーカルとして在籍）の『永遠の人へ捧《ささ》げる歌』（原題『Three Times A Lady』）。チークタイムということか。

「あら、これなら私も踊れるわ。一緒にどう？」

「やっぱりよしておこう。あの中には紛れこみたくない」

「こういうところへ来たんだから、少しは楽しんだ方がいいんじゃない？　踊ってる方が自然でしょう？」

「俺は、ここにいるだけで違和感の塊だと思うよ。君もだけど……君は、この店にはゴージャス過ぎる」

「スカートじゃないけど」

「何の問題がある？　君の脚は素敵だ」

　ヴィクが薄く笑った。

　静かなチークタイムが終わると、よりによってロッド・スチュワートがかかった。俺はずっとチェイスを見ていた――彼と一緒に踊っていた小柄なポニーテールの女性が、右手をヒラヒラさせて顔を扇ぎながら、バーカウンターに近づいて来た。ビールを注文すると、ぐっと呑んで煙草に火を点ける。近くで見ると、そんなに若くもない――やはりこの店の客の年齢層は、やや高めのようだ。二十代後半という感じだろうか。

　俺はカウンターの中を向いたまま、彼女に話しかけた。ヴィクが寄り添ってくれる。五十五歳のおっさんがいきなり話しかけてきたら――しかもこんな場所で――若い女性は警戒するだろうが、こちらも女性連れなら、警戒心は少しは薄れるはずだ。しかもその女性が特別にゴージャスならば。

「ハイ」

「ハイ」返事はしてくれたが、表情は露骨に警戒している。

「ミスタ・チェイスの知り合い？」

「知り合い――ここで何回か会ったけど」

「最近？」

「そうね。私も最近、ここに来るようになったから。ラルフに何か用？」

「用はあるけど、それを彼に気づかれてはいけない。私は探偵だ」

「何、あの人、ヤバい人なの？」女性が鼻に皺を寄せる。

「違う、違う。チェイスがどんな人か、知ってる？　何をやっている人か」

「知らない」女性が首を横に振った。「ここではそういう話はしないから」

「彼は今、転職するタイミングなんだ。ある会社が彼をスカウトしようとしているんだよ。私はその会社に雇われて、彼の私生活に問題がないかどうか、調べているんだ。普通の調査だよ」

「本当に？　私、証券会社に勤めているけど、他の会社から移ってくるトレーダーに関しては、そういう調査なんかしないわよ」

「それは証券業界のルールだと思う。彼がいる業界では、身元の確認は大事なことなんだ」

「いったい何の業界？」

「それは、秘密にしておいてもいいだろうか？」俺は頼みこんだ。「この件が――私が調査していることがバレたら、彼はまずい立場に追いこまれる。転職の話も流れてしまうかもしれない。それは彼にとって、大変な機会損失なんだ。何十万ドル、もしかしたら何百万ドルを稼ぐチャンスを失うかもしれない。しかし君が黙っていてくれれば、彼は大金持ちになれるかもしれない。そういう男を摑まえておいて、損はないよ」

「やだ、私たち、そんなに親しくないわよ」女性は口に手を当てて笑った。「誤解しないで。ここで会えば一緒に踊るけど、それだけ」

「プロスポーツの問題なんだ。彼は、プロのアスリートなんだよ」

「ああ、確かにすごい体よね。それを見せびらかす癖があるのはどうかと思うけど。今日なんか、半袖の陽気じゃないわよ」

「筋肉自慢は、いつでも小さめの服を着たがる」俺はうなずいた。「一つだけ、私のクライアントが一番気にしていることがある――ドラッグは？」

「ああ、それはないわね」女性が軽い口調で言った。「大麻、コカイン、ヘロイン――ないわね」

「どうしてそう言える？」

「こんなこと言っていいかどうか分からないけど、私がいる証券業界は、ドラッグ漬けなのよ。トレーダーの人は神経を尖らせているし、働いている時間も長い。何とか気持ちと体を持たせるためには、ドラッグが必要なのよ。会社でも頭を痛めているんだけど、どうしようもない。厳しくやったら、社員の八割がいなくなる」

「あなたは汚染されていない？」

「私はアシスタントだから、神経を使うような仕事じゃないし……」女性が肩をすくめた。「とにかく、そういう人間が周りにたくさんいるから、ドラッグを使っているとどんな感じになるかは、分かるわ」

「ミスタ・チェイスはクリーン」

「ええ」

「――ありがとう。楽しんで」

俺が知らない別の曲がかかった。とはいえ、どれも同じに聴こえる。ロックンロールも、世に出始めた頃は「どれもこれも同じ曲だ」と年配の人間から――俺の年齢の人間も多かった――非難を浴びたものだが、同じようにスリーコードしか使っていない曲でも、それぞれに個性はあった。それを聴き分けられない方が悪い――今も、様々なディスコの曲を聴き分けられない俺が悪いのだろうか。

時代は変わる。音楽の流行も変わる。しかし人は変わらない。何十年もずっと、その時々の流行の音楽を追いかけていける人などいないだろう。音楽の方から「オッサンはお断りだ」と言われてしまうかもしれないし。

翌朝、俺は監視をザックに任せ、ハリスと面会した。中間報告のようなもので、ヤンキー・スタジアムへ行って、普段は覗《のぞ》けないバックヤードに入れるかもしれないとかすかに期待していたのだが、彼の方で俺の事務所に来るというので、スタジアム訪問は諦めた。

午前十時、ハリスがやって来た。きちんとスーツを着こみ、ネクタイを締め、厳しい表情。ソファに座るなり、葉巻に火を点けた。

「何かまずいことでも？」

「オーナーがお怒りでね」

「ミスタ・スタインブレナーが？　どうしてまた」

「もちろん、マンソンの後釜問題だよ。早く結論を出せと焦っている。ミスタ・スタインブレナーはとにかく、センターラインを重視するんだ」

「ピッチャー、キャッチャー、セカンド、ショートにセンター」

ハリスがうなずく。指先から立ち上がる葉巻の煙が頼りなく揺れた。

「そこがしっかりしていれば守りは完璧、というのがオーナーの信念でね。ああ見えて、ホームランが出れば満足する人じゃない。とにかく、何が何でもセンターラインだ。ウイリー・ランドルフ（一九五四年〜。ヤンキース、ドジャースなど。主にセカンドを守り、通算二千二百十安打。セカンドとしてダブルプレー千五百四十七は歴代三位。二〇〇五〜二〇〇八年にメッツ監督）とバッキー・デント（一九五一年〜。ホワイトソックス、ヤンキースなど。主にショートを守り、通算千百十四安打。一九八九〜一九九〇年にはヤンキース監督）の二遊間は完璧だ。センターには、衰えつつあるとはいってもボビー・マーサー（一九四六〜二〇〇八年。ヤンキース、カブスなど。通算千八百六十二安打、二百五十二本塁打。オールスターに五回出場）がいる。あとはキャッチャーだ」

「センターラインが大事――確かに昔からそう言われますけど、本当なんですか？」

「今の野球は、もっと複雑だけどね。ただし、キャッチャーが守りの要なのは間違いない。グラウンドに出たら、キャッチャーが監督だ。ピッチングを組み立てて、それによって守備のポジショニングも全て指示する」

「マンソンに匹敵するようなキャッチャーはなかなかいないでしょう」

「私は、マイナーでチェイスの試合を見たけどね……あれは王様だ」

「王様？」

「守備陣に君臨する王様。指示は的確で、リードも上手い。あれだけでも、メジャーで通用すると思う」

「でも、ドジャースは飼い殺しにしている」

「どうなんだ？　大きなトラブルは？」

「ないですね」俺は断言した。「ディスコ通いは相変わらずですけど、少なくとも羽目を外している感じはありません。日課のように通っているだけで、トレーニングも欠かしていませんし、酒も過ぎることはないです。一番心配していたのはドラッグですが、その可能性は排除していいと思います」

「ああ……品行方正ではないが、若者なら普通の生活だな」

「ドジャースが、彼を昇格させない理由は何なんでしょうね」

「それは私が知りたいが、やはり性格の問題なんだろう」

「それだけで？」

「王様なんだよ、奴は。試合中はそれでいい。いや、むしろその方がいい。キャッチャーがしっかり指示しないと、守備の組み立てができないからな。しかしそれが、グラウンドを離れても同じだったら……仲間からは嫌われる。別にメジャーリーグは仲良しクラブではないが、無駄にチームの輪を乱すような選手は弾《はじ》かれる。特に今のドジャースは、規律を重んじるチームだからな」

「チャベス・ズーではない？（本拠地のドジャー・スタジアムがチャベス渓谷にあるので、それをもじったジョーク）」

「チャベス・アクアリウムかな。選手はきちんと水槽の中に入って、整然と泳いでいる」

「元々ドジャースは、クリーンイメージですからね」

「ミスタ・ピーター・オマリー（一九三七年〜。元ドジャースのオーナー。野茂英雄を受け入れるなど、日本との関係も深い。二〇一五年、旭日中綬章を受章）が、ミスタ・クリーンだからね。とにかく明るいドジャースだ。激しいプレーは賞賛されるけど、試合が終われば皆仲良くビールを酌み交わす——チェイスは、そういうところに入れない人間かもしれない。試合が終わっても、ミスした仲間を締め上げるような選手は嫌われる。そういうのは監督やコーチの仕事なんだが、時々勘違いしてしまう奴もいるんだ」

「その辺は、ロッカールームの様子が分からないと……私には調べられないことです」

「実際、ロッカールームを殺伐とさせているのは間違いない。昔のチームメートから話を聞けたんだ」

「だとしたら、ドジャースでの昇格は厳しいかもしれませんね。今は、スティーブ・イエガー（一九四八年～。ドジャース、マリナーズなどで活躍した。通算八百十六安打、ホームラン百二本）がホームプレートを守ってますし」

「ただし、イエガーは打撃が弱い。それなのにチェイスを昇格させないのは、よほど問題があるからなんだ」

「性格が悪いというだけで、飼い殺しにするものですか？　レジー・ジャクソンだってプレーしているのに」

「レジーほどのバッターだったら、多少の問題には目を瞑《つぶ》っても使うよ」

多少、ではないだろうが。彼の暴言・舌禍は、笑い話として扱われているものの、チームメートや首脳陣との確執はシリアスだろう。

「女性問題は……」

「ほう」ハリスが身を乗り出した。「そういうのは、大きなトラブルの種になりかねない」

「大学時代に何かあったようですが、はっきりしたことはまだ分かりません。必要なら、大学時代のチームメートに話を聴きます。メジャーにいる選手はいないんですか？」

「どうだろう？　調べてみないと分からないな」

「では、誰か会えそうな人がいたら紹介して下さい——選手ではない方がいいですね。現役の選手に話を聴くと、どうしても噂が広がってしまうでしょう」

「分かった。気をつけておく」

「実は、彼は小さい女の子と会ってるんです」俺は打ち明けた。

「この前の話か？」

「ええ」

「しかし、間違いなく独身だぞ？」

「ええ。だから奇妙なんです。親子のような感じもしますが、相手はニューヨーク在住です。詳しくは調べていませんが、シングルマザーとその娘……チェイスは本当に、結婚はしてないんですよね？」

「ああ」

「ちょっと引っかかるんです。その線、調べてみます」

「君はプロだ。その判断は君に任せる」

「分かりました」この調査の方が簡単だろう。書類で調べられることだし、時間もかからないはずだ。

「実は、ミスタ・スタインブレナーがチェイスにご執心なんだ」

「プレーを見てもいないのに？」

「プラス評価の報告を上げてしまってね」ハリスが渋い表情を浮かべる。「食いついた。もう少し慎重にいけばよかったよ」

「ミスタ・スタインブレナーが食いついたら、大変そうですね」

「自分の望みが叶わない、などということは信じられない人なんだ。あの人の辞書に『挫折』『失敗』『妥協』の文字はない」

「まさに噂通り」

「君の調査結果で、彼が完全に白と出る日が待ち遠しいよ。もしもダメとなったら、ミスタ・スタインブレナーは激怒する。私の首も危ないな」ハリスが首の後ろを手刀で叩いた。

「そんなことにならないように……頑張りますけど、嘘の報告はできませんよ」

「そりゃそうだ。後でトラブルが起きたら大変だからな」

「厳しい仕事ですね」

「いやいや、スカウト業務は楽しいよ。誰も気づいていない若い選手を発掘できた時は、本当に気分がいい。でも今は、ミスタ・スタインブレナーの機嫌を取るのが仕事になっている。いつも近くにいる人間は、地獄だろうな。あるいは、あっという間に神経がすり減って何も感じなくなってしまうかもしれないが」

「動物園の本当の主ですね」

「ライオンの王、みたいな感じかも——おっと」ハリスが周囲を見回した。「まさか、この事務所に盗聴器は仕かけられていないだろうな？」

「定期的にチェックして、クリーンにしています。ご心配なく」

「ま……いろいろ内密に頼む」

「私に話してストレス解消になるなら、いつでもどうぞ。探偵業の他に、カウンセラーも始めようかと思っています。私に話すと楽になる人もいるようなので」

「うちのチームの人間は無理だろうな。ミスタ・スタインブレナーの勢いに対抗できる人間などいないよ」

「でしたら、ミスタ・スタインブレナーの愚痴を聞く仕事でも」

「馬鹿言っちゃいかん」ハリスが思い切り首を横に振った。「私なら、百万ドルもらっても嫌だね。金より、自分の精神を守る方がずっと大事だ」

そこまで言わせる人物を「ボス」と仰がなければならないとは、どういう人生なのだろう。誰かの下で働いたことも、部下を持ったこともほぼない俺には、想像ができない世界だった。

しかし世の多くの人は、ハリスのように悩んでいるのだろう。自分の方が少数派なのだ——俺は、自分の感覚と常識を他人に押しつけないようにと自分に言い聞かせた。

エレノア・ジョーンズは、二年前に離婚していたことが分かった。元夫の名前はマイケル・ジョーンズ。離婚理由は夫の浮気。離婚した後、マイケルはマンハッタンの家を出て、出身地のクリーブランドに帰っていた。エレノアはマイケルから慰謝料をせしめたものの、それだけでは生活できないようで、広告代理店で事務の仕事をしていた。三十三歳。娘のリリアンは六歳だった。

離婚の理由に不審な点はない。たまたま、リズの知り合いの弁護士がこの離婚に絡んでいて、俺たちは詳しい事情を知ったのだった。

「しかし、マンハッタンの真ん中で、母娘二人で暮らしていくのは大変だろうな」俺はチェイスのタウンハウスの前で、張り込みを続けていた。リズはランチの差し入れとして、ハンバーガーを持ってきてくれていた。

「物価が高いからね」

「エレノアはここの出身?」

「マンチェスター——ニューハンプシャーの」

「ということは、子育てで両親には頼れないわけだ」

「そうね」リズが自分の分のポテトを摘んだ。知り合った頃は、菜食主義者になりそうな感じで細々と食べていたのに、探偵修業を始めてからはよく食べるようになった。食べないともたない――食べられる時に食べておけという、探偵マニュアルの項目を忠実に守っているのだ。

「広告代理店の収入は当てになるんだろうけど」

「でも、それほどじゃないと思うわ。かつかつじゃないかしら」

「旦那――元夫は何をしてる人なんだろう」

「銀行に勤めていたらしいわ。出身地のクリーブランドに戻って何をしているかまでは分からないけど」

「浮気相手と住んでる？」

「別れたみたい。馬鹿な人生よね。奥さんも子どもも浮気相手も失う――結局一人になって、実家を頼るしかないわけだから」

「リリアンとの面会は？」

「その権利は放棄したみたい。母親が嫌がったせいもあるけど」

「浮気相手がいたら、娘には会わせたくないだろうな」俺はうなずき、ハンバーガーを手に取った。「当然の要求だと思う。それで、チェイスとの関係は……」

「今のところ、何も出てないわ」

「エレノアの方も浮気していて、その相手がチェイスだったとか」

「実はチェイスが父親とか」

「いやいや……」それだと事態が一気に複雑になってしまう。離婚の理由も、夫の浮気だけと責めるわけにはいかないだろう。もっとも、いまさら何かが分かっても、状況に変わりはないだろうが。

「オリヴィアも、リリアンとチェイスの様子を見たでしょう？　彼女の見立てでは、あの二人は血縁関係にある。それこそ親子とか」

「顔は似てないけどなあ」

「リリアンの態度を見ればはっきりしてるわ。オリヴィアには子どもがいるから、そういうのは分かるのよ」

「オリヴィア、子持ちだったのか？」俺は目を見開いた。「だったらこの前、徹夜させたのは申し訳なかった」

「それは大丈夫――というか、彼女も離婚して、息子さんの親権は旦那にある」

「父親側に親権が行くのは珍しいな。育てられないんじゃないか？」

「ところが旦那は、まだ若いご両親と一緒に住んでる。子育ての手は足りてるのよ。そして旦那は、市警に勤めている」

「オリヴィアが市警を辞めたのは、その辺に原因があるのか？」

「昔ながらの男社会が背景にあるけど、離婚も関係しているみたい。私もあまり詳しく聞かないようにしてるけど……彼女、案外傷つきやすいのよ」

「確かに繊細なところがある」

「だからジョーも、余計なことは聞かないで。詮索したくなるのは分かるけど、私にとっては大事な仲間だから、傷ついて欲しくない」

「オーケイ。何も聞かずにおく」俺は右手を上げて宣誓してから、ハンバーガーに齧《かぶ》りついた。

ずいぶんパサパサしたハンバーガーだった。ニューヨークでハンバーガーを出す店は、それぞれ工夫して独自のソースを使うのだが、このハンバーガーにはわずかなケチャップとマスタードしか塗られていない。

「ちょっとパサついてるな」差し入れだということを忘れて、俺はつい言ってしまった。

「ソースがないでしょう？　抜いてもらった」

「何でまた」

「ジョー、今まで何回、ズボンにソースをこぼした？　手を汚して、張り込み中に不快な気分になったことも、何度もあるでしょう」

「確かに」俺はうなずいた。

「ソースを抜けば、そういうことは解決する。うちの事務所では、ハンバーガーはソース抜きを基本にしたわ。マヨネーズもなし」

「賢い所長だ」

「洗濯物を増やしたくないだけ。凝ったソースを使うハンバーガーほど、染みになったら取れないのよね」

「分かるよ」

手も汚さずハンバーガーを食べ終えたところで、動きがあった。タウンハウスからチェイスが出てきたのだ。歩いてブロードウェイの方を目指す。

「尾行する。君はここで――」

「お世話しましょうか、ボス?」

「困ったことがあったら、ホイッスルを吹くよ。飛んできてくれ」

「残念ながら、まだヘリを導入する予定はないわ」

「心配するな。一人で何とかできるよ」

俺はマスタングのドアを押し開けて外へ出た。今日は曇って空が低く、少し冷たい風が吹いている。俺は長袖のシャツに夏物のジャケットを合わせているが、チェイスはまた半袖のTシャツだ。腕が太いだけでなく上半身全体にバランスが取れて見栄えはいいが、そんなに体を見せびらかしたいものだろうか。

チェイスは、昨日のパン屋に立ち寄った。今度は店の外に立って、腕時計をちらちらと見ながら誰かを待つ——リリアンだろう。十分ほど経つと、エレノアがリリアンを連れてやって来た。チェイスに気づいたリリアンが駆け出し、飛びつく。チェイスはリリアンを抱き上げ、その場で一回転した。くるりと回されたリリアンが、歓声を上げる。大きな男に抱えられているのは、遊園地で遊んでいるような感覚かもしれない。

エレノアが、自分の腕時計を指さして何か言った。時間厳守、とでも言いたげだった。面会時間は最初から決まっていて、その時間までには必ず戻るように、とか。面会時間？　チェイスが本当の父親？

チェイスはリリアンの手を引いて、西九十七丁目を東へ歩き出した。三ブロック歩くと、セントラル・パークに入る。夜間や早朝は犯罪の温床になるセントラル・パークだが、この時間帯は安全で、散歩している親子連れも多い。二人はセントラル・パークのほぼ中央にある貯水池に向かい、ベンチに腰かけた。おっと……あまり好ましい状況ではない。周りには遮るものがないので、近づけないのだ。二人が何を話しているかはまったく分からない。ただし、リリアンは嬉しそうにチェイスにぴたりとくっついて、しきりに話しかけている。チェイスの表情もすっかり緩んでおり、リリアンの話に一々うなずいているのだった。

広大なこの貯水池はセントラル・パークの名所の一つで、マンハッタンのスカイラインを背景にした光景が、いかにもニューヨークらしい。ただし、観光客がわざわざ来るような場所ではないので、地元の人間にとっての憩いの場、という感じだった。

チェイスが立ち上がる。右手を口元に持っていって——そうか、この近くにアイスクリームの屋台が出ているのだと思い出した。アイスクリームには少し涼しい季節だが、真冬でもアイスクリームを嫌う子どもはいない。リリアンも笑って立ち上がり、チェイスの手を摑んだ。

その瞬間——チェイスが吹っ飛ばされた。二人組の男がチェイスに思い切りぶつかって行ったのだ。チェイスは先ほどまで座っていたベンチに激突して崩れ落ち、動かなくなってしまう。リリアンは呆然《ぼうぜん》として立ち尽くしたまま——しかし男の一人が、リリアンを抱え上げて走り始めた。リリアンの悲鳴が長く鋭く響く。

「待て！」俺は声を張り上げた。クソ、銃を持っていれば——と後悔したが、どうしようもない。尾行の場合、拳銃を持っていると相手を警戒させて、かえって危ない状況になることもあるので、今日は丸腰だった。

二人の男が、猛烈な勢いでダッシュする。かなりの速さで、俺は追跡を早々に諦めた。二人はセントラル・パーク・ウェストまで出ると、そこに待っていた車に飛び乗った。車はすぐに発進する——第三の男がいて、運転席で待機していたのだ。どうせナンバーはつけ替えたものだろうが、念のために頭に叩きこみ、公園に戻りながらメモする。

いや、公園に入るのは少し待て、と自分に言い聞かせる。

俺は走る車を無理に停め、道路を走って渡り、公衆電話に飛びついた。ダイヤルで911を回し、「子どもが拉致された」と連絡を入れる。

「場所は？」

「セントラル・パーク内の貯水池西側。二人組が襲撃して、待たせてあった車で逃げ去った」俺は、偽造ナンバーの可能性もあると言いながら、メモに書きつけたナンバーを告げた。「女の子の名前はリリアン・ジョーンズ。六歳。住所は——いや、それは後だ。リリアンと一緒にいた男が襲われて、負傷している。救急車も要請する」

「あなたの名前は？」

「ジョー・スナイダー」デュークとは綴りが違う、という定番ジョークは今日は省略だ。「免許を持った探偵だ。襲われた男が心配だから、そちらにいる」

まだ何か聞かれそうだったので、電話を切った。公園に戻ろうとして、まだ連絡すべき場所があると気づく。ハリス、そしてリズ。二ヵ所に電話している暇はないので、リズの事務所に電話を入れ、ハリス、簡潔に事情を説明して、ハリスにも連絡を回すように頼んだ。受話器を叩きつけるようにフックに戻すと、ダッシュで引き返す。

ベンチの周りには人だかりができていた。俺は慌てて人垣をかき分けてチェイスの横に跪《ひざまず》いた。チェイスの胸は上下しているが意識がない様子である。俺は彼の手首を取って脈を確認した。一応、安定している。

「ミスタ・チェイス！」声をかけたが反応はない。何度か頬を叩いてみたが、目を覚ます気配もなかった。

「誰か、救急車を呼んで！」悲鳴のような女性の声。

「もう呼んだ！」俺も叫んだ。「警察と救急車が来るから、ここへ誘導してくれ」

貯水池のすぐ近くまで車は入れるのだ。俺はチェイスを揺さぶり、頬を叩き、何とか意識を取り戻させようとしたが、まったく反応がない。打ちどころが悪くて、脳に重大な損傷を負ったのではないか？　クソ、冗談じゃない。ヤンキースのキャッチャー候補に、こんなところで死なれてたまるか。

ようやく、救急車のサイレンが聞こえてきた。続いて違う音――パトカーのサイレンも。そういえば、市警の分署がこのすぐ近くにあったはずだ。

俺は、担架を持って駆けつけてきた二人の救急隊員に事情を説明した。突き飛ばされてそこのベンチに衝突してから意識がない――救急隊員はチェイスの脈を取り、首にコルセットをはめてから担架に乗せた。搬送は慣れているはずだが、チェイスは現役の野球選手で体重も重い。しっかり安定して動き出せるようになるまで、少し時間がかかった。

ついで、制服警官二人がやって来る。

「通報してくれた人は？」年長の警官が声をかけた。

「私だ」俺は名乗り出た。

「今搬送された被害者は――意識はないようですね？」

「ああ」

「誰か、分かりますか？」

「ドジャース傘下の3A、ロング・ビーチ・レッドウッズの選手だ。名前はラルフ・チェイス、二十七歳」

「あなたの知り合い？」

「いや、ただ知っているだけで」

「西海岸のマイナーリーグの選手を知ってる？」警官の顔に疑念がよぎった。

「趣味なので」俺は肩をすくめた。

「詳しい話は署で聴くが、襲撃犯は二人？」

「ここでは二人」

「男性を突き飛ばすんだから、襲撃者はでかい人間だったんでしょうね」

「二人とも六フィート三インチ（約190センチ）はあった。かなりの大男だ。顔は……二人ともサングラスをしていた。一人はクルーカット、もう一人は耳が隠れるぐらいの長さ。二人とも白人だったのは間違いない」

「よくそこまで観察しましたね」

「俺は探偵だ」探偵の免許を見せた。「人を観察するのは慣れている」

「なるほど……車のナンバーも通報してくれましたね？」警官が手帳を開いて読み上げた。「間違いないですか？」

「ああ」

「手配しています」

「無駄だと思う。こういうことをする連中だから、ナンバーは偽造じゃないかな」

「それでも、です。ここは封鎖して、鑑識に任せます。あなたは署に来て下さい」

「電話をかけたい相手がいるんだが」

「署に電話がありますから、それを使って下さい」

微妙に嫌な予感がする。俺はあくまで善意の第三者なのだが、この警官はそう見ていない感じなのだ。まあ、いい。疑われるようなことは一切していないのだから。ただし、俺はここで一つ嘘をついた。チェイスを追跡していたことを言わなかった――咄嗟《とっさ》に呑みこんだのだが、これが後でバレると面倒なことになりかねない。

パトカーの後部座席に収まると、急に落ち着かなくなった。それは署についても変わらなかった。

俺はハリスに電話を入れたが、彼はヤンキー・スタジアムにいなかった。リズから連絡を受けて、慌てて飛び出したのだろう。ここへ来る可能性もある。いずれ会わなくてはいけないが、気が重い。チェイスは命の危機――少なくとも重傷を負ったのは間違いないのだ。

電話を終えると、取調室に放りこまれた――いや、放りこまれたわけではないのだが、感覚的にはそんな感じだった。ドアこそ開いたままだが、外では制服警官が警戒している。絶対にここから出さないという無言の圧力を感じた。

何もないまま、三十分。俺は立ち上がって、制服警官に声をかけた。

「早く供述したいんだが、担当の刑事はどうした？」

「間もなく来ると思います。今、車の手配などで大変なので」

それもおかしな話だ。この分署の刑事が総出で、車を探して走り回っているわけではあるまい。俺は大事な通報者――犯行時に居合わせた人間なのだ。真っ先にきっちりした供述を取りたがるのが普通だろう。

さらに三十分経過。俺はトイレを要求し、それは許された。しかし警官が一人、外で待機し、一人が中に入って来たのには参った。完全に犯人扱いである。

そして取調室に戻ると、意外な相手が待っていた。

「ジョー・スナイダー」

「FBIの出番は早いと思うよ。誘拐事件の時は、一週間は待つのが原則じゃないか」

「原則は破られるためにあるのよ。座って」

パオラ・アルベルティ。FBIニューヨーク支局の特別捜査官である。六フィート近い長身。ストロベリーブロンドの髪は派手で、どこにいても目立つ。しかしスーツは、男性のFBI職員と合わせたようなブラックスーツだ。男の場合はこれに黒ネクタイを合わせるのが制服のようなもので、陰では「毎日葬式か」と馬鹿にされている。彼女はネクタイはしておらず、ブラウスのボタンを二つ開けていた。それでも堅苦しい雰囲気は拭えない。

「ミズ・アルベルティ」俺は椅子を引いて座った。顔見知り程度の関係なので、あまり親し気に接することはできない。

「ジョー——ジョー・スナイダー。ジョーでいいわね」

俺は肩をすくめた。嫌な予感がどんどん膨れ上がってくる。

「ジョー、どうして嘘をついたの？」

「俺が嘘を？　マンハッタンで一番の正直者と言われる俺が？」

「ミスタ・マットン・ハリス。ヤンキースのスカウトね」

「彼の記事をスポーツ・イラストレイテッドで読んだよ」

「今、ここに来てるわ。彼は、あなたを雇ってチェイスの身辺を調べさせていた、と証言している」

「そうかもしれないし、そうじゃないかもしれない」

「ジョー、依頼人が話したの。あなたも正直に話して」

「それはできない。俺は依頼人と直接話したわけじゃないから、調査の秘密を守らなくていいという許可を得たわけじゃない」

「私が許可を取った」

「あんたには、民間の契約に口を出す権利はない」この女性捜査官は、どうして俺に厳しく当たってくるのだろう。俺も分かっていない事実を掴んでいる？　ここは警戒していかないと、と俺は気を引き締めた。

「これは捜査よ。しかも誘拐は連邦犯罪、重罪なのよ。そして緊急を要する」

「誘拐なのか？」

「誘拐以外に何が？」

「身代金《みのしろきん》の要求は？　それがなければ、ただの拉致事件だ。母親に話を聴いてみればいい」

俺は手帳を取り出し、エレノアの名前と住所を告げた。彼女は自分のメモに書きつけると、ページを破って、外で待機している制服警官に渡して指示を与えた。椅子に腰を下ろしながら、質問をぶつけてくる。

「あなた、どうしてリリアン・ジョーンズの名前を知ってるの？　母親とは知り合い？」

「知り合いではないが、細かい話をするつもりはない」

「依頼人に対する守秘義務？」

「依頼人とどんな話をしたか、言うつもりはない」

「ミスタ・ハリスは――」

「ミスタ・ハリスが依頼人かどうかも言えない」

「ジョー……」パオラが溜息をついた。「これは間違いなく誘拐なの。急を要するの。六歳の女の子の命がかかってるのよ」

「俺を解放してくれれば、依頼人と話して、調査の秘密を警察に話していいかどうか、許可を得る」

「そんな暇はない！」

パオラはどうしてこんなに頑なになっているのだろう。ハリスが俺の依頼人であることは、二人の間では暗黙の了解になっているはずだ。十分だけ俺を自由にすれば、この署にいるハリスと話して、事情を打ち明ける許可が得られると分かっているはずなのに。

「あなたも、この誘拐に噛《か》んでいるんじゃない？」

「まさか」

「被害者が襲われた場面を見ていたのは、あなただけ。他の目撃者は見つかっていない。あなたが犯人と協力してリリアンを誘拐した可能性は否定できない」

「それでわざわざ911に電話を？　自分の首を絞めるようなものだ」

「偽の番号を通報すれば、警察の捜査は遅れるわ。よくある攪乱《かくらん》作戦ね」

「俺がそんなことをする理由はない」

「これからゆっくり聴かせてもらうわ」

「時間の無駄だ。あなたも、指揮官として他にやることがあるでしょう」

「チャウチラの事件の後、誘拐に対する捜査は厳しくなったわ」

三年前にカリフォルニアで起きた事件だ。スクールバスが乗っ取られ、運転手と子ども計二十七人が拉致された。人質は犯人が地中に埋めたトラックの中に監禁されていたが、最終的には全員が自力で脱出、犠牲者は出なかった。

「あれとは状況が違う」俺は反論した。

「誘拐という点では同じ」

「無理矢理だな」

「あなたには、しばらくここにいてもらうわ」

「逮捕するつもりか？」

「必要があれば」

「俺をここに足止めする理由はないはずだ。ＦＢＩなのに、田舎警察みたいなやりかただな」

「子どもの命がかかってるのよ！」パオラが声を張り上げる。

こんなタイプなのか、と俺は心配になった。パオラと仕事で絡んだことはないのだが、彼女とは捜査を通じて知り合いだったリキが、「危ういところがある」と言っていたのを思い出す。

「あなた、昔から市警とよくトラブルを起こしていたわよね？」パオラが両手を組み合わせた。

「見解の相違だな。俺は市警とは常に友好関係を保っている」

「私が聞いている話とは違うわね。市警はあなたを目の敵にしているわよ」

「仮にそうであっても、俺と市警の話であって、ＦＢＩは関係ない」

「最初から素直に話してくれれば、こんなに揉めることはないのに」

「話せることは話す。話せないことは話せない。ＦＢＩの脅しで依頼人を裏切ったら、探偵は次の日から仕事がなくなるからね」

「あなたの仕事と、六歳の女の子の命と、どっちが大事なの？」

「その二つを同列に並べるのは無理だ」

「無理かどうかは私が決める――少しゆっくり、ここで考えて」

「俺をここに留《とど》めておく理由はない。逮捕状でもあれば話は別だが」

「協力を拒否するつもり？」パオラの顔が強張った。

「あんたのように強引な人間が相手では、話せるものも話せない。クアンティコ（バージニア州の街。FBIアカデミーがある）で研修を受け直した方がいいんじゃないか？」

「あなたがさっさと喋れば、私は再研修を受ける必要はないわね」パオラが皮肉っぽく言った。

「俺を自由にしておく方が、関係者全員の利益になる。俺があの子を捜し出す」

「それは我々に任せて。探偵の出番じゃないわよ」

この言い合いは、どこまで行っても平行線を辿るだろう。そして彼女には何の作戦もないことが分かってきた。ただ俺が気に食わないから、ここで足止めを食らわせているだけなのだ。これまでに彼女を怒らせたことはないのだが……最初の勘違いが、捜査を失敗させてしまうこともある。そして当事者は、自分が小石につまずいたことに気づかないものだ。非常にまずい状況である。

「少し頭を冷やして」パオラが立ち上がりかけた。

「これ以上冷えたら、凍っちまうよ」俺は両手を広げた。「それより、身代金の要求がきているかどうか、確認してくれ。もう家族には接触しただろう？」

「私に指図する気？」パオラが眉を釣り上げる。

「紳士的に頼んでるんだ。だからあんたも、淑女として対応してくれると助かる」

「いつの時代の話？」

「紳士淑女の振る舞いは、中世から変わらないと思うけど」

「妄想よ」

パオラがテーブルを離れてドアを開けた。表にいる制服警官に何か耳打ちして、テーブルに戻って来る。

「身代金の要求があったかどうか、あなたから教えてもらえるんじゃないかしら」

「どうして」

「あなたは、犯人の一味なんじゃないの？」

「ノー」俺は首を横に振った。「仮に犯人だとしても、要求があったかどうかを知る方法がない。俺は無線も持っていないんだから」

「じゃあ、仲間に電話を入れて、どうなってるか確認してみたら？」

「その仲間が誰か教えてくれたら、喜んで電話するよ。ＦＢＩの役に立つことは、俺にとってこの上ない喜びだからな」

パオラが溜息をつく。俺は思わずからかった。

「誘拐なんて、割に合わない犯罪だ。あんたたちは、かなりの高確率で犯人に辿り着く。俺は、長い間犯罪捜査にかかわっているから、そういうことをよく知っている。そんな人間がどうして、誘拐になんかかかわると思う?」

「金のことを考えたら、冷静になれない人はいくらでもいるわよ」

「馬鹿なことは考えないで、冷静に捜査を指揮してくれ。俺も協力する」

「探偵の協力なんか受けない!」パオラが叫んだが、それきり黙ってしまう。

俺は腕組みして、彼女の様子を観察した。四十歳……四十五歳ぐらいだろうか。女性でFBIの特別捜査官になっているのだから、男以上の努力と苦労を重ねてきたのは容易に想像できる。それには敬意を表するが、だからと言って俺をぶちこもうとしているのは許せない。どう考えても、俺の身柄を押さえておく理由はなく、彼女は誰かに罪を押しつけ、一刻も早く事件を「解決したこと」にしたいに違いない。しかしそんなことをしても、リリアンは戻ってこないし、真犯人を逮捕することもできない。

長く経験を積んでいるはずなのに、そんなことも分からないのだろうか。しかし感情的になっている彼女を諭しても、簡単に納得してくれるとは思えない。どうしたものか。

その時ドアが開いた。

「ジョー、ＦＢＩに面倒かけるんじゃない」

リキだった。

第三章　誘拐

パオラが出て行った。俺は煙草をやめてしまったことをひたすら後悔しながら、腕組みをして待った——五分。パオラだけが戻って来て、「帰っていいわ」と冷たく言った。

「どうも」俺はテーブルに両手をついて立ち上がった。「年寄りには厳しい時間だったね……そうそう」名刺を出してテーブルに置く。「何かお困りでしたら、いつでもどうぞ。安くしておきますよ」

パオラはそっぽを向いてしまった。リキが取調室に顔を突っこんで、「ジョー」と警告する。俺は外に出て、思い切り背伸びした。

「拷問を受けたことを、訴え出るべきかな」

「余計なことはするな。拷問を受けた顔じゃない」

「これから会わなくてはいけない人間が何人かいる」

「少しは大人しくしていたらどうだ」リキが呆れたように言って肩をすくめる。

「そうもいかない——それより、何でお前がここにいる?」

「リズから連絡をもらった。情報収集していたら、たまたま、お前がここで捕まってるって聞いたんだとさ。俺はまだ市警に顔が利くはずだって頼まれたんだけど……相手はFBIなんだけどな」

「容疑はないんだ。単なる因縁だ」

「彼女も焦ってるんだろう。今、誘拐事件が起きるとFBIへのプレッシャーは大変なんだぞ。それに、襲われたのは有名人だし」

「有名人と言っても、Bクラスだ」

「おいおい」

「メジャーリーガーじゃない。3Aの選手なんだから、よほどの野球好きじゃないと分からないよ」

分署から出ると、俺はもう一度背伸びした。

「ボス」リズが駆け寄ってくる。「もう、世話焼かせないで」文句を言うと、俺の胸にパンチを見舞った。結構重いパンチを。

「すまない。助かったよ。状況はどうなってる?」

「ミスタ・チェイスはマウント・サイナイ病院に運ばれたわ」

「彼のママが、あそこで医者をやっている」

「誰が担当するか分からないけど……容体はまだ不明。オリヴィアを張りつかせてある」

「大丈夫か？　警察官も病院に行ってるだろう。オリヴィアが昔の同僚と会って、気まずい思いをしないだろうか」

「そこは乗り越えてもらわないと」

「厳しいボスだ……ミスタ・ハリスは？」

「ヤンキー・スタジアムから飛んで来て、今、ここで事情聴取を受けてるわ」

「君は会ったか？」

「三十秒だけ話した――ボス、多分馘《くび》になるわよ」

「だろうな」俺がついていながら、大事な「商品」が傷ついたのだ。あの様子だと、復帰までには長い時間がかかるかもしれない。せっかく獲得しても、怪我が治らず来シーズンに間に合わなければ、スタインブレナーの頭の血管は破裂するだろう。

「君がリキに連絡してくれたんだ――助かったよ」

「残念ながら私は、市警にはコネが少ないので」

「相手はFBIだぜ？　俺のコネなんか通用しないよ。そもそも辞めた人間だし」リキは二年前に市警を退職していた。表向きは、家族がやっている商売――マンハッタンとブルックリンに計三軒のレストランを所有している――を手伝うためだったが、実際にはリキは警察の中で完全にすり減っていたのだ。体力・気力の限界。しかし彼のプライドは、それを認めることを拒否した。結果的に、高齢になった両親の仕事を引き継ぐという名目が必要だったのだ。

警察を辞めてからは、会う機会が減っていた。実際、会うのは半年ぶりだったが、その間にずいぶん太っていた。レストランのオーナーは、やはり美味いものを食べる機会が多いのだろうか。

「しかし、さすがリキだ。助かったよ。彼女はどこかおかしい——妙に焦っている」

「そういうタイプなんだ。優秀なのは間違いないが、決めつけが多くて、今まで大きなトラブルがなかったのが不思議なくらいだよ。女性の特別捜査官だから、プレッシャーが大きいのは分かるが」

「こうなったら、一刻も早くこの事件を解決しないと。犯人が逮捕されれば、俺に対する疑いは消えるだろう」

「ジョー、余計なことはしない方が……」リズが心配そうに言った。「それに、ハリスの意向もあるわよ」

「聞いてみる。向こうの意向次第では動けない——それはしょうがない」

「私、ちょっと病院へ行ってくるわ。容体が心配だから」

「俺の車をここまで持って来てくれないか？」あのまま置いてある。

「分かった——チェイスが動き出した時、私も一緒に行けばよかったわね。二人なら、何とか対応できた」

「それは、今言ってもしょうがない——頼む」

うなずき、リズが小走りに去って行った。その背中を見送りながら、リキが溜息をつく。

「お前な……リズの方がボスみたいだぞ。お前よりもよほどしっかりしてる」

「探偵の世界も、世代交代だよ。ただし俺は、お前みたいに他の商売に衣替えするわけにはいかない。仕方なく探偵を続けてるだけだ」

「そうじゃないだろう。他の仕事をやりたくないから探偵をやってる——お前にはこれしかない、そうだろう？」

「まあな」俺は肩をすくめた。「とにかく礼を言うよ。だけど、お前もまだあちこちに影響力があるんだから、大したものだ」

「新しいお友だちを探せ。俺も忙しい——来年、クイーンズに新しい店を出すんだ」

「商売繁盛で結構だな」

「悪く……はないな。金を儲ければ、周りの人間も喜ぶ。それに、自分のルーツを忘れないためには、食べ物は大事なんだ」

リキは日系二世である。アメリカ生まれだが戦前は一時日本で暮らしたり、アメリカに戻って来たりと苦労を重ねながら、本人はニューヨーク市警で長年活躍した。両親は、最初サンフランシスコ、再度渡米してからはニューヨークに居を構え、戦後に日本食レストランを開店した。戦争の傷跡が薄れるにつれ、ニューヨークには日本人ビジネスマンも増えてきて、昼も夜も賑わっているという。それで店舗を増やし、リキが経営に加わり……リキの妻や子どもも喜んでいると思う。特に妻は——刑事時代の擦り切れた姿を見ているのだから、少し太って余裕もできた今は、安心しているだろう。

人間は健康第一だ。

十年前の俺だったら、こんなことは考えもしなかっただろうが。

リズが俺のマスタングを運転して戻って来た。俺は大袈裟《おおげさ》に礼を言ったが、この分署からチェイスのタウンハウスまでは歩いても十分もかからないと、すぐに気づいた。

彼女はそのままマウント・サイナイ病院へ移動し、俺とリキはその場に残った。

「お前も、いつまでも俺の面倒を見てくれなくても……一人で大丈夫だ」

「別に、俺がいないと店が回らないこともない。俺が料理を作るわけじゃないしな」

「何だ、お前が厨房《ちゅうぼう》を仕切っているかと思ってた」

「俺には料理のセンスが決定的に欠けている」リキが首を横に振ったが、不意に何かに気づいたように視線を鋭くした。「——あれ、ミスタ・ハリスじゃないか」

確かに。俺は急ぎ足で——走らないように気をつけた——彼の元へ近寄った。ハリスが俺を睨みつけ、煙草に火を点ける。煙草でも葉巻でも大丈夫な人なのだ、と意外に思った。

「君は馘だ」ハリスが冷たく言い放つ。

「分かっています。責任は感じています。でも、ここで私が抜けると、捜査が長引くかもしれません。責任を感じているからこそ、馘にするのはもう少し待って下さい」

「犯人を捕まえるつもりかね」

「もちろんです」

「そんなことをしても無駄だ。問題は、チェイスの怪我だ。どんな容体か……プレーに差し障りがあるようだと、今回の話は一から考え直さないといけない」

「それはそちらの事情です。しかし、チェイスという個人のことを考えると——」

「我々は、君に損害賠償を請求することもできる。手を引きたまえ」

「できません」

「何の根拠があって？」

「探偵は、失敗が許されないんです。探偵は組織に属していない。失敗してもカバーしてくれる人はいません。そして、失敗したままだと、評判がガタ落ちになるんです。それは、探偵稼業に大きな影響を与えますから、失敗したら必ずやり直す。そしてリカバーする。そうしないと、私は終わりです。それに私は、警察よりも先を行っている――チェイスのことを少しは知っていますから」

「では、犯人に心当たりがあるのか？」

「それは――」

「余計なことをしないでくれ。君が余計なことをすると、うちの評判にも傷がつく」

今やヤンキースの評判など、ないも同然ではないか――そんなことは、ニューヨーク市民は誰でも知っているのだが、さすがにそうは言えなかった。

「君が余計なことをしているのが分かったら、こちらはそれなりの措置を取る」

「あなたは、警察に何を話したんですか？　知らせを聞いて、慌てて警察に駆けこんで来たけど、ヤンキースとチェイスに関係はない――今のところは。警察に対してどんな説明をして、警察から何を聞いたんですか」

「そんなことを君に話す必要はないだろう」

「今後の調査に必要です」

「調査は禁止する！」ハリスが叫ぶ。

「公式には……」

「公式にも非公式にも、だ！　そもそも誰かに襲われるのは、チェイスが危ない人間である証拠だ。この話はなかったことにする！」

ハリスが踵《きびす》を返して歩き出した。十月の午後、日差しは柔らかいが気温は高くなく、秋の深さを――冬の足音を感じさせる。

「お送りしますよ」

俺はマスタングのドアに手をかけた。ハリスが一瞥《いちべつ》して鼻を鳴らす。

「私はキャディラックにしか乗らん！」

そんなことを言っていたら、イエロー・キャブにも乗れないのだが……ここでこれ以上怒らせるのもまずいだろう。俺はまだ、ハリスとの関係を修復できるのではないかと期待している――修復しないとまずい。今後チェイスの一件を調査するにしても、後ろ盾がないと窮屈なことになる。そうでなくても俺はＦＢＩに――もしかしたら市警にも目をつけられているかもしれないのだ。依頼人がいない状態で動いていたら、捜査妨害に問われかねない。

「ちょっとうちに来るか？」

「お前の店に？」

「ここから近いんだよ。お前、うちの店には一度も来たことがないじゃないか」

「日本食はそんなに好きじゃないんだ」

「そもそも食べたことがあるのか？　パール・ハーバーがどうこう言うなよ」

「そんなつもりはない」俺は日本に対する偏見はない。だからこそ、リキとは長くつき合ってきたのだし。リキは忘れているかもしれないが、大昔に彼と一緒に日本食のレストランに行ったことがある。次々と出てくる料理はどれも量が少なく、最後まで食べても腹が膨れなかった。リキはその時、「日本の料理はすべて酒の肴《さかな》なんだ」と言ったのだが、どういう意味か、俺は理解しかねた。だったら「食事」はどうなる？

「取り敢えず、立て直しが必要だろう。美味いお茶でも奢るよ」

「俺はコーヒー派なんだが」

「紅茶じゃない。緑茶《グリーンティ》だ。日本から直輸入だ」

仕方なく、俺はマスタングのドアを開けてリキを助手席に乗せた。そのまま十分ほどのドライブで、リキが経営するレストランに到着——ブロードウェイの劇場街に程近い一等地である。芝居の前後に食欲を満たそうという人のために、馬鹿でかいハンバーガーやポットロースト、サンドウィッチなど昔ながらのアメリカ料理を出す店が多い中、リキの店は浮いている。外観からして、巨大な赤い提灯《ちょうちん》と紺色ののれん——そう呼ぶのだとリキが教えてくれた——がマンハッタンの真ん中で異彩を放っていた。

夜の営業が始まる前の時間帯で、店の中はガラガラだった。リキは窓際の席に陣取ると、すぐに手を上げて店員を呼んだ。日本語で何か指示を与えると、煙草を取り出してくわえる。パッケージを俺に向けて見せたが、俺は首を横に振って断った。

「禁煙は続いているのか」

「ああ」

「大した意志の強さだ」

「もう、吸わないのが普通になった。今吸ったら、死ぬかもしれない」

「大袈裟な」

リキが煙草を吸い始める。煙が流れて来て俺の鼻を刺激したが、気にもならない。これが不思議だった。禁煙を決めた時には、近くに煙草を吸う人がいたら我慢できなくなるのではないかと思ったのだが、まったく平気だったのだ。

もしかしたら俺は、時間潰しのために煙草を吸っていただけかもしれない。

「それで……この件は俺には話せないんだろう？」

「守秘義務がある。でも、外形的な事実だったら話せるぞ。俺が身辺を調べていた男が襲われて、一緒にいた女の子が連れ去られた」

「そいつの娘か？」

「いや、家族ではない」

「よく分からん」リキが首を捻る。

「俺もそうだし、パオラも同じだろう。だから彼女もむきになってるんじゃないか」

「気の短い女だからな」リキがうなずく。「どうする？」

「この件は探ってみる。俺には責任があるんだ。目の前でチェイスが襲われてリリアンが誘拐されたのに、何もできなかった」

「お前も歳を取ったんだよ。反射神経だって鈍ってくる。しょうがないさ」

「信用と誇りの問題なんだ。これから取り戻す」

「俺は手伝えないぞ。今は、ただのレストランのオヤジだ」

「分かってる。お前に迷惑はかけない。今回の件も、何かで返す」

「だったらたまにはここへ飯を食いに来い。いつまでも『キーンズ』でステーキじゃないだろう。俺たちも、あんな肉を食ってる歳じゃないぞ。日本食はヘルシーなんだ」

「それも悪くないな。今回の仕事でしばらくカリフォルニアに行っていたから、すっかり健康志向になった」

「極端なんだよ、お前は」

大きな陶製のカップが目の前に置かれた。中身は深い緑色の液体。ほのかな湯気を見ていると気持ちが落ち着く。

「これが緑茶？」

「ああ。飲んでみろよ」

「本当に緑色なんだな」

「だから緑茶って言うんだ」

一口飲んでみた。紅茶のような発酵臭はなく、かすかな苦味が心地よい。苦味自体はコーヒーよりもずっと弱いので、何杯でも飲めそうだ。

「美味いな」

「その微妙な味が分かるようになったのは、禁煙したせいか？」

「そうかもしれない」

続いて、平皿がやってきた。乗っているのは……赤い生魚？

「こいつは何だ？」

「これが寿司《すし》だ。食ってみろよ」

「生の魚だろう？」さすがに抵抗感がある。「火を通していない魚なんか、食べて大丈夫なのか？」

「これが日本の代表的な料理なんだ。これからいろいろ教育してやるけど、まずこれからだ。それとも、怖くて食えないのか？」

「生の魚なんか食べたことないよ」さすがに二の足を踏んでしまう。

「アメリカのツナなんだ。案外質がいい。美味いぞ」

「……どうやって食べるんだ」

リキが、小皿に黒い液体――醤油《しょうゆ》を注いで俺の方に押しやった。

「手で掴んで、この醤油をほんの少しつけて食べる。ほんの少しだぞ」

弱虫扱いされるのもむかつくので、俺は手を伸ばして寿司を掴んだ。ライスを小さく丸めた上に、魚の切片が載っている……「寿司」という、名前しか聞いたことがない料理の実態を初めて見たわけだが、どうにも気持ちが悪い。食べ物を手で掴むなど――いや、考えてみればサンドウィッチもハンバーガーも手掴みなのだが。ただし今、俺の手に触れているのは生魚である。

言われた通りに醤油をほんの少しつけ、口に運ぶ。ぬるりとした冷たい食感が気持ち悪い。醤油の塩辛さが入ってきて、何とか嚙み始めることができた。しかし慌てて呑みこんでしまう――やはり抵抗感がある。

「どうだ？」

「何とも言えないな」

「しかし、屑《くず》肉を集めたハンバーガーや、油まみれのステーキよりはずっと、体にいい」

「そうかもしれないけど」

「一個食べたらお茶を呑む。そうやって口の中をリフレッシュさせて食べ続けるんだ」

「リフレッシュさせないと食べられないぐらい、生臭いわけだよな」

「そんなに生臭かったか？」

言われてみれば……嚙み始めた時は気持ちが悪かったが、今は何ともない。

「気になるなら、その横のピンクのやつを食べてみろよ」

「また、得体の知れないものを」

「ジンジャーピクルスだ。日本語では『ガリ』という。ハンバーガーのピクルスと同じで口直しだよ」

それも手で摘んで口に入れる。猛烈な酸っぱさとかすかな辛さ、甘みもある。生臭さを完全に消し去るような強いアクセントだった。緑茶を飲んで、ようやく落ち着く。

「これはツナの寿司だけど、あらゆる魚が寿司になるよ。今度、いろいろ試してみろ」

「勘弁してくれ」俺は両手を広げた。

「まあ、ゆっくり食べて、少し落ちつけよ。警察の追及は厳しかっただろう？」

「何てことはない。興奮気味の女性の相手が面倒だっただけだ」

「大変なのはこれからだぞ」リキが警告した。「本当に誘拐事件だったら、探偵が入る余地はない。組織的な捜査が必要で、それは警察にしかできないことだ」

「俺にしかできないこともある。この件の責任は俺にあるんだから」

「無理するな――無理できる年齢じゃないんだから」

「年齢のことで弱気になったら、そこでおしまいだ。自分の足で歩ける限りは、探偵の仕事は続けられるんだよ」

リキがニヤリと笑い「そういうお前を待ってたよ」と言った。

「ああ？」

「リズから聞いてる。お前、最近勝手に老けこんで、引退なんか口にすることがあるそうじゃないか。馬鹿言うな。まだまだ頑張れ。俺だって、新しい商売を始めたばかりで、これからなんだぞ」

「お説教、どうも……リズはこの店によく来るのか？」

「常連だよ。彼女があんなにスリムな体型で健康的でいられるのは、日本食のおかげだぞ。お前も少し痩せろ。老けたと文句を言う必要はないけど、健康管理は大事だ」

「そういうお前もずいぶん太った」

「毎日味見しなくちゃいけないから、しょうがない。ただ俺は、年に二回は体の隅々まで検査を受けてる。まったく問題なしだ」

「有能なビジネスマンの忠告は大事にするよ」リキは変わっていない――性格は。しかし彼は、どこか遠くへ行ってしまったような感じがしてならなかった。事件と関係ない世界。それがいいのか悪いのか、俺には判断できない。

　俺はリズの事務所へ車を走らせた。彼女の事務所はマレーヒルにある。オフィスビルやコンドミニアムが混在する地域で、治安はいい。ここにあるオフィスビルの二階の一室が、彼女の事務所だった。ステイタスの高い高層階に事務所を構えなかったのは「エレベーターに乗っている時間がもったいないから」ということだった。

　ちょうどリズも戻って来たところだった。

「ミスタ・チェイスの容態は？」

「意識は回復したわ。でも、右腕が……彼としては、この方が問題かもしれない」

「そんなに重傷？」

「肘を骨折して、靭帯《じんたい》も損傷している。元に戻るにはかなり長い時間がかかると思うわ」

　キャッチャーとして、送球ができなかったら致命的だ。だったらファーストでも守るか？　しかしファーストも、送球の機会は少なくない。それともＤＨ（指名打者。ア・リーグでは一九七三年に採用された）か？　俺は「打つだけの選手」を作ってしまうＤＨには反対だ——それはともかくとして、そもそも肘が破壊されていたら、バットもろくに振れないだろう。

野球選手の体はデリケートなのだ。

「ミスタ・チェイスは警察と話したか？」

「ええ。犯人に心当たりはないと」

「信じられるか？」

「何とも」リズが肩をすくめる。「私はその場面を直接見たわけじゃないし、ミスタ・チェイスとも話していない」

「そうか……」

「一応、オリヴィアはまだ病院に張りつけてあるわ。ジョーはどうする？」

「ミスタ・ハリスからは馘を宣告された。ミスタ・チェイスを守り切れなかったんだから、当然だと思う。ただ俺としては、引くつもりはない。自分にできることはやるつもりだ」

「探偵の誇りを守るために」

「君にも協力を依頼したい。金は俺が払う」

「お金の話は後で――でも、今回はお金はいいわ。この仕事をジョーに紹介したのは私だから、私にも責任がある」

「分かった。何とかしよう」

「まず、どうする？」

「電話だな」俺はデスク――四つのデスクがランダムに並んでいるのに狭く感じられないぐらい部屋は広かった――に乗った電話を見た。「市警の中にネタ元もまだいる。捜査がどうなっているか、そもそも身代金の要求があったかどうかを確認したい。本当に誘拐なら、俺たちがやれることはほとんどない」

「それでもいいの？」

「状態が分からないと、先へ進めなくなる」

「じゃあ、私も自分のネタ元に聞いてみるわ」

それから一時間、俺たちは電話作戦を進めた。脅したりすかしたり――ヤンキー・スタジアムやミュージカルのチケットが効果的だった――で何とか情報を収集し、事件の概要を組み立てる。

その結果、まだ身代金の要求はないと分かった。となると単純誘拐か――アメリカ全土では、年間にかなりの数の子どもが行方不明になっている。多くはすぐに戻ってくるのだが、なかにはそのまま姿を消してしまう子どももいる。強制労働に従事させられたり、児童ポルノに出演させられたり……ひどい話だが、子どもを使って金儲けしようとする人間は少なくないのだ。

エレノアは自宅で待機中。身代金要求の電話がかかってくるかもしれないというので、市警の誘拐捜査専門の刑事たちが既に詰めている。離婚した父親も、急遽《きゅうきょ》クリーブランドからこちらに向かうことになった。ただしすぐに飛行機に乗れるわけではないから、到着は早くても明日の午前中になるということだった。

チェイスとリリアンの関係がまだ分からない。市警の刑事たちも、その辺はかなり厳しくエレノアに聴いたそうだが、エレノアはその一点に関しては「話したくない」という態度を崩していないという。いかにも怪しい感じだが、警察の方でも突っこみ切れないようだ。それだけエレノアは頑なで、かつパニックになっているらしい。

「今は動きようがないか……」

「現場を調べてみる？」

「いや、手がかりはないと思う。それに警察が徹底して調べただろう」

「何が出てきたか……出てこないか」リズが顎に拳を当てた。

「何とも言えないな」

「取り敢えず、エレノアに接触できないかしら？　何かこちらで役にたつことがあれば……とでも言ってみたら？」

「しかし家には、刑事たちが張っている。そこへ乗りこむわけにはいかないだろう」

「電話は何のためにあると思ってるの？」リズが受話器を取り上げた。今電話するのは危険でもあるのだが……警察は、逆探知の手筈《てはず》を整えているだろう。しかしこちらが最初から名乗れば、そんなものは関係ない。

リズは呼び出し音に耳を傾けていたが、ほどなくはっと顔を上げた。すぐにまたうつむき、小さな声で話し始める。相手を逃すまいと真剣になっているのは分かった。やがてリズの声は落ち着き、相手の話に耳を傾ける時間が長くなる。やがて、送話口を手で塞いだまま、俺に受話器を渡す。

「話は通じた？」

「こちらが探偵だということは了解してもらった。事件の詳しい事情は話していないから……ジョーが話す？」

「ああ」

俺は受話器を受け取って深呼吸した。探偵を始めてずいぶん長い時間が経つが、一番緊張する。被害者の家族と話す時は、とにかく神経を使うのだ。

「ジョー・スナイダーと言います。娘さんが誘拐された時に、公園にいました」

「娘は無事なの？」初めて聞くエレノアの声は尖り、今にも壊れそうだった。

「私が見ていた限り、娘さんに怪我はありません」

「無事なのね？」

「最後に私が見た時点では無事でした。私の名前を覚えておいて下さい。何かあったらお手伝いします」

「どうして？　お金が欲しいの？」

「違います。責任を感じているんです。目の前で娘さんを誘拐されたのに、何もできなかった。私がきちんと動けば、娘さんは誘拐されていなかったかもしれない。だから、役にたつことがあれば、手伝います。先ほど話したミズ・リズ・ギブソンはご存じですね」

「ええ、テレビで……」

「彼女は昔、私の相棒でした。彼女もヘルプします」

「そうですか……」テレビで顔を売っているリズの信用は絶大なようで、エレノアの声はだいぶ落ち着いていた。

「何かあった時、手助けが必要だと思った時だけでいいです。いつでも電話を下さい。いいですか？　電話番号を二つ言いますのでメモして下さい」

俺は少し間を置いて、まず自分の事務所、そしてリズの事務所の電話番号を伝えた。どちらも夜は電話応答サービスに繋り、すぐに俺のページャー（ポケットベルのアメリカでの呼び方）を鳴らしてくれる。二十四時間、三百六十五日対応が、八〇年代間近の探偵の基本だ。

「メモしてもらえましたか？」

「——ええ」

「これで二十四時間、いつでも連絡が取れます。助けが必要な時だけでいいですから、電話して下さい」

「あなたは……公園で何をしていたんですか？　ラルフと何か関係が？」

「それは業務に関わることですので、お話しできません」彼女がチェイスをファーストネームで呼んだことが気になった。知り合い……親しい関係……どういうことだろう？　しかし今は、それを確認している場合ではない。「遠慮せずに、連絡して下さい」

向こうが電話を切る音を聞いてから、俺は受話器をリズに渡した。

「どう？」

「種は蒔《ま》いた。向こうがどう考えるかは分からない」

「こちらからは、強くは出られないわね――ジョー、今日はホテルにでも泊まったら？　警察が追ってくるかもしれない」

「追ってきても逮捕しても、どうしようもないよ。俺はこの誘拐には絡んでいないんだから――事務所にいる。電話を待つよ」

「何かあったら――」

「すぐ連絡するよ、相棒」

俺は、事務所に泊まりこんでしまうことも珍しくない。自宅は事務所のすぐ近くなのだが、夜遅くなったり酔っ払っていたりすると、その短い距離を歩くのも面倒になるのだ。

今日はそのどちらでもない。ただ電話を待つために、ここにいる。二十四時間対応の電話応答サービスに入っているとはいえ、すぐに本人が出た方が、相手は安心するものだ。

胃の具合がおかしい……わけではない。慣れない生魚を食べて、胃が驚いているだけだ。しかも変な時間に食べたので、中途半端な腹具合だった。俺は、普段は避けている近くのデリへ向かった。幸い、俺に対して愛想が悪い店主はおらず、若い店員が一人で店番していた。

俺は惣菜《そうざい》が並んだコーナーを一回りした。こういうところでサラダ、ミートローフにパスタを選んで、栄養バランスの取れた夕食にすることもできるのだが、それも筋が違う気がする。卵のサンドウィッチとミルク、ガムドロップクッキー（ゼリーキャンディを練りこんだクッキー。柔らかく大型でひたすら甘い）を買いこんだ。どうしてこんなクッキーを買ってしまったか、自分でも分からない。俺は甘いものが苦手だし、ガムドロップクッキーはとりわけ甘いのに。

秋の風に吹かれながら事務所へ戻る。この辺は治安がいいので、夜になっても誰かに襲撃される恐れは少ないのだが、今夜ばかりは拳銃を携行していないことを悔いた。

　幸い、何も起きなかった。

　事務所のドアに鍵をかけるとほっとする。弱気になったものだと情けなくなる——不思議な感じだ。確かに今日、目の前でチェイスは襲撃され、リリアンは誘拐された。しかし俺は、人が撃たれ、殺されるのを目の当たりにしたこともある。それに比べれば今回の衝撃は……いや、やはり幼い女の子が絡んでいるからかもしれない。リリアンのことはほとんど知らないが、どんな状況であっても、幼い子どもが犠牲になってはいけないのだ。

　サンドウィッチを平らげ、ミルクで流しこむ。コーヒーを用意してバーボンを垂らし、クッションがへたった一人がけのソファに腰を下ろした。足を組み、目覚ましがわりのコーヒーと、睡眠薬になるバーボンが混合した液体をちびちび喉に流しこむ。寝たいのか起きていたいのか、自分でも分からなくなっていた。

　ラジオを点ける。俺は今でも、静かな時間を埋めようとする時、テレビではなくラジオを頼ってしまう。よりによってニュースの時間で、チェイスが襲われ、リリアンが誘拐された事件が伝えられていた——俺が知らない事実はない。ニュースでも、チェイスとリリアンの関係は語られないままだった。エレノアは供述を拒否しているのだろう。その理由がなかなか思いつかない。あの二人の調査をもう少し進めておくべきだったと悔いる。

ニュースが終わり、音楽の時間……ディスコ・ミュージックが流れてきたらすぐにスウィッチを切ろうと思っていたのだが、馴染みのDJが流したのは十年ほど前のヒット曲、ジェファーソン・エアプレイン（サイケデリックロック時代を代表するアメリカのバンド。一九七九年当時は解散し、『ジェファーソン・スターシップ』に生まれ変わっていた）の『ホワイト・ラビット』だった。東洋風の旋律に乗る、懐かしい、グレース・スリックの伸びやかな歌声。

曲が終わると、DJが「今年はウッドストックから十年。世の中は変わった。俺も変わった。皆もそうだろう？　でも、ウッドストックの年は熱かった。忘れるなよ！今日は十年前の曲をたくさん流すから、皆、あの頃の熱を思い出してくれ。次はシャ・ナ・ナ（アメリカのバンド。六〇年代末から活動しているが、演奏する曲は五〇年代のロックンロールで、スタイルも当時のまま。後のフィフティーズ・ブームの先駆けになった）の『アット・ザ・ホップ』だ！」

ああ、本当に懐かしい……あの頃までは俺も、若者の音楽についていけた。格好つけていたわけではなく、単に好みに合うバンドが多かったのだろう。しかし今は……ロックンロールだろうがディスコ・ミュージックだろうが、若者を踊らせるのが目的という点では同じなのに、やはり最近の音楽には馴染めない。歳を取ったと言われても仕方ないのだが、何もわざわざ若者の好みに合わせて、最近の音楽を無理矢理好きになることはないだろう。古い曲しか知らないジイさんと言われても仕方がない。

それにしてもこの十年、本当にいろいろなことがあった。ウッドストック・フェスティバルは特に想《おも》い出深い……あそこで行方不明になった少女を捜して、俺は魂を削られるような事件に遭遇した。今でも嫌な想い出……たった一ついいことがあるとすれば、その事件で初めて、リズと本格的に仕事をしたことだろう。

そして我が神、エルヴィスは二年前に死んでしまった。まだ四十二歳。処方薬の極端な誤用と不整脈が死因と公式に発表されたが、世間にはこれは何らかの陰謀だという噂が流れている。エルヴィスは実はＫＧＢと通じていて、それがバレてＣＩＡに始末されたとか、ロックンロールの害毒が広まるのを恐れた中国当局に暗殺されたとか、ドーナツを喉に詰まらせて死んだとか。

馬鹿馬鹿しい。死んだ人の噂をしても仕方がないではないか。だいたいエルヴィスはデビューした時から、ありとあらゆる噂に囲まれていた人物である。噂が霧のように全身を覆って、本当の姿が見えなくなってしまっていた。

もういいだろう。エルヴィスは俺たちに光をもたらした。光をもたらすのは神である。神が消えた後には、信仰が残るだけだ。

そうして俺は毎日、彼の曲を一曲だけ聴くようにしている。それが俺のミサなのだ。

今日は……『サスピシャス・マインド』を選んだ。六〇年代末にヒットしたこの曲は、エルヴィスにしてはソウルフレーバーが強く、単なるロックンロールシンガーを脱して、新たな地平を目指していたのではないかと推測できる。そう、我々信徒は、残された経典――レコードを通して彼の教えを解釈し、清廉な生活を送るように心がけるべきである。

そういう心がけが足りないから、俺は今回大失敗したのかもしれない。

一人がけのソファでも眠れるのだが、問題は体が固まってしまうことだ。手足を縮こまらせ、背中を丸めた状態で寝ると、翌日そのままの姿勢で目覚める――あるいは床に落ちている。

今日の俺はソファに座っていた。別に何ともないのは、しばしばこうやって寝てしまうからだ。体が自然に、辛くない姿勢を取ることを覚えたのだろう。

午前七時。腹は空いていない。しかし何か食べておかないと、今日も長くなるかもしれない。残念ながら事務所の近くには食事が摂れる店がないので、昨日のデリで何か仕入れてくるしかないのだが、気の合わないオーナーとは顔を合わせたくない。仕方ない……コーヒーを淹《い》れ、ガムドロップクッキーとミルクで朝食にする。こんなものは腹の足しにもならないと思っていたが、クッキーがかなり大きいので、二つ食べると腹が一杯になってしまった。本当は、オーバーイージーの卵（ひっくり返して両面を焼いた目玉焼き）にカリカリのベーコン、薄いトースト二枚の朝食がベストなのだが、そういう好みの朝食を出してくれる店は、近くにない。

コーヒーにバーボンを混ぜたかったが、さすがに朝からはまずい。純粋にコーヒーを二杯飲み、意識をはっきりさせた。昨夜は結局、日付が変わる頃に寝てしまったのだろうか……覚えていない。

ゆっくりストレッチをして、体を伸ばしてやる。窓のブラインドを上げると、弱々しい朝の光が射しこんできた。ブラインドはそのままにしておいて、ラジオをつける。ニュースではまだ誘拐事件が取り上げられているが、捜査に進展はないようだった。何もなければ、今日もリズの事務所に集まって、警察の動きをチェックすることにしている。

電話が鳴った。こんな朝早くから……急いで受話器を取る。

「ハロー」

「あの……私……」

「ミズ・ジョーンズ？　スナイダーです。どうかしましたか？」

「あの、犯人から要求があったんです」

「身代金ですか？」俺はボールペンを握り、メモ帳を広げた。

「ええ……」

「額は？　受け取り方法は？」

「十万ドルを用意しろと……受け取り方法は、また連絡してくるそうです」

「もっと詳しく教えて下さい」

「いえ、あの、警察が……」

エレノアは話しにくそうだった。それで俺はピンときた。

「ご自宅には、まだ刑事たちがいるんですね？」

「ええ」

「彼らが強引なことをした？」

「彼ではなく彼女です」

「FBIのパオラ・アルベルティ？」

「ええ……」

「彼女は確かに強引です。昨日は私を犯人扱いしたし、警察の中でも評判が悪い。それで、何があったんですか？」

「電話が」

「犯人からの電話ですね？　何時頃ですか？」

「昨夜――今日未明です。午前三時？　それぐらいです」

おかしな時間帯だ。誘拐犯は一般的に、相手の頭がクリアな状態で話をしたがる。

寝起きなどで頭がぼやけていると何度も繰り返しになって、結局正確な情報をメモできなかったりするからだ。それに会話が長引けば、相手に手がかりを与えてしまう。

「男ですか、女ですか」

「男だと思うけど、声がはっきりしなくて」

「向こうは焦っている感じでしたか？　落ち着いていましたか？」

「普通……落ち着いていました」

「分かりました」

俺は乱暴に書き殴ったメモを読み返した。これだけでは何も分からない。警察も同じだろう。犯人は、エレノアを精神的に追いこむつもりかもしれない。ぼろぼろにして、最終的には要求を完全に呑ませる。相手を精神的に支配する作戦だ。

「それで、私は何をすればいいですか。何でも引き受けますよ」

「身代金の受け渡しをお願いできませんか？」

「私が？」そういう依頼は過去に一度もなかった。やはり誘拐事件には、探偵が首を突っこむ余地がないのだ。警察が組織的に捜査した方が、確実に犯人に近づけ、人質解放につながる。

「お願いします。警察は、私に身代金を運ぶように言うんですが、私には……無理です」

「ご主人――元ご主人はどうですか。今日、こちらに来る予定と聞いています」

「無理です。彼は気が弱い……身代金の受け渡しなんか、できるわけがありません。絶対にミスをします。リリアンを助けるためには、ミスは許されないんです」

「私はやります。そう約束しましたから」ただし、そう簡単に実現できるものではない。パオラが現場を仕切っている限りは――俺が顔を出したら、今度は彼女は爆発するかもしれない。「一つ、確認させて下さい。その場で指揮を執っているのは、FBIのパオラ・アルベルティなんですね？」

「彼女は……排除されました」

「排除？」俺は受話器を強く握り締めた。

「事情は分かりませんけど、今朝早く、出ていきました。刑事さん二人に連れていかれたんです」

「あなたに暴言を吐いたからだ。FBIだからといって、そんなことは許されない。今、そこを仕切っているのは誰ですか？」

「聞いてみます。また連絡してもいいですか」

「もちろんです。あなたの希望で、私に身代金の受け渡しを任せたい、そうはっきり言って下さい」

「またすぐ電話します」

しかし電話はなかなかかかってこなかった。俺は二杯目のコーヒーの残りを飲みながら、バーボンを垂らすべきかどうか、真剣に検討した。酔いと素面《しらふ》の奇妙なバランス状態は悪くないが、今日は完全に素面でいた方がいいだろう。

三十分経過。情報を仕入れるためにどこかへ新聞を買いに行きたかったが、今は家を空けるわけにはいかない。デスクの引き出しに古い煙草が残っていないかと捜索を敢行したが、俺の意志は自分で考えているよりも強かったようで、一本もない。灰皿も、ライターも。

一時間経過。ラジオをつけても、緊張を解してくれるような番組はやっていない。テレビも同様。これだったら、電話機を抱えて、ソファでもう一眠りしてもいい――開き直りかけたが、結局俺は、今日三杯目のコーヒーを用意した。気分転換で、ミルクを少しだけ加える。

一時間十分後に、ようやく電話が鳴った。呼び出し音一回で受話器を取り、早口で「ハロー」と言う。

「ジョー・スナイダーか？」

中年の男の声だった。まさか、犯人？　俺は受話器をきつく握りしめた。

「ジョー・スナイダーだ」

「特別捜査課課長のクラウス・フィッシャーだ」

ドイツ野郎か……俺はこの男をテレビで見たことがあった。何の番組だったかは忘れたが、テレビの画面からはみ出しそうな——横に——巨漢だった。

「何かご用ですか」

「そちらに車を回した。二十四分署まで来てくれ」

「ご用件は？」俺は繰り返した。

「誘拐の件だ。もう、事情は分かっていると思うが——すぐに出る準備をしてくれ。もう車が着く頃だ」

「俺を逮捕するつもりか？」

「逮捕するなら、事前に電話しない」

「おい——」

電話は既に切れていた。

無視することもできる。パトカーが迎えに来ても無視して、ここに籠っていてもいいのだ。強制捜査の対象になっていないなら、警察もドアをぶち破って入ってくることはできない。

一つだけはっきりしていることがある。フィッシャーという男がどんな性格かは分からないが、話が早いのは間違いなさそうだ。これなら、長々と拘束されることもあるまい。

後は電話応答サービスに任せよう。

パトカーを運転してきた刑事は、何も言わなかった。名乗りさえしない。俺の名前を確認しただけで、俺がドアを閉め終える前に車を発進させていた。

俺は敢えて助手席に座った。後部座席に座ると、どうしても護送されている感じになって気分が悪い。刑事は俺をチラリと見ただけで何も言わなかった。この短い時間で、俺は容疑者扱いされていないと確信した。そもそも逮捕するつもりなら二人以上の刑事が来るし、パトカーの中で好きな場所に座ることもできない。

昨日に続いて分署に足を踏み入れる。昨日とは空気が変わっていた――やけに警官の数が多く、ばたついている。身代金の要求があって、いよいよ本格的にリリアン奪還作戦が始まるのだ。

誘拐事件では、基本的に犯人側が有利である。完全に向こうのペースで、被害者や警察を引っ張り回すことができるからだ。警察側としては、脅迫電話がかかってきた時、さらに身代金受け渡しのタイミングがチャンスなのだが、上手くいく保証はない。相手の電話を割り出すには、相当長い時間会話が続かないと無理だし、身代金の受け渡しに関しては、犯人側も必死で知恵を巡らせる。そして何より警察にとって壁になるのが「時間」だ。しかも犯人側にとって最も有利な材料は「時間」なのだ。身代金の受け渡し時間の十分前に指示の電話をかければ、警察側は対応しようがない。

分署の最上階にある会議室では、フィッシャーが待っていた。普通の折り畳み椅子に座っているのだが、巨大なケツがはみ出している。上半身の肉も垂れて、どろどろと溶け始めているような感じ。今日も冬を予感させるような風が吹いているのに、ネクタイを緩め、ワイシャツの袖を肘の上までまくり上げていた。そこから覗く腕の太さといったら……トレーニングしている様子はないが、何もせずにここまで腕が太くなるものだろうか。

俺を見てさっとうなずくと——極端に肥大した人間にしては素早い動きだった——椅子に向かって顎をしゃくる。俺は彼の正面ではなく、少し斜めの位置に座った。フィッシャーはこちらを見ようともしない。予想通り——太り過ぎて、体を捻って斜めを向くような動きは苦手なのだ。

すぐにもう一人の男がやってきて、フィッシャーの横に腰を下ろした。こちらはフィッシャーとは正反対。小柄で痩せていて、動きがキビキビしている。

「フィッシャーだ」

「知っている。あんたをテレビで見たよ」

「あれで、CBSからドラマの出演依頼が来ると思ったがなあ」

「なかった?」

「CBSのドラマ制作班には、人を見る目がないようだ」フィッシャーが笑う。ハリケーンの強風で窓が揺れるような笑い声だった。「おかげでまだ、市警に養ってもらっている」

「前置きは嫌いなのでは？」俺はつい指摘した。

「ご指摘の通り」ずれた方向を向いたまま、フィッシャーが認めた。「本題に入ろう。こちらは主要事件班班長のドミニク・ベネット。詳細はドムが説明する」

小柄な男がさっと立ち上がり、右手を伸ばしてきた。俺は彼の手を握ったが、握手の力強さに驚かされる。しかしよく見ると、前腕部の筋肉は盛り上がっているし、ワイシャツの胸の辺りははち切れそうだ。小柄な人間によくあることだが、トレーニングで筋肉を膨らませているのだろう。

座るなり、ベネットが話し始める。彼が話すことで、二人の間ではコンセンサスが取れているようだった。

「俺の仕事については、あんたに説明する必要はないはずだ」

「誘拐や人質事件に対応する」

「ああ」ベネットがうなずく。「探偵さんに説明する必要はないか……身代金の受け渡しをやってもらえないだろうか」

「喜んで」俺は太腿《ふともも》を叩いた。「では、これでいいかな？　俺はどこかで待機しているので」

「あんた、気が短いね」フィッシャーが鼻を鳴らした。「もうちょっと話をさせてくれよ。部外者に重大な仕事を任せるんだから、もう少し事情を知っておきたい」

「話せないこともある」

「話せる範囲でいい」

俺は正式に、ヤンキースとの仕事を打ち切られたのか……あの後ハリスと話していないので、何とも言えない。ただ、ここである程度話してしまったことがハリスにバレても、「人質の救命を最優先した」と言い訳できるだろう。それで損害賠償請求でも起こされたら——構わない、払ってやる。ただしこちらも、「ヤンキースは子どもの命よりも自分たちの秘密を大事にした」とぶちまけてやろう。誰もヤンキースを「非情だ」とは思わないかもしれないが。既に評判は地に落ちているのだから。

そこまでしなくても、後でハリスに連絡しよう。何も進んで、トラブルを引き受ける必要もない。

「そもそもあなたは、どうしてジョーンズ家と知り合いに?」ベネットが質問を引き継ぐ。

「正確には知り合いではない。ミズ・エレノアにはまだ会ってもいない」

「それなのに依頼があって、引き受けた?」ベネットが眉を釣り上げる。

「ああ」

「どうして」

「依頼に関連することなので詳しくは話せないが、俺はリリアンと一緒にいて襲われたミスタ・ラルフ・チェイスについて、調査していた」

「彼は3Aの選手だろう」ベネットが指摘する。「そんな人に、何かトラブルでも？今回の誘拐事件に関係しているとか？」

「いや、一般的な動向調査だ。ビジネスだ。犯罪とは関係ない」今のところは。

「本来なら、それについてもう少し突っこんで聴きたいが、時間がない」フィッシャーがわざとらしく腕時計を見た。

「率直な話は歓迎だ」俺はうなずいた。

「それで、ジョーンズ家との関係は？」

「まったくない。ミスタ・ラルフ・チェイスを尾行していたら、彼がリリアンと会っているところに出会しただけだ」

「二人の関係は？」

「それは俺が聴きたいよ」俺は肩をすくめた。「警察の方が摑んでいるはずだが？」

「ミズ・エレノア・ジョーンズ、ミスタ・ラルフ・チェイス、二人とも証言拒否だ。言いたくない、の一点張りでね」フィッシャーが唸《うな》るように言った。

「それはよかった」

「ああ？」

「ミスタ・ラルフ・チェイスが、話ができるぐらいに回復してよかった、ということだ。命が危ないんじゃないかと心配していたんだ」

「こっちに入っている報告だと、命に別状はない。ただし右腕の怪我がひどいのと、警察に対して反抗的な態度を取り続けているのが問題だ」

「ミズ・パオラ・アルベルティが事情聴取に行ったのでは？」

フィッシャーがまた爆笑した。しばらく話ができなくなるぐらい激しく咳《せ》きこむ。代わってベネットが説明を続けた。

「FBIの特別捜査官について何か言う権利は、我々にはない。ただし彼女も、有象無象のプレッシャーを受けていることだけは理解すべきだ」

「あんたも同じじゃないか」俺はベネットを指差した。「しかしあんたは冷静で、俺を人間扱いしている。同じ事件に取り組んでいるのに、この差は何だろう」

「ドムは今、禅に凝っている」フィッシャーが重々しい口調で言った。

「ああ、仏教の……」以前、リキから聞いたことがある。リキは仏教徒ではないのだが、アメリカにいても、日系人として暮らしていると、自然に仏教的な考えや儀式に触れる機会が多くなるのだという。

「そう。それでドムは、怒りのコントロール方法を覚えた。子どもを十人殺した相手と対決することになっても、穏やかな笑みを浮かべているだろう」

「穏やかに笑いながら、両腕をへし折ってやりますよ」ベネットが実際に、静かに笑いながら言った。

「そういう時はぜひ立ち会って見物したい――とにかく俺は、目の前でリリアンを誘拐された責任を感じて、ミズ・ジョーンズに謝罪の電話を入れた。その時に、役にたつことなら何でもやると言っておいた。それを思い出して、今朝、彼女は電話してきたんだと思う。アルベルティ特別捜査官が信用できないと不安になっていた」

「心配するな。彼女は、我々が排除した」ベネットが言った。「クアンティコで何を学んできたのか……被害者の家族に寄り添う気持ちがない」

「ミズ・ジョーンズが怒って、警察やＦＢＩを信用しなくなるのも分かる。俺で役にたつことなら、手伝うよ」

「それで儲かるのか？」フィッシャーが遠慮なく訊ねる。

「今回は金は関係ない。この誘拐事件には、俺も責任がある」

「探偵っていうのは、そんなことで生活していけるのかね？　俺だったら、タダ働きは絶対にごめんだ」

「金より信用の方が大事なんだ。今回、何もしなかったら、俺はこの先、安心して眠れない。それに、信用があれば、この先も仕事が入ってくる」

「探偵の仕事は分からないな」フィッシャーがゆっくりと首を横に振った。「だが、危険を承知でやってくれる人間には敬意を払う」

「探偵は引っこんでいろと言われるかと思ってた。メンツ丸潰れじゃないか」

「メンツ？　俺のこの面で、何がメンツだ」フィッシャーが嘲笑《あざわら》うように言った。

「問題は、子どもを無事に助け出して犯人を逮捕することだ。犯人逮捕はだいぶ優先順位が落ちるが……あんた、警察無線の使い方は分かるか」

「最近のものは分からない」

「だったら、これから講習する。ただし、車を使えるかどうかは分からない。犯人は、自転車を使って身代金を運ぶように要求してくるかもしれないからな」

「マンハッタンの中だったら、その方が犯人には有利だろう」

「我々は、ヘリも用意している。それと無線の組み合わせで、あんたを見失わないように追跡する。この作戦には、市警の多くの優秀な刑事が参加するが、成否はあんたにかかっている」

「では、無線の講習を受けましょう。そして待つ——身代金は？」

「ミズ・ジョーンズは、用意できると言っている」

「どうやって？」

「それは知らない」

「彼女はフルタイムで働いている。しかし、それほど余裕はないはずだ」言いながら、違和感を覚える。別れた元夫から、よほど多額の慰謝料をせしめたのだろうか。

「元夫は？」

「昼頃に到着予定だ」とベネット。

「彼が金を出すのか？」

「分からない。ただ、彼女は銀行と話していた。その内容については、警察には聞かれたくないと説明を拒否しているが……ただし、十万ドルを銀行の方で家まで届けてくれる手筈が整ったようだ」

「今、金の出所を心配する必要はないと思うが……」

俺はフィッシャーに視線を向けた。相変わらずそっぽを向いたままフィッシャーがうなずき、ベラベラと喋り続けた。

「金を出せると聞いた時、俺はミズ・ジョーンズが密かにドラッグのディーラーをやっているか、あるいは金融犯罪に手を染めている可能性もあると思った。だからこの誘拐も、犯罪グループの仲間が仕組んだ可能性がないとは言えない。彼女が何かヘマをして、大きな損失を出したとか、仲間の金に手を出したとか——ただし今は、そんなことを考える必要はない。リリアンの救出が最優先だ。親がどんなクソ野郎でも、六歳の女の子に罪はない」

俺は会議室の片隅で、ベネットから最新の無線の使い方を教わった。身代金の受け渡しにパトカーを使うわけにはいかないから、俺がこの無線機を持って車に乗りこむことになる。あるいは持ったまま徒歩で移動。

「大荷物になりそうだな」

高出力のせいか、無線機本体はかなり大きい。縦横一フィート（約30センチ）、厚みは四インチ（約10センチ）。そしてずっしりと重い。これに加えて現金があるのだから、徒歩で運ぶように指示されたら、なかなかの運動になりそうだ。

「車で使いたいな」

「このサイズなら、運転席の下に設置できる。マイクはコードで伸ばせるから、ダッシュボードに置いておけば、いつでも話せる」

「金は？　犯人側から紙幣の指定は？」

「続き番号は駄目、というだけで、高額紙幣を否定していない。銀行側は、百ドル紙幣を用意しているようだ。それなら千枚——一万ドルの札束十個で済むから、上手くまとめればコンパクトになる」

「あんたは、今回の犯人はどういう人間だと思う？」

「まだ判断したくない」ベネットが首を横に振った。「まずはリリアンを無事に助け出すことだ」

「あんたらは、もっと強引にやるかと思ってた。あのボスも、相当な変わり者だな」

「——ボスの甥《おい》っ子が、十年前に殺されたんだ」

「誘拐？」

「いや、ストリートギャングに襲われた。何もしていないのにいきなり撃たれて、財布を奪われた。財布には十ドル入っているだけだったのに。その子は、高校のフットボールの選手で、将来が期待されていた。それに頭もよくて、NFLの選手になるか、ニューヨーク州の司法長官を目指すか……選択肢は多様だった。その子の将来があっという間に奪われた」

「覚えている。ひどい事件だった」俺はうなずいた。

「俺たちは必死に捜査して、犯人を割り出した。逮捕の現場では、犯人を確保するよりも、クラウスを取り押さえる方が大変だったよ」

「あんたはその時も、彼の下にいた？」

「ああ……部下の一人は前歯を三本失った。もう一人は右腕骨折だ。内部監査では、なんとか責任を負わされずに済んだけどな。怪我した二人の刑事が中心になって助命嘆願をした——それ以来だよ、彼があんな風に太り始めたのは」

「ストレスで？」

「そういうことだ。そして、子どもが犠牲になった犯罪だとキレる。でも、どんな手を使っても解決しようとする。今回、あんたの名前が出てきて、身代金の運搬役を任せると真っ先に言ったのもクラウスだ」

「警察なら、まず被害者家族を説得して、そういう話は潰してしまうはずだ」

「そんな時間も惜しい。とにかくリリアンの救出が最優先だ」ベネットがうなずく。

「上手くやってくれ。あんたが失敗したら、クラウスの血管はもう限界になる。俺は、彼の棺《ひつぎ》を担ぐのだけは嫌だからな」

「担いだら腰を痛めそうだな――そもそも、彼のサイズの棺は簡単には用意できないだろう」

「間違いなく特注サイズだろう」

「いずれにせよ、少し痩せた方がいいと思う」

「気をつけろ。食生活に口を出されると、一番キレる」

俺は口にファスナーを閉める真似をした。ベネットも同意したようにうなずく。

俺たちは淡々と準備をした。拳銃が欲しい――事務所に取りに行きたいと申し出たが、それは拒否された。ずっと待機状態になっているから、分署からは動かない方がいい。

それももっともだ。

昼食にサンドウィッチが出されたので、俺はガツガツと頬張った。こういう時は、食べられるだけ食べておかないといけない。

ふと思いついて、リズに電話する。彼女には常時、情報を伝えておかないと……身代金の受け渡しを担当する、と言うと彼女は絶句した。

「ジョー、責任を感じて、誰かのための仕事をするのは悪くないと思うわ」

「ああ」

「でも、あなたはそういうことが多過ぎる——今は、そういう時代じゃないわよ」

「探偵の仕事なんて、時代が変わっても変わらないよ」

「お金の話。今は誰でも、お金が基準で動く。でも、ジョーはそうじゃない。だから……」

「経済的に苦しい、と」

「ジョーももう少し、金儲けを考えた方がいいわよ。それは決して、悪いことじゃないんだから」

「俺も金持ちだった時期はあったよ。今もその遺産で十分食っていける」実際、金持ちの依頼が続いた時期があったのだ。

「余裕のある引退生活なんて無理よ……ヴィクに食べさせてもらうつもり？」

「彼女に迷惑はかけないよ。とにかく俺の中で、金の問題は最優先事項じゃないいんだ」

「まったく……私はボスからそのことだけは学ばなかった——違うわね。何度もそんなことを聞かされていたけど、頭に残らないように気をつけてきた」

「だから君は金持ちになった——取り敢えず、俺が何をしているかだけ、知っておいてもらいたかったんだ」

「うちのスタッフは、ジョーに心酔してるのよ」リズが溜息をついた。「金じゃなくて、正義や信念のために動く——彼らは、絶対にあなたを守るわ。私はそれについて、何も言わない」

「俺を守る？　どんな動きをするか、分からないんだぜ」

「それについてはちゃんと連絡を入れて。準備しておくから」

「準備？」

「気にしないで。事前に知ってしまうと、あなたは心配するかもしれないから」

「そりゃそうだ。ジイさんになると、若い人のことが何かと心配でね」

「ジョー、あなたは十年前からそうだった。年齢は関係ないのよ。ずっと損ばかりしている」

「ああ」

「もう少し、プラスマイナスを考えたら？」

「そうしたら、探偵の仕事なんかできない」

電話を切った。反論したものの、リズの説教が身に染みる。彼女の言う通りで、もっとドライに金儲けに徹する手もあったと思う。しかし様々な事情に引っかかり、ビジネス優先という感じにはならなかったのだ。そういうやり方は、いまさら変えられない。一方リズは、ドライに仕事をして、しかも最近はメディアを利用して安全に金を儲けるノウハウまで身につけている。しかし口では「金を」と言いながら、彼女の中にもウエットな部分があることを俺は知っている。

何しろ彼女の祖父は、伝説の探偵、サム・ライダーだ。「俺に十分な金があれば、全部の仕事をタダでやる」というのが口癖だった人物である。実際、懐具合が厳しい依頼人からは金を受け取らなかったこともあるのだ。だからずっと貧乏していたが、信頼は厚く、依頼が途切れたことはなかった。

俺もサムのやり方を見て育った。彼女も、探偵の秘密を、子どもの頃から祖父に聞かされて育った。

俺たちのルーツは同じなのだ。

エレノアの元夫・マイケルは、落ち着かない男だった。エレノアがソファに座ってうなだれ、電話を待ってずっと集中しているのに、部屋の中を行ったり来たり……何をするでもなく、時々立ち止まっては溜息をつくだけ。元妻に話しかけることもない。

俺は部屋の壁に背中を預け、様子を観察しているしかなかった。刑事たちが吸う煙草で、部屋の中は白く煙っている。

しかし……違和感。

外から見ても立派な家だと思ったが、内部にも金がかかっている。広いし、家具は高級。最新のテレビやステレオも、いかにも高価そうだった。

インタフォンが鳴る。刑事が受話器を取り上げて応答した——銀行から人が来たらしい。それを告げられたエレノアはのろのろ立ち上がり、玄関に向かった。刑事が二人、護衛のように後からついてくる。

ほどなくエレノアは、二人の銀行員を連れて戻って来た。刑事たちに比べて、二段階ぐらい上等でかっちりしたスーツ姿で、いかにもビジネスの話を始める感じだった。

ダイニングテーブルの上で、小さなスーツケースを広げる。刑事たちが取り囲んでいてはっきりとは見えないが、俺は金を勘定する声を聞いた。やはり百ドル札の札束が十。俺も後から確認した。

一万ドル分の札束十個は、それほど大きなものではない。小さなスーツケースに箇単に収まるだろう。犯人が、どんな風に持ってくるよう要求するかは分からないが。

金の確認が終わって、準備も完了。俺は部屋の片隅に置かれた無線機を確認した。一台は既に、エレノアの車に詰みこまれている。部屋に置かれたものは、俺が徒歩や地下鉄で移動することになった場合に持っていくものだ。それ用のリュックサックも用意されていて、実際に機械を入れて担いでみたのだが、きつい行軍になるのは間違いなかった。今日一日が終わる頃には、体重が一気に減っているかもしれない。

刑事たちは無線で話したり、電話のチェックをしたりしている。記録用の機械なども運びこまれ、犯人から電話があったら全て録音されることになっている。

俺はマイケルを摑まえて廊下に連れていった。彼は今、この家とは直接関係ないのだが、リリアンの父親であることに違いはない。今のうちに挨拶して、ついでに情報収集ができればいい。

「探偵、ですか」

マイケルは長身でひょろりとした体型だった。三十代半ばぐらいだろうか……顔の下半分は薄く髭に覆われている。伸ばしているわけではなく、ここへ来るまでに髭を剃っている暇もなかったのだろう。目は真っ赤になっている。

「ミズ・ジョーンズに頼まれて、身代金を運びます」

「何で探偵が？」

「ちょっとしたご縁です。今回は、ボランティアとしてやらせてもらいます」

「金も取らずに……？」マイケルが呆れたように言った。

「リリアンの安全第一なので、金なんかどうでもいいんです。一つ、教えて下さい。リリアンと——あなたたちと、ミスタ・ラルフ・チェイスはどういう関係なんですか」

「そういう人は知らない」

「しかし娘さんは、ミスタ・チェイスと会っていた。その時、ミズ・ジョーンズは席を外していました。どういう関係なんですか？」

「私がこの街を離れてから、エレノアたちがどうしていたかは知らない」

「娘さんとも会わなかったんですか？　面会は？」

「私は……リリアンには会えないんだ」

「そういう条件だったんですか？」

「ああ。そもそも、クリーブランドからニューヨークまで来るのも大変だ。私には、向こうで仕事もある。二重生活は無理だ」

「身代金は、あなたが出したんじゃないんですか」

「違う」苛《いら》ついた口調で言って、マイケルが煙草を取り出し、素早く火を点ける。

「私はとにかく様子を見ようと……父親の義務を果たそうと……身代金のことは、彼女からはまったく聞いていない」

「そうですか……ちなみに、慰謝料はいくら払ったんですか？　養育費は？　分割で払っているんですか？」

「そんなことは、あなたには関係ない！」

俺は一歩引いた。関係ないと言われてしまったら、それ以上追及するのは難しい。軽く一礼して部屋に戻った瞬間、電話が鳴る。ソファに力なく座っていたエレノアが、急にエネルギーを注入されたように立ち上がった。刑事が一人、さっと近づいて指示を与える。エレノアの顔は、一打で逆転サヨナラ勝ちという場面で打席に向かうバッターのようだった。コーチから秘策を与えられ、気合い十分という感じ。

エレノアが受話器に手をかける。隣の録音装置――単なるテープレコーダーではなく、もっと大型で複雑な機械だった――の前に座った刑事が、ヘッドホンを装着して親指を立てた。別の刑事は、廊下に飛び出して無線に向かって叫ぶ。「入電中、電話局に連絡を。繰り返す、入電中！」

「ハロー」エレノアが震える声で電話に出た。どういう仕組みか、相手の声は録音装置についているスピーカーを通じて、かなり大きな音で部屋に流れた。全員が、固唾を呑んでエレノアを見守っている。

「エレノア・ジョーンズだな？」

「イエス。エレノアです」

「金は用意できたか？」

「たった今」

「よし、身代金をあんたの車に積んでスタートしろ。あんたの車には自動車電話がついているはずだ。番号を言え」

エレノアが自動車電話の番号を告げた。俺は嫌な予感に襲われた。向こうが、走っている車に電話をかけて、行き先を五月雨式に指示したら……どこへ向かうか、警察の方では摑みにくくなる。いや、こちらにも無線があるのだ。あれを上手く使えば、やり取りをそのまま警察に伝えることができる。

「午後六時に家を出ろ。ブロードウェイに出たら、そのままコロンバスサークルへ向かえ。途中でまた指示する」

「お願いがあるの！」エレノアが悲鳴のような声を上げた。「私にはできない！　代わりの人を頼んでいい？」

「刑事に身代金を運ばせるつもりか？」

「違うわ」エレノアが俺を見た。俺は素早く移動して、彼女の脇に立った。「叔父がいるの。信頼できる人だから……お願い。私は怖くて、こんな大金を持って車を運転できない」

俺は右手を差し出した。受話器を――録音機の前にいた刑事が、血相を変えて立ち上がり、首を思い切り横に振ったが、俺は無視して受話器を受け取った。

「ハロー？」

「あんたがエレノアの叔父か。エレノアにそんな親戚はいないはずだが」

「正式には『叔父のようなもの』だ」

「ああ？」

「私は、彼女の父親と親友だった。だから私にとってエレノアは娘も同然だ。今回、私が身代金の運搬を担当する。エレノアはとても車を運転できる状態じゃない」

「ふざけるな！」

「要求通り、金は用意した。そちらの指示に従って、確実に渡す。だからリリアンを返してくれ！　警察にも言わない」

「警察はもう動いてるだろう。ニュースになってるんだからな」

「身代金の運搬には、警察はかかわらせない。我々は、リリアンが無事に帰ってくればそれでいいんだ！　頼む！　エレノアは、こんな状態で運転したら、途中で失神してしまう」

「……おっさん、あんたの名前は？」

「ジョー。ジョー・ライダーだ」俺はかつての師匠の名前を使った。

「ライダー、分かった。我々も、リリアンを傷つけるつもりはない。金さえいただければ、それでいい。すぐに解放する」

「リリアンの声を聞かせてくれないか？　怪我はしていないのか？　寒がっていないか？」俺は優しい大叔父を必死で演じた。

「六時スタートだ。渋滞する時間帯だから時間がかかる。夕飯でも食ってから来るといい」相手は皮肉っぽく言って電話を切ってしまった。

エレノアが俺の手から受話器をひったくり、「もしもし！」と何度も叫んだ。

無線を持った警官がまた廊下に出て、本部と通信を始める。

「今、通話終了。ええ……待ちます」

その間に、録音を担当する刑事がテープを巻き戻した。マイケルが近づいて来て、恐る恐るエレノアの肩に手を置いたが、彼女はまったく反応しない。俺が手の甲に触れると、エレノアは初めてはっと顔を上げ、俺に向かってうなずきかけた。

「すみません……」エレノアが消え入りそうな声で言った。

「いや、これで俺が行くことを向こうも納得しました。拒否されなかったんだから、いい傾向ですよ。それにこっちには、準備の時間ができた」

それは罠《わな》ではないかと俺は想像した。急に予定を早めてこちらを慌てさせる――誘拐を企《たくら》むような卑怯《ひきょう》な人間は、平然とそういう手を使ってくるだろう。

無線を担当する刑事が、残念そうな表情を浮かべて戻って来た。

「途中までしか追跡できない。相手がマンハッタンにいるのは間違いないが」

つまり、何も分からないのと同じだ。ただし、俺があれ以上通話を引き延ばしても、相手の居場所が分かったとは思えない。交換手を介した電話なら追跡は簡単なのだが、自動電話の場合、追跡には限界がある。刑事の方でもそれは分かっている様子で、俺に対してミスを責めるような視線は向けてこなかった。

「ちょっと連絡してきます。この電話を使用中にするわけにはいかない」

俺は急いで外に出て、公衆電話を探して歩き出した――瞬間に、背後からクラクションを鳴らされる。振り返ると、ストレッチリムジンの運転席でリズが手を振っていた。俺はすぐに助手席に滑りこんだ。

「何でリムジンなんか買ったのかって、後悔ばかりしてるわ」

「何人乗れるんだ？」

「後ろに八人。そんなに大勢乗る機会なんて、滅多にないのに」

「副業で、リムジンサービスでも始めた方がいいかもしれないな。だいたい探偵は、一度に八人も相手にしないよ」

「それで？」

俺は今の電話の内容を説明した。リズは時々メモを取りながら聞いていたが、俺が話し終えると「指示は早まるわよ、きっと」と言った。

「俺もそう思う。時間があると油断させておいて、実際には一時間後にスタートしろと電話がかかってくるとか」

「じゃあ、のんびりやっていられないわね」

「君も、ここにはいない方がいい。あまり家の近くにいると、警察が嫌がる」

「リムジンは動かすわ。こんな車で尾行はできないから。尾行用には、もう一台用意している」

「あのフォード？　目立たないけど、尾行はよくないな。犯人は、電話で連絡を入れてくると言っている。向こうも自動車電話のついた車でこちらを尾行しながら、指示を飛ばすかもしれない。警察が追跡していたらすぐに気づく——警察の車以外でも、だ」

「そうじゃなくて……考えてるわよ。後ろに来てるわ」

俺はバックミラーを覗いたが、何も見えない。ドアを押し開けて外へ出て、リムジンの背後に回りこむ——バイクが一台、待機していた。跨っているのはミック。巨体の彼が乗っていると小さなバイクに見えるが、実際はかなり大きいようだ。ただし、アメリカの象徴たるハーレー・ダヴィッドソンではない。オレンジ色のタンクに張りついたロゴは「ＫＡＷＡＳＡＫＩ」と読めた。

ミックがバイクから降り、ヘルメットを脱いだ。

「バイクも日本製か……そのうちアメリカの車もバイクも、なくなっちまうかもしれないな」

「日本車は日本車、アメリカ車はアメリカ車ですよ。それぞれの魅力があります」さも大変な秘密を打ち明けるようにミックが言ったが、実際には何も言っていないのと同じだった。

流線型のタンク。左右計四本出しのマフラー、アップライトなハンドル。左右のメーターは砲弾型だった。全体には非常にスポーティで速いバイクに見える。

「ニューヨーク・ステーキです」ミックが低い声で言った。

「うん？」

「このバイクの開発コードは、ニューヨーク・ステーキなんです。最初からアメリカ市場を狙って開発されたモデルだそうです」

「日本人は、放っておくとどんどんアメリカに入ってくるな。戦争に負けたこと、もう忘れてるんじゃないか？」

「戦争のことは何とも言えませんが、尾行用にはこのバイクがベストです。ハーレーは大き過ぎて、街中では持て余すんですよ。あれは、フリーウェイを五十五マイル（時速約88キロ）で悠々と走るのが似合うんです。街中では日本製が最高だ」

「そうかもしれないが……君にも愛国心を教えてやるべきかね」

「自分は、日本食も好きですよ。いいものは、何でも取り入れた方がいいと思います。そもそもアメリカが、そういう国じゃないですか」

俺は黙りこみ、ミックとの論争をここで終わらせた。ミックは元来無口な男なのだが、頑固なところがあり、どんなことでも、主張し始めるとなかなか譲らない。

「走っている間の通信は？」

「無線を使います。ただし、事務所としか連絡が取れません」

「そうか。しょうがないな……いや、待てよ。俺が運転していくのはオープンカーなんだ」

その情報は既に聞いていた。数年前のモデルのシボレー・カプリス。しかもオープンカーだ。それを告げて「いざとなったら屋根を開けるから。横に並んでくれれば、そのまま話ができる」と言った。

「オープンにしたら、無線も電話も聞こえませんよ」

「……何か手を考えるさ。とにかくよろしく頼む。確かにバイクは、尾行に一番いいかもしれないな。車より目立たないのもいい」

ミックが黙ってうなずいた。かすかに誇りが見える顔つき——バイクでの尾行を提案したのは彼かもしれない。

リムジンに戻り、リズと細かく状況を打ち合わせする。しかし話せば話すほど、予定が早まるのでは、という予感が膨れるばかりだった。

「結局、臨機応変にやるしかないわね」リズが肩をすくめる。

「アドリブは、君の得意技だろう」

「それはボス譲りよ」

「教えた覚えはないけどな」

「見て覚えたの……私は事務所で待機している。何かあったらザックとオリヴィアを現場に出すわ」

「犯人が近くにいるかもしれないから、派手な動きは駄目だ」

「了解」

「では、しばらく連絡は取れないと思うけど」

「寂しいわ」

俺はドアハンドルに手をかけたまま、固まってしまった。

「何言ってるんだ」言ったが、声は情けなくしわがれてしまった。

「――って、ヴィクが言ってた」

「君はヴィクに会ってるのか？」

「週に一回はヴィクの店のピザを食べないと、体調が悪くなるのよ」

「あれを週一ペースで食べたら、かえって体を壊しそうだけど」栄養的には、まだリキの寿司の方がましではないだろうか。

「ヴィクのピザはヘルシーよ。私は、野菜のピザしか食べないし」

「西海岸の人間みたいなことを言うなよ」

「とにかく、一日に一回ぐらいはヴィクに電話してあげて。彼女、本当に引退を考えてるみたいだし」

ヴィクは、どうしてそんなプライベートな事情をリズに話すのだろう。

ヴィクと知り合ったのは、二十年も前だ。しばらくつき合った後で自然に別れてしまったのだが、十年前に再会して、また一緒にいるようになった。リズが俺の仕事のパートナーになったのもその頃で、二人は自然に顔を合わせるようになったのだが、プライベートな相談をするぐらい仲が良くなっているとは思わなかった。

人間は、意外なところで結びつく。

では、エレノアとチェイス、リリアンとチェイスはどこで結びついたのだろう。

予想通り、先ほどの脅迫電話から一時間後、再度犯人から電話がかかってきた。エレノアが最初に話した後、俺が電話を代わった。

「予定が変わった」

「どういうことだ！　リリアンは無事なのか？」必死な演技。

「時間を早めてもらうだけだ。夕方の渋滞が始まる前の方がいい。三十分後にスタートして、予定通り、ブロードウェイをコロンバスサークルに向かえ。その後は再度、指示する」

今度は素気なく、電話は切れてしまった。俺は家に来ていたベネットと最後の打ち合わせをした。

「無線のスウィッチは、常にオンにするようにテープ止めしてある」ベネットが説明した。「だから、電話で話すことだけに集中してくれ。こちらで逐一記録を取って、尾行する連中にも指示を出す」

「ちゃんと聞こえるだろうか」

「あんたの声は聞こえるはずだ――もう、テストはした。ただし、かなり大きな声で復唱してもらわないと聞き取りにくい」

「やってみる――向こうはわざとらしく思うかもしれないけど」

「運転中に電話を受けてるんだから、復唱するのも声が大きくなるのもおかしくない。怪しまれるようだったら、声が聞こえにくいと言って誤魔化せ」

「分かった。それと、リンカーン・トンネルでニュージャージー方面、クイーンズ－ミッドタウントンネルでクイーンズ方面はないと思う」

「どうして」

「トンネルの中では、電話が通じない。それにあそこはだいたい渋滞しているから、連絡が取れない時間が長くなるんだ。犯人側も不安になるだろう」

「ごもっとも」ベネットがうなずく。「とにかく我々は、万全のバックアップをしている。あんたの身の安全はしっかり守る」

「俺の安全はどうでもいい。リリアンが無事に戻ってくれれば」

「怪我したら意味がない」

「怪我しても、リリアンが戻れば、安眠できるよ――フィッシャーはどうしてる？」

「俺が分署を出て来る時には、カップケーキの紙屑《かみくず》が五個あった」

「そんなに？」

「ストレスが溜まると、甘いものをやたらと食べるんだ」

「彼の健康のためにも、作戦は成功させよう……それと、万が一そちらから俺に連絡をとりたくなったら、ページャーを鳴らしてくれ」俺は番号を教えた。「何とか連絡を取る方法を考える」

「了解」

「ヘリは？」

「飛ばすけど、何かあってもヘリはすぐに助けに行けるわけじゃない。あくまで監視用だ」

「心強いことで」俺は肩をすくめた。

犯人側の指定通り、俺は車をスタートさせた。屋根を開けようかと一瞬考えたが、ミックに聞いたテスト結果を思い出して諦める。オープンエアの状態で犯人と話すためには、怒鳴らないといけないだろう。

ブロードウェイに入って南下する……西六十七丁目に差しかかった時、自動車電話が鳴った。

「犯人から電話だと思う」俺はダッシュボードにテープで止められたマイクに向かって叫んだ。そして慎重に受話器を掴む。

「ハロー？」

「無事に家を出たな？」

「出た。今——西六十七丁目を渡るところだ」

「六十五丁目を過ぎたところで、コロンバス・アベニューに入れ」

「六十五丁目からコロンバス・アベニューに入る。それから？」

「五十七丁目を右折しろ」

「五十七丁目を右折——左側に小さな公園があるところだな？」

「そうだが、あんた、声が大きいな。うるさい」

「そっちの声が聞こえにくいんだ」

「あんたの声はちゃんと聞こえてる」

「五十七丁目を右折してどうする？」

「電話をつないだままにしろ。五十七丁目を右折したら報告しろ」

「分かった」

十分もしないうちに、俺は五十七丁目を右折した。この辺も閑静な住宅街で、街路樹が大都会に緑の安らぎを与えている。俺は改めて受話器に向かって話しかけた。

「今、五十七丁目を右折した」

「そのまましばらく走れ」

「ヘンリー・ハドソン・パークウェイに入るぞ」

「いいからそのまま走れ」

フリーウェイに乗ってしまうと、面倒なことになる。ヘンリー・ハドソン・パークウェイは、北はマンハッタンを抜けてブロンクスに入り、他のフリーウェイに合流する。南はブルックリンへ。追跡はますます難しくなるし、州境を越えたら、市警の追跡はそこまでだ。それこそＦＢＩの出番になるが……。

そこから犯人側の指示は細かくなった。五十七丁目からイレブンス・アベニューへ。すぐに五十五丁目に入って、そのままヘンリー・ハドソン・パークウェイを抜けてハドソン・リバー・グリーンウェイに入れ。左折。

　俺はいちいち指示の内容を復唱した。警察側がこの指示をどう分析しているかは分からない。こちらはただ、指示に従うだけだ。

　ハドソン・リバー・グリーンウェイは一方通行で、五十五丁目から入るとすぐに、ヘンリー・ハドソン・パークウェイに合流するか、船のターミナルへ向かう道路に分かれる。しかし犯人は、すぐに車を右側へ寄せて停めるように指示した。

「車は停めた」

「車を降りて、ハドソン・リバー・パークに入れ。植えこみに金を置いて、すぐにその場を離れろ」

「リリアンは――」

「リリアンは無事だ」

「どこにいる！」

「車に戻ってから教える」

　クソ。俺は助手席に置いたバッグを取り上げ、車から飛び出した。

　リバー・パークはハドソン川沿いに広がる広大な公園だが、市街地との間に広いフリーウェイが横たわっているせいか、利用者は多くない。今は特に平日の午後のせいか、眼《め》に見える範囲には誰もいなかった。

植えこみ……俺は自転車専用道路を渡って公園の中に入り、横断歩道の脇にある植えこみに、バッグを押しこむようにして置いた。急いで周辺を見渡す。誰もいない……犯人は公園のどこかに隠れているのか、あるいは俺たちを尾行しているのか。分からないが、取り敢えず車に戻って犯人に報告しないと。

ドアを閉めながら受話器を取り上げる。

「金は置いた」

「すぐにそこを離れろ。トゥエルブス・アベニューに入って、そのまま家へ戻れ」

「リリアンはどこだ？　リリアンを解放しろ！　金は置いたぞ」

「リリアンは、十分後に家に戻す——家に電話する。とにかくそこを離れろ。監視しているぞ。そこを離れないと、リリアンの命はない。まだ俺たちの手元にいるからな」

電話が切れた。相手の指示を復唱していなかったことに気づき、俺は無線機のマイクを取り上げ、押下ボタンを固定していたテープを剥がした。

「こちら、ジョー・スナイダー。犯人からの通信が途絶えた。現場を離れるように指示された。リリアンについては、十分後に自宅に電話すると言っていた」

「こちら二十四分署、了解」無線が途切れる。俺はブレーキに足をかけたまま、次の通信を待った。ほどなく、無線が復活する。「帰投して下さい」

「金は」

「監視する」

「了解」

それを信じるしかない。車を運転している間には、周りを見ている余裕がなく、警察の尾行がついているかどうかも分からなかったのだが。

窓をノックする音が聞こえた。びくりとして横を見ると、ミック——俺は急いで窓を下ろした。

「ここを離れる」

「いいんですか」ミックがヘルメットのシールドを上げて、怪訝そうな表情を浮かべる。

「犯人の指示だ。リリアンの安全を守るためには、ここを離れるしかない」

「俺だけでも残っては……」

「警察がどこかで監視している。連中に任せよう。ここで揉めたら、犯人はリリアンを殺すように、仲間に指示するかもしれない」

「——分かりました」ミックが悔しそうな表情を浮かべる。

「行ってくれ。もしも警察に何か聞かれたら、俺とは関係ないことにしておけよ。君まで厄介ごとに巻きこまれる必要はない」

ミックがさっと目礼し、ヘルメットのシールドを下ろした。よく見るとかなり濃度の高い、サングラスのようなシールドで、これを下ろしていたらまず顔は見えないだろう。

ミックが走り去る。俺は五つ数えて呼吸を整え、ブレーキから足を放した。アクセルを踏みこみ、ゆっくりと車をスタートさせる。ずっとバックミラーを見たまま――しかし誰も見当たらない。犯人は、余裕を持って金を回収するつもりだろうか。警察が張っているとは考えてもいないのだろうか。

午後のマンハッタンは渋滞し始めており、俺はそれにはまった。それほど遠くないアッパーウエストサイドまで、普段よりもはるかに時間がかかる。

無線から興奮した声が飛び出してきたのは、コロンバスサークルを過ぎた頃だった。

「ジョー、聞こえるか？」フィッシャーだった。俺はマイクを取り上げた。

「聞いている」

「リリアンを無事に保護した。取り敢えず怪我はない様子だ」

俺は黙って、空いている左手でハンドルを思い切り叩いた。

「ジョー？」フィッシャーが怪訝そうな口調で呼びかける。

「ああ、何でもない。犯人から電話があったのか?」

「あった。リリアンは自宅近くの公園に一人でいる、という話だった。捜査員を急行させたら、ベンチで寝ていたリリアンを発見した」

「寝ていた？」

「薬で眠らされていたらしい。バイタルは安定しているから、安心しろ。今、念のために病院に搬送中だ」

「家族は？」

「ショックは受けているが、心配するな。娘は無事に戻ってきたんだから。あんたもお手柄だ」

「いや……」

　リリアンが戻ってきたことは喜ぶべきだろう。しかし十万ドルもの大金が奪われたわけで、ジョーンズ家はこれから、生活に困窮するかもしれない。

　そして俺にとっては……謎だけが残った事件だ。気に食わない。絶対に、このまま終わらせるわけにはいかない。

　エレノアは、リリアンにつき添って病院に行ってしまった。家にはマイケルがいるだけ。彼に話を聴いても何か分かるとは思えないし、そもそも刑事たちに囲まれて厳しく事情聴取を受けているので、俺が入っていく隙間はない。

諦めて、俺は二十四分署に転進した。ひとまず事件が解決したせいか、フィッシャーは薄い笑みを浮かべて葉巻をふかしていた。カップケーキの残骸は……ない。今は、ストレスのゲージは最低レベルを指しているのだろう。

「犯人は捕捉できなかった?」

「運がなかった」フィッシャーが溜息をついた。「二台のパトカー、三台のバイクがあんたを追跡していた。気づいたか?」

「いや、まったく」俺は肩をすくめた。「まさにプロの技だ」

「公園に行くまでは、完全に追跡していた。ところが、連中が到着する直前に、ヘンリー・ハドソン・パークウェイで事故が起きて、一時的に走行不能になったんだ。それで最終的には追いつけなかった」

「気づかなかったな」俺はすぐ近くにいたのだが。

「それだけ集中していたんだろう。ヘリは追跡していて、警戒要員が犯人の写真を押さえた——これだ」

フィッシャーが一枚の写真を俺に見せた。ハドソン・リバー・パークの出入り口——俺が金を置いた辺りだと思う——をほぼ真上から撮影したもので、豆粒のような大きさの人間が、金を入れたバッグを持っている。しかし顔は全く見えていない。頭の天辺《てっぺん》が写っているだけで、しかも帽子を被《かぶ》っているので髪の色さえ分からない。

「もう一枚がこれだ」

二枚目の写真は、一台の車を撮影したものだった。ステーションワゴンということは分かるが、やはり真上なのでナンバーは判別できない。

「ヘリだったら、旋回してすぐに撮影できたのでは？」

「旋回し終えた時には、車はもう視界から消えていたそうだ。その後で現場に到着した刑事たちが、金がなくなっていることを確認した」

「やられたか……」

「俺は負けだとは思っていない」突然フィッシャーが真面目な口調になった。「人質が戻ってきたんだから、負けじゃない。金は取られたが、俺たちにはまだ、犯人を逮捕するチャンスがある――とにかく、ご苦労だった」

「俺はお払い箱か……エレノアがまた何か頼んでくるかもしれないが」

「警察の邪魔をしない範囲なら、あんたには探偵の業務をする権利がある」

「せいぜい気をつけるよ」

俺はげっそり疲れを感じた。今日できることは――何も思いつかない。

リズとは電話で話した。簡単に状況を報告しただけで、今後のことは一切話題にしない。彼女は普段、簡単には諦めない――しつこいのだが、今日はさすがに疲れたようだ。

「皆に礼を言っておいてくれ。近々、馬鹿でかいハンバーガーを奢るよ」

「そうね。でも明日からどうするの？」

「それは明日考える。何もなければ、午前中に会おう」

「了解」

「電話する」

「――一人で大丈夫？」

「……問題ない」

自宅へ戻ることにした。ひどく疲れている……昨夜は事務所の小さなソファで寝てしまったのだと思い出す。今はたっぷりの夕食と熱いシャワー、それに寝酒にバーボンが必要だ。

よく朝食で世話になるダイナーに入る。どういうわけかここの経営は安定せず、俺が近くに引っ越してきてから十数年で、店は三回変わっていた。今は、五〇年代風を意識した、赤やラメ、クロームを多用した店内になっている。しかし味はごく普通――毎日朝食に通っても飽きない味だった。

道路沿いのテーブル席に腰を下ろし、ポットローストとサラダ、ビールを頼んだ。ポットローストなど普段はまず食べないのだが、今日は胃に優しい料理が必要だった。

いつもなら、ビールの味などほとんど感じることはない。あれはただ、喉を刺激して胃を暖め、料理を入れる準備をするためだけの飲み物だ。しかし今日は、喉を焼くように一気に呑めないせいか、口中に強く苦味を感じる。

レタスがしなびたサラダは放っておいて、ポットローストに手をつける。柔らかく煮こまれた豚肉はシンプルな塩味。風邪を引いた時にこれを食べるとすぐに治るのだが、今日は何故か、豚肉の臭みが鼻についた。調理方法が普通と違う……いや、そんなはずはあるまい。

何とかポットローストを平らげ、サラダに取りかかる。ドレッシングは甘みが強く、デザート代わりになるほどだった。うんざり……これは頼まなくてよかった。そういえばこの店にはずいぶん長く通っているのだが、サラダを頼んだことはなかったはずだ。別に、生野菜など食べなくても、人は生きていける。

ビールを呑み干し、異様な疲れの原因を考える。精神的に参っているのは間違いないが、そんなことでダメージを負うほど弱くはないと信じたかった。

肉体的な疲れだろう、と自分を納得させる。こういう時はまず、糖分補給だ。即効性があるのは甘いもの……俺は、近くを通りかかった顔馴染みのウェイトレス、エミリーに声をかけた。

「今日は、どのパイがお勧めかな」

エミリーが目を見開いた。ブロードウェイの舞台に上がることを夢見ているエミリーは、いつもメイクが濃い。特に目は、非常に大きく見えるように仕上げているので、こういう表情を浮かべると、顔の半分ほどが目という感じになる。

「ジョー、どうかしたの？　甘いものなんか、頼んだことないじゃない」

「今日は疲れているんだ。甘いものを食べて、疲れを吹き飛ばそうと思ってね」

「だったらペカンパイね」

「ああ……」ペカンパイはだいたい、どこで食べても歯が溶けるほど甘い。俺も子どもの頃には散々食べさせられたものだが、子どもながらにその甘みに辟易《へきえき》してしまい、苦手な食べ物になった。アップルパイをアイスクリーム抜きで……にしようかと思ったが、糖分を補給すると同時に、自分の失敗に罰を与えるために、好きでもないペカンパイを注文することにした。それとコーヒー。コーヒーにバーボンを垂らしてくれと頼もうとしたが、この店にはビール以上に強いアルコールは置いていない。あくまで飯を食うための店、その供としてはビールがあれば十分、ということだろう。

猛烈な甘みは、俺にとって十分な罰だった。今後二度と失敗しないようにしよう。その都度ペカンパイを罰として食べていたら、胃が悲鳴を上げる。

ペカンパイで胃をやられたかと思ったが、翌朝、俺は空腹を感じて目が覚めた。驚いたが、これも健康な証拠だと考えて、俺は早々にベッドを抜け出した。午前七時。午前中にリズと打ち合わせをすることにしているから、早々に準備を整えよう。

シャワーを浴びる……長くなった。秋もすっかり深まっているのに、昨夜、暑くて何度も目を覚ましたことを思い出す。内側から出てくる熱で、睡眠を邪魔された感じだった。

最後に冷たい水を浴びて汗を洗い流し、清潔なシャツと、クリーニングから戻ってきたばかりのスーツに着替える。ラジオかテレビでニュースをチェックしようかと思ったが、自分が知っている以上の事実はないだろう。

朝飯を食べに出かける——昨夜と同じ店になってしまうが。途中、ニューススタンドでニューヨーク・タイムズを買う。店ではベーコンとオーバーイージーのフライドエッグとトーストというのいつもの朝食を頼んでから新聞を開いた。

誘拐事件は市内版にでかでかと載っているが、俺が知らない情報はなかった。「家族が身代金を指定場所に運び」とあるのは、厳密に言えば誤報なのだが、編集部に電話を入れて訂正を求めるほどのことではないだろう。その他、事実関係では驚くほどのことはない。家族のコメントは載っていないが、エレノアもリリアンも病院にいるから、取材しようがないのだろう。元夫のマイケルはどうしたか……娘と一緒にいるのか、それともさっさとクリーブランドに帰ってしまったか。

あの元家族も、何だか不自然だ。

ベーコンと卵の朝食は、毎日のように食べるので、美味いも不味いもない。ただ食べ慣れた味、ということだ。

しかし俺は、時々味を変える。卵に胡椒《こしよう》を多めにかけたり、ケチャップを使ったり……今日はマスタードを参加させた。黄身を崩して混ぜたフライドエッグ――これならスクランブルエッグでもよかった――をトーストに乗せ、マスタードをたっぷりかけて、もう一枚のトーストで挟む。ベーコンを合いの手に即席のエッグサンドを食べ、コーヒーを飲む。

コーヒーを一度おかわりしてニューヨーク・タイムズの主な記事を読み進める。運動面は特に入念に……終わったばかりのワールドシリーズを総括し、ヤンキースの凋《ちよう》落《らく》の原因を分析する記事は載っていた。マンソンが死んだからだ――しかしその後釜については、憶測の記事が載っているだけで、チェイスの名前はない。この件を……チェイスの件を、ヤンキースの依頼で調べることはもうないのだ。事件については独自調査を続けるつもりだが。

それにしても、今年のワールドシリーズは変だった。十月九日スタートの予定だったのに、ボルティモアで雪が降って第一戦は順延。パイレーツは一勝三敗とオリオールズに王手をかけられてから、三連勝でワールドシリーズを制した。仕事でほとんど試合を観られなかったのは残念だが、これは仕方がない。それにしても、パイレーツのウィリー・スタージェル（一九四〇〜二〇〇一年。パイレーツ一筋の大リーグ生活を送り、本塁打王二回、打点王一回を獲得。通算二千二百三十二安打、四百七十五本塁打。一九八八年、野球殿堂入り）は大したものだ。三十九歳でチーム最年長であるが故にPOPS《オヤジ》と呼ばれているのだが、シーズン、リーグチャンピオンシップ、ワールドシリーズ全てでMVPを獲得する活躍ぶりだった。シーズン三十二本塁打、八十二打点は驚くような数字ではないが、それ以上にチームを引っ張った精神的支柱としての存在感が評価されたのだろう。

ニューヨーク・タイムズを丁寧に畳み、後に来る人のためにテーブルに置いた。チップも含めて五ドルをコーヒーカップの下に置いて店を出る。

晴れやかな秋の日で、空は高く風は少し冷たい。一度事務所へ行って、リズに連絡を入れてから彼女の事務所へ行くつもりだった。俺の事務所は汚いというわけではないが、陽光が入らないのでどうしても暗くて気分が滅入るし、リズのスタッフ全員が集まっても、座れるだけの椅子がない。そもそもミックは二人分のスペースを取るし。

上手くいけば、ミックがリムジンで迎えにきてくれるかもしれない。身代金を奪われた探偵、豪華にリムジンでご出勤だ。

リムジンの妄想はあっという間に消散した。

店を出ると、パオラ・アルベルティが両手を腰に当てて立っていた。両脇には黒いスーツの男が二人。

俺は黙って前に出た。

「逮捕するなら、手錠は緩くかけてくれ。最近、関節が痛むんだ」

第四章　消失

ＦＢＩニューヨーク支局は、市警本部近くにある連邦ビルに入っている。パオラが嫌がらせの名人なら、まずマンハッタン中を無言で車で走らせ、俺の不安を煽《あお》ったはずだ。そして取調室に入れたら、大音量でディスコ・ミュージックを鳴らし、気持ちを不安定にさせる。いや、そんなことをされたら、俺は立ち上がって叫び出すかもしれない。そして次の瞬間には、ビージーズの曲に合わせて踊り出す——。

「何がおかしいの？」取調室で向き合った瞬間、パオラが険しい表情で訊ねる。

「あんた、ディスコへ行くか？」

「何言ってるの？　あんなところ、行かないわよ」

「賢明だ。ああいう、音楽とも言えない音楽に身を委ねるのは、健康によくない気がする」

「無駄話をしている時間はないんだけど」パオラがテーブルに身を乗り出す。

「俺は逮捕されたのか？」

「いいえ。でも、逮捕する可能性はある——私はぜひ逮捕したい」

「善良な探偵を逮捕するなんて、FBIもひどいことをするもんだ。とにかく逮捕されていないんだから、ディスコ・ミュージックについて語り合うのも悪くないだろう」

「私はカンツォーネ専門なの」

「イタリア人の血が、カンツォーネを求めるんだな。俺はもう二十年以上も、ロックンロール一筋だ」

「あなたと音楽について語り合う日は、絶対に来ないわ」

「どうして」

「あなたはクソ野郎だから。私は、クソ野郎とは音楽の話をしない」

「これはショックだ」俺は両手を胸に押し当てた。「クソ野郎と言われない人生を送るように、死んだママに厳しく言われたのに」

「ママの教えに従えなかったんだから、お墓でひざまずいて詫《わ》びるのね——刑務所を出る日が来たら」

「容疑は？」

「誘拐に決まってるじゃない」

「俺が誘拐犯だと？」

「あなたはどういうわけか、身代金の運搬役になって、まったく危なげなくその役目を果たした。子どもは無事に戻って来た」

「犯人の要求には屈したけど、子どもは無事だった——何か問題でも？」

「犯人は捕まっていない」

「早く捕まえてくれ」

「あなたも犯人——少なくとも協力者では？」

「違う」ここは否定で押すしかない。少しでも向こうの話に合わせたら、パオラは容赦なく突っこんでくるだろう。

「あなたは最初から動きがおかしかった。あの家族との関係、それに負傷したミスタ・チェイスとの関係を言わなかった——今はもう、私には分かっているけど」

「分かっているなら、俺に聴く必要はないだろう」

「ヤンキースが、ミスタ・チェイスをトレードで獲得しようとしていて、あなたはそのための身辺調査に雇われた」

「ああ」

「認めるの？」パオラが目を見開く。「あんなに何も言おうとしなかったのに」

「馘になったからね。今は依頼人がいなくなったから、話せる。ただし、調査内容は話せない。それは秘密だ」

「勝手なものね」

「探偵にもルールはあるんだ。だいたい、ミスタ・チェイスとリリアンの関係なんか、あんたたちが調べればすぐに分かるんじゃないか？　俺を締め上げても時間の無駄だよ。そこはまだ分かっていなかったんだから」

「あなたは、それほど優秀な探偵でもなさそうね」

「歳も歳なんでねえ」俺は頭を撫でつけた。何だか髪が薄くなってきた？　まさか。

「昔みたいに、手早く仕事もできなくなっている」

「お仲間がいるでしょう。テレビ探偵のリズ・ギブソン」

「テレビ探偵？　そんな呼び方は初めて聞いた。彼女はテレビに出て、行方不明の人間を捜すために呼びかけたりするのか？」

「探偵とは名ばかりで、テレビに出て宣伝ばかりしているような人のことよ」

「彼女が今まで解決した事件、知ってるか？　あんたが彼女ほど一生懸命仕事をしていれば、今頃はＦＢＩの長官になってるよ」

「私が仕事していないって言うの？」

「正しい仕事をしていないと言ってるんだ。俺は誘拐犯ではないし、誘拐犯に協力していたわけでもない」

「エレノアとはいつからのつき合い？」

「一回しか会ったことがない」

「そんな人が、身代金の運搬役なんか頼む？　よほど信頼できる人じゃないと、そんなことできないわよ」

「それは彼女に聞いてくれ」あんたのせいだ、と言いたくなったが何とか我慢する。彼女の沸点がまだ読めないのだ。「捜査を信用できなかったようだ。だから、藁《わら》にもすがる気持ちで俺に頼んできたんじゃないかな。被害者と信頼関係を築けなかった自分たちのやり方を反省すべきでは？」

「探偵にそんなことを言われる筋合いはないわ」

「だったら俺も、ＦＢＩに無実の罪で引っ張られる筋合いはない。そもそもこの件は、市警が捜査を担当するのでは？　複数の州にまたがる事件じゃないだろう」

「私は最初から捜査に噛んでいたから。それなのに市警は、私を差し置いて勝手に走った。犯人は私が捕まえて、この事件に決着をつける」

正義感や職業倫理ではなく、メンツで動いているわけか……絶対に失敗するパターンだ。市警だって、この件を聞いたら間違いなく反発するだろう。それはそれで面白い——高みの見物ができればだが。しかし、市警とＦＢＩが本気で喧嘩を始めたら、誘拐犯の逮捕など絶対に無理だろう。本来はちゃんと協力して、捜査にあたるべきなのだ。

「エレノアは何か供述を？」

「それをあなたに言う必要はないわ」

「それじゃ、こちらも協力できない」

「協力し合えると思っているの？　あなたはただの探偵、私はＦＢＩよ」

「ＦＢＩだから、何でも自由にできると思ったら大間違いだ。俺を逮捕したいなら、きちんと容疑を固めてからにしてくれ」俺は立ち上がった。「それと今後は、こういうやり方もやめてもらおう。何か用事がある時は、弁護士に連絡してくれ」

「あなたの顧問弁護士は誰？」

「後で電話で伝える。俺の顧問弁護士も、ＦＢＩの相手をするのは嫌がるかもしれないから、相談しないといけない」そもそも俺には顧問弁護士などいないのだが。「これで帰らせてもらう。あんた、本当に捜査が下手だな。ＦＢＩは、しっかりした科学捜査をするもんだと思ってたよ」

ただでは帰れまい――しかし取調室を出る俺を、パオラは止めなかった。それで俺は、彼女に少しだけ同情した。メンツを潰されたと憤って動いているのは、動機としては不純だが、気持ちは分かる。彼女だってこのままでは引き下がれないと思っているはずだ。そういう時の、追いこまれた気分は、俺にも十分理解できる。

しかし自分の身は守らないと。

顧問弁護士とは言わないが、防波堤になってくれる弁護士をすぐにも探さないと。

それについては、心配していない。タイムズスクエアで「弁護士が必要だ！」と呼びかけると、その場にいる半数の人が振り向くだろう。

ニューヨークは、弁護士だらけの街だ。


俺はその足で、二十四分署に向かった。受付でフィッシャーがいるかどうか確認すると、意外なことにすぐに面会できるという。追い返されるとばかり思っていたのだが。

特別捜査課の課長室は、素っ気ないほど何もない部屋だった。刑事も個室をもらうと、そこを自分の色に染めようとするものだが、フィッシャーの部屋には家族の写真すらない。

代わりにかなり大きな冷蔵庫がある。ここに食料を貯《た》めこんでおいて、好きな時に食べるのか……それではあの体型も当然だ。

フィッシャーが体をゆすって立ち上がり——山が動いたようだった——冷蔵庫に向かう。ドアを開けると、何か取り出して俺に向かって振って見せた。

「ユーフーは好きかね」

「今は、喉は渇いていない」俺は慌てて言った。チョコレートドリンクのユーフーは、俺が苦手なものの一つだ。喉に張りつくような甘さで、飲むとかえって喉が渇く。

フィッシャーがようやく椅子に座り、ユーフーの瓶を開けた。甘味を味わってゆっくり飲むのかと思ったら、一息で飲み干してしまう。まあ……フィッシャーというのは、俺とは別の惑星に住む生物のようだ。

「それで？　我らが名探偵は、何のご用かな？　昨日の件で報奨を要求するのは困る。それは市警の予算からは出ない」

「FBIとはどうなってる？」

「どうなってる、とは？」フィッシャーが目を細める。

「FBIは、この件で捜査を続けているのか？」

「いや、当面はうちが担当する。それは向こうのニューヨーク支局長とうちの本部長が直接話して決まった――それがどうかしたか？」

「今朝、パオラ・アルベルティと愉快な仲間たちに拉致されて、さっきまでFBIニューヨーク支局にいた」

一瞬間をおいて、フィッシャーが笑いを爆発させた。俺は素早く窓を見た――大音響で割れたのではないかと疑って。

窓は無事だった。おそらく強化ガラスなのだろう。

「彼女は今、支局の中で立場が悪くなっている。リリアンが誘拐された時に、あんたを引っ張った——それからして問題視されてるんだよ。あんたの動きは確かに怪しいが、身柄を押さえるほどじゃない。手柄を焦って強引に捜査を進めるのが、彼女の悪癖でね。何かと評判が悪いんだ」

「俺を引っ張ったことで、立場が悪くなっている？　だったらどうして、今朝もう一度引っ張ろうとしたんだろう」

「手がないんだろう。評判を取り戻すには、事件を解決するしかない。でも、手がかりがないんだ。だからあんたに賭けた——そんなところじゃないかな」

「滅茶苦茶《めちゃくちゃ》だ。そんなやり方で、よくここまで特別捜査官として生き残ってきたな」

「ラッキーパンチがあったんだよ」フィッシャーがうなずく。「五年前にチェース・マンハッタン銀行の支店が襲われて、百万ドル近くが奪われた事件を覚えてるか」

「ああ」

「犯人を捕まえたのがアルベルティなんだ」

「本当に？」

「たまたま、彼女とスタッフが、別の捜査で街を車で流していて、強盗に出会したんだよ。スキーマスクに黒いコート姿で、でかいバッグを抱えて慌てて銀行から飛び出して来た。しかも銃を持っていた——どう考えても怪しいだろう？」

「そりゃそうだ」

「それで彼女は、犯人グループが車に乗りこんで逃げようとしたところで、自分の車を追突させた」

「まさか」そんな乱暴な手で犯人逮捕を狙うやり方は、聞いたことがない。「――いや、思い出した。たまたま居合わせたＦＢＩ捜査官が逮捕した、という感じでニュースになっていた」

「たまたま居合わせたのは本当だ。ただ、車を故意にぶつけたことは伏せられた。何かと問題になりそうだからな。しかし彼女と他のスタッフが、自分たちも負傷しながら、何とか犯人を取り押さえたのは事実だ。その際、向こうの車に計三十二発の銃弾をぶちこんだ」

「街中で？」

「マスコミがだいぶ騒いだが、ＦＢＩは犯人逮捕に必要だったという公式見解で押し切った。その事件をきっかけに、彼女は特別捜査官に昇進したんだ。そういうことが何度かあったらしいな。本人は決して能力が高くないんだが、何故かいい事件にぶつかって、上手いこと解決してしまう」

「そういう人間に特別捜査官なんかやらせておいて、いいとは思えない。俺みたいに無垢《むく》な探偵を、無実の罪で引っ張ろうとするんだから」

「あんたが無垢な探偵とは思えないが、ＦＢＩの人事評定に問題があるのは間違いないと思う」

「取り敢えず、あんたには伝えておこうと思った。ＦＢＩの動きにも注意した方がいい」

「ＦＢＩというより、ミズ・パオラ・アルベルティに——ご忠告、感謝するよ。やっぱりユーフーを持っていけ」

結局フィッシャーは、俺にユーフーを三本押しつけた——ひどく惜しそうに。そんなに惜しいなら、無理に渡さなくてもいいのに。

市警には何人も変人がいる。フィッシャーは明らかにその一人だが、俺がこの事件の調査を進めるためには、彼を怒らせず、協力してもらうようにしなければならない。

俺は最大限の感謝をこめてユーフーを受け取った。

「何でユーフー？」リズが困ったような表情を浮かべた。

「いろいろ事情があって、体重三百ポンド（約136キロ）の男から譲ってもらった。断るわけにはいかなかったんだ」

「不思議なんだけど、ユーフーが好きな大人っている？　子どもなら分かるけど」

「実際にいるんだからしょうがない――遅くなったけど、打ち合わせを始めよう」

「ジョー、FBIに対して、何か対策は立てておかなくていい？　またちょっかいを出してくるかもしれないわよ」

「市警がFBIを排除し続けてくれるように祈るしかない。それと、適当な弁護士はいないだろうか？　FBIに対する盾になってもらいたい」

「エヴァ・クラークは？」エヴァは古い知り合いの弁護士だ。十年前にカルト絡みの事件を調査した時にもお世話になった。

「彼女は去年引退して、マイアミに引っこんだ」

「あら……じゃあ、適当な弁護士を探しておくわ。オリヴィア、ミズ・カミラ・スミスに連絡を取ってくれない？　事情を話して、ジョーの弁護士を引き受けてもらえるかどうか、確かめて」

オリヴィアがうなずき、すぐにローロデックスをめくり始める。俺は、昨日からの状況を改めて説明して、ミックに確認した。

「ミック、犯人がすぐ近くにいたのは間違いない。誰か、怪しい人間を見なかったか？」

「残念ながら」ミックは本当に悔しそうで、巨体が縮んでしまったようだった。

「それは仕方がない」俺は腕組みをした。「君はよくやってくれたよ」

事件の検討を始める。俺には一つ――いや、いくつも引っかかっていることがあった。

「取り敢えず、リリアン――エレノアとミスタ・チェイスの関係が気になる。知り合いなのは間違いないし、犯人はミスタ・チェイスとリリアンが一緒にいることは分かっていて襲ったんだ。入念な準備をしていたと思う。そもそも、ミスタ・チェイスを襲う気にはなれないと思うんだ……銃でも持っていない限り。彼は身長六フィート、体重も二百ポンド（約90キロ）ある。ミックのような人間じゃない限り、手出ししようとは思わない」

「相手はそもそも、どんな感じだったの？　ミスタ・チェイスに匹敵するような体格だった？」リズが訊ねる。

「もっと大きい。それに何か、格闘技をやっているような感じがした」

「プロね」

「あるいはギャングとか」俺はうなずいた。「しかし、ギャングの犯行と考えるのには無理がある。リリアンの家族に対する調査をしていたら、金が……いや、そこもおかしいんだ。あの家には、分不相応の金がある」

「確かに、あんな場所のあれだけ立派な家に住んでいるのは不自然ね」リズがうなずく。

「車には自動車電話つきだ。元旦那の車をそのまま使っているそうだが、自動車電話もタダじゃない。維持費はかかる。彼女の仕事と普段の生活から考えるなら、自動車電話が必要とは思えない」

「そして何より、身代金をどうしてすぐに用意できたか」

「俺たちが聴いても、銀行は何も答えないだろうな。警察でも難しいらしい」

「やってみましょうか？　伝手《つて》はないけど、何もしないよりは……」

「頼む。俺はルイジアナに行ってみようと思う」

「ルイジアナ？　どうして」

「ミスタ・チェイスはＬＳＵ《ルイジアナ州立大学》の野球部にいた。その頃何かあったかもしれない――と、高校時代のチームメートが仄《ほの》めかしていたんだ。今の彼を知る手がかりがあるかもしれない」

「ニューヨークを離れて大丈夫？」

「この街を離れるな、か？　誰からもそんな忠告は受けてない。俺はすぐに動くから、あとは頼めるかな」

「もちろん。チケットは？」

「これからだ」

「オリヴィア」リズが、電話を終えたオリヴィアに声をかけた。「弁護士の話はついた？」

「ええ。午後なら会えるそうです」

「じゃあ、ルイジアナまでの行き方を調べて。できれば夕方の便で飛べるように。大学はどこ？」

「バトンルージュ」

「だったらニューオーリンズが近いかしら。それも調べてチケットを押さえて」

「分かりました」

「チケットぐらい、自分で取れる」俺は顔が強張るのを感じた。オリヴィアに面倒をかけるのは申し訳ない。

「オリヴィアは、仕事が早いのよ。あなたがやると、無駄話ばかりしてるから、いつまで経っても終わらない」

「それは否定できない」

俺たちが事件の裏側を推測している間に、オリヴィアがチケットを確保してくれた。

「デルタの直行便が、八時四十五分にラガーディアから出ます。ニューオーリンズ着は十一時ぐらいですね。その日のうちにバトンルージュまで移動しますか？」

「車で一時間ぐらいだろうか」

「ええ」

「だったらバトンルージュに行く」

「ジョー、ニューオーリンズで一晩泊まった方がいいわよ」リズが割りこんだ。「空港を出て、レンタカーを借りるまで一時間ぐらいはかかる。そもそもその時間だと、レンタカー店は開いていないかもしれない。それに、夜中に移動すると事故を起こすかもしれないし」

「分かった」

俺が素直に従うと、リズが目を見開いた。そして両手を広げる。

「調子がおかしくなるから、やめて」

「俺も色々学んだんだよ」俺は肩をすくめた。「今のは、君の言い分が正しい。何も意地を張ることはないと思うよ……俺も歳を取ったということだ。無駄な言い合いをしている時間は、もうないんだ」

「言い合いが無駄だっていうことに、五十五歳でようやく気づいたの？」

「まったく、無駄な人生だった」

リズの表情が少しだけ暗くなった。

俺は空港のすぐ近くにあるホテルにチェックインした。ニューオーリンズは初めてで、ぜひ見てみたい場所もあるのだが、今回はそんな余裕はないだろう。フレンチ・クオーターもポンチャートレイン湖もミシシッピ川も、次の訪問までお預けだ。ただしニューオーリンズは、俺の「引退したら住むかもしれない街」リストに入っている。せめて空気感だけでも感じておきたい。

翌朝、俺は七時にレンタカーを借り出すと、州間高速道路十号線に乗った。基本的にはここをまっすぐ西へ走れば、バトンルージュに辿り着く。朝の光の中に見えるのは、小さな沼。十号線は、ニューオーリンズのこの辺では、湿地帯の中を走るのだ。途中、急に開けた湖に出る。助手席に置いた地図をちらりと確認すると、まさにポンチャートレイン湖の脇を走っているようだ。湖というより海……向こう岸がまったく見えない。さすが、アメリカで二番目に大きな塩湖だけのことはある（最も広いのはユタ州のグレートソルト湖）。

もっとも、開けた光景はすぐにおしまいになり、道路は退屈な森林地帯の中を走ることになる。

車の流れは順調で、一時間ほどでバトンルージュまで行きつけそうだ。既に、会うべき人間にはアポを取っているが、約束の時間は十時で、まだまだ余裕はある。時間調整をするために、途中でガソリンスタンドに立ち寄り、併設されたマクドナルドで朝食を摂った。どこで食べてもまったく同じ味のはずなのに、普段食べるよりも濃く感じる。南部の店のせいだろうか。こちらの人は濃い味を好むから、そのように変化させているとか。

持ち帰り用のコーヒーを追加で買い、先を急ぐ。結局、約束の時間よりも一時間以上早く着いてしまった。せめて少しでも南部の雰囲気を味わおうと、バトンルージュの市内を流すことにする。

ミシシッピ川の堤防沿いの道路に車を乗り入れ、ゆっくりと走る。この辺は完全に田舎の一本道で、ニューヨーク・シティで暮らしていると決して味わえない、本物の緑豊かな光景が広がっている。窓を下ろすと、夏の名残《なご》りを感じさせるような少し暖かい風が、草の香りをはらんで吹きこんできた。悪くはない――一時滞在者として味わうならば。ニューヨークで生まれ育った俺は、豊かな自然の中にいると、不安を感じてしまう。人と車でざわつき、森ではなく高層ビルが林立している光景の方が気が休まるのだ。

それでも車を停め、堤防には登ってみた。悠々と流れるミシシッピ川。水面は泥の色だが、それがまたいかにもこの川に合っている。毎日のようにハドソンリバー、イーストリバーという大きな川を目にするのだが、ミシシッピ川は見慣れた二つの川とはまったく表情が違う。何というか、もっと荒々しく、原初の自然をイメージさせるのだ。ひたすら真っ直ぐ、悠々と流れていく川なのに。

草で滑りそうになりながら堤防を駆け下り、車に戻る。ルイジアナ州立大学はこのすぐ近くだ。市の中心部からは少し離れた場所にあるようで、道路はひたすら真っ直ぐ、高い建物もなく、空がよく見える。そう、マンハッタンにいると、こんな風に広がった空を見る機会はない。空はどこも、高層ビルに一部を切り取られてしまっている。

大学野球部のスタジアムはすぐに見つかった。強豪校の球場らしく、古いが堂々たるものである。

駐車場に車を停めてスタジアムに近づく。静か……今日の午後には試合があると聞いているが、試合開始まではまだ時間がある。球場の出入り口まで来ると、ホワイトボードに今日の対戦カードが書いてあった。ＬＳＵの試合は午後三時から。中途半端な時間に感じられるが、大学野球はメジャーリーグとは違う。

正面の出入り口にはチェーンがかかっていて入れない。しかしここで待っていては、いつまでも約束している相手に会えない……ただし、約束の時刻まではまだ三十分あるのだが。俺はチェーンを跨《また》いで中に入った。幸い、非常ベルが鳴ることはなかった。

真っ直ぐ行くと、そのままグラウンドに出られる通路がある。そこへ通じるドアには鍵がかかっていたが、スタンドには入れるようだった。バックネット裏の一番いい場所で、スタンドは椅子席ではなくベンチが並んでいるだけだが、それでも立派なものである。ヤンキー・スタジアムと比べるわけにはいかなくとも、ロング・ビーチで見たレッドウッズ・スタジアムとは十分比較できる。もしかしたらこちらの方が立派かもしれない。

バックネット裏最前のベンチに腰を下ろすと、急に重い疲れを感じた。昨夜のフライト、そして朝からそこそこの距離を走り……つくづく体力が落ちていると実感する。そもそも十年前だったら、夜中のうちに絶対にこちらへ移動していただろう。そんなに早く現地に着いても、問題の人物と会うまでに時間が余り過ぎていたのだが、十年前の俺は、ひたすら物事を前へ進めるタイプだった。一刻も早く真実に辿り着くために——。

グラウンドを歩いている人に気づいた。選手……ではない。グラウンドコートにジャージという格好で、腰の後ろで両手を組み、外野のウォーニングトラック沿いをゆっくりと歩いている。視線は下を向いたまま。何かを探している——確認しているようだった。

顔を上げると、俺と目が合う。しかし焦る様子はなく、ゆっくりとこちらに歩いて来た。俺は立ち上がり、バックネットに近づいた。

「ミスタ・ジョー・スナイダー？」男が先に声をかけてきた。俺が勝手に入りこんだのに、疑ったり怒ったりしている様子はない。

「ミスタ・アーロン・ハート？」

「約束にはちょっと早いですよね」ハートは左腕を持ち上げて腕時計を見た。

「申し訳ない。ニューオーリンズから走ってきたので、時間の調整ができなかった」

「中へ入りませんか？」

「いいんですか」

「試合前なので、大丈夫です」

ハートが、グラウンドの出入り口のドアを開けてくれた。頑丈に施錠されているかと思ったら、かんぬき一本で固定されている簡単なものだった。

俺たちは握手を交わした。ハートはスリムだがいかにも頑丈そうな体つきで、身長は六フィートほど。チェイスと同い年だから、二十七歳だ。その若さで名門大学野球部のヘッドコーチ——メジャーリーガーになるより難しいかもしれない。

「取り敢えず、座りませんか」

ハートは俺をダグアウトに案内してくれた。こんなところに座って人と話をするのは初めてだと思いながら、俺は体を少し斜めにして、彼の顔が見えるようにした。

「ラルフの容態はどうですか？」ハートが先に聞いてきた。

「まだ本人と会えていないんですが、右腕がよくない。かなりの重傷です」

「そうですか……」ハートの顔が暗くなった。「大事な時期なのに」

「回復を祈っています……しかしあなたも、すごいですね」

「何がですか？」

「二十七歳でLSU野球部のヘッドコーチとは。ヤンキースの選手が、現役を引退してすぐに監督になるようなものだ」

「いやいや」ハートが苦笑しながら首を振った。「元々ここで、親の仕事を手伝いながらコーチをやってたんですよ」

「あなたはバトンルージュの出身なんですか」

「ええ。ジイさんの代——戦前から自動車販売店をやっていて。私も大学になんかへ行く必要はないって、子どもの頃から言われてたんですけど、ジイさんも父親も車よりも野球が好きでしてね。野球の腕が上がると、絶対に地元のLSUに行って、将来はメジャーだと……ラルフとは違って、ドラフトにはかかりませんでしたけど」

「それで、卒業してからコーチを？」

「頼まれたんです。私は、自分でプレーするよりもコーチに向いているのかもしれない。それで、親父の会社を手伝いながら、空いた時間にコーチをしていたんですけど、ヘッドコーチがこの春、病気で倒れましてね」

「ほう」

「何とか回復したんですけど、体力的にもう自信がないと……それで、私にヘッドコーチをやらないかと言ってくれたんです」

「ご家族は？」

「パーティを開きましたよ」

「パーティ？」

ハートが薄く笑った。

「親父にとってもジイさんにとっても、ベストはメジャーリーガー、その次がＬＳＵのヘッドコーチだったんです。二十七歳でＬＳＵのヘッドコーチになるとは、お前は才能にも運にも恵まれていると喜んでくれました。あとは、死ぬまでヘッドコーチをやれとケツを叩かれてますよ」

「この辺は、野球熱が高いんですね」

「うちの親父とジイさんは、ちょっと常軌を逸してます」ハートが苦笑した。

「電話でも話しましたけど、ミスタ・チェイスの事件を調査しています。警察ではないので、公的な権限はありませんが」

「ええ……いったい何が起きたんですか？」

「通り魔のような事件でした。セントラル・パークで、いきなり襲われたんです」

「真昼間に、ですか」

「やっぱりニューヨークは怖いな」ハートが肩をすくめた。「ヤンキースやメッツにドラフトで指名されたらどうしよう、なんて考えたこともありましたよ。都会に慣れていないから、萎縮してしまってダメになるかもしれないって」

「慣れれば大したことはないですよ」

「でも、二十四時間気持ちを引き締めて、警戒していかなくてはならない——それでもラルフのように襲われてしまう」

「そのことと直接関係があるかどうか分からないんですが、彼の過去をひっくり返して調べています。マンハッタンで過ごした高校時代までは、特に問題はなかった。大学ではどうですか」

「いや、何も」完全否定。それも、あまりにもあっさり。

「四年間、何のトラブルもなく？」

「あいつはずっと、チームの中心でしたよ。打撃も守備も、一年生の時から際立っていた。あいつがいた四年間、うちのピッチャーはすごかった。才能ある奴が集まっていたけど、ラルフのリードがよかったんです。あいつは、ピッチャーの一番いいところを引き出す技術を持っていた。守備の指示も的確でしたしね。私はだいたいショートを守っていたけど、サインを出してすぐに、あいつが左へ寄れとか、右へ三歩と

「ええ」

か、指示を出してくる。そうすると本当に、そこへ打球が飛んでくるんですよ」

「要求通りに投げられるピッチャーの力があってこそだけど」

「ええ……でも、全てを読み切っているラルフがすごいんですよ。あいつにとって野球は、チェスみたいなものなんでしょうね。こう投げたら相手はこう打ってくる。それに対してどう防御してどの駒で攻めていくか――一度、相手チームの三番打者を迎えて、大胆過ぎるサインを出したんですよ」

「というと？」

「全部真っ直ぐ、真ん中。しかも打撃練習みたいな打ち頃のスピード。試合でそういう球が来ると、結構タイミングが合わないんですよね。狙いが分かっていても、守る方はビクビクものですよ。でも三球続けてファウルで追いこんで――最後もストレート。ただし全力で、内角高めへ。それで私には、セカンドベースに三歩寄れ、という指示が出たんです。一塁にランナーがいて、ショートゴロでダブルプレー狙い――見事に、私の正面に飛んできましたよ」

「そこまで計算して、緩い球を投げさせていた？」

「ええ」ハートが微笑む。「ただし打球は、私の頭上十五フィート（約4・5メートル）を通過しましたけどね。それでバックスクリーン左に一直線」

「打たせるコースは合っていたけど……」

「ボールに力がなかった」ハートが後を引き取った。「その二点が決勝点になって負けました。試合が終わった後、ラルフが荒れたこと、荒れたこと。私たちでピッチャーを庇《かば》って、何とかロッカールームから避難させましたよ。可哀想《かわいそう》にあいつ、シャワーも浴びないで歩いて寮に帰った」

「そんなに激しい性格なんですか？」

「こと野球に関しては。あいつはキャッチャーとして、試合をすべてコントロールしようとした。それができない時は本気で怒りましたよ」

「大学レベルでは、頭抜けたキャッチャーだった、ということですね」ただしやはり、性格には難がありそうだ。あまりにも激しいと、チーム内で浮いてしまうだろう。

「ええ。バッティングもよかった。ドラフトにかかるのも当然だと思いましたけどね……」

「彼はなかなか、メジャーに定着できない。マイナーではしっかり成績を残して、いつでもメジャーに上がれるような感じだけど、上手くいっていない。何があるんですか」

「まあ……私は球団関係者じゃないし」ハートが、日焼けした頰を掻《か》いた。

「何か手がかりになるようなことでもあれば……彼がトラブルに巻きこまれる可能性

がある人間かどうか、知りたいんです。それが調査の手がかりになる」

「あまり話したくはないけど……」ハートが下を向いた。

「ここだけの話です。調査には利用するけど、情報が外に漏れることはない。だから協力してもらえませんか？　ミスタ・チェイスの怪我はかなり重い。もしかしたら、野球選手として致命的かもしれない。もしもそうなったら、犯人を逮捕して賠償金を分捕らないと、彼は今後、生活していけない」

「まあ……性格はよくないですよ」ハートが認めた。「さっきのホームランを打たれた話もそうだけど、あいつは自分は常に正しくて、失敗したり負けたりした時には、全部チームメートの責任だと思っていた」

「それは極端では？　実際、彼のプレーで負けることもあったでしょう。逆転サヨナラのチャンスに凡退とか」

「ところがあいつ、私の記憶では、最後のバッターになったことが一度もないんですよ。負けていて、ツーアウトランナーなし——そういう場面だと、必ずフォアボールを選ぶかヒットを打つ。それで次のバッターが凡退すると、『何で続かないんだ』って……そりゃないよって感じでしたけど、皆反論できなかったな。あいつがいた四年間は、ここはあいつのチームだったから」

「なるほど」しかしメジャーのチームが、そこまで選手の性格を気にするだろうか。

レジー・ジャクソンの尊大な性格の方がよほど問題のような気もするが、彼は監督やオーナー、ついでにファンとも衝突しながらも、殿堂入り確実の成績を残している。

「でも、メジャーでは多少気が荒い方がいいのでは？　特にキャッチャーなんて、試合が始まったらグラウンドの監督なんだし、俺の言うことを聞け、ぐらいの勢いがないと試合は締まりませんよね」

「ただし、試合の前後、ロッカールームでもそんな感じだと嫌われるかもしれない」

「ああ……なるほど」

「メジャーは最高の野球の舞台です。技術的にも最高レベル、年俸もプライドも高い選手が揃っている。そこで独裁者になろうとする選手がいたら、反発を食うでしょう」

　今のドジャースはどうなのだろう。チェイスがリードすべき投手陣は、今年十七勝を挙げたリック・サトクリフ（一九五六年〜。ドジャース、カブスなど。身長二メートルの長身ピッチャー。カムバック賞を二回受賞するなど、長く活躍した。通算百七十一勝）にドン・サットン（一九四五〜二〇二一年。ドジャース、アストロズなどで活躍し、一度も最多勝のタイトルに縁がないながら通算三百二十四勝を挙げ、野球殿堂入り）など。こういう猛者をリードしていくのは大変なことだろう。若い時から下積みで苦労し、あるいは謙虚な性格で、投手陣、野手陣の信頼を得ていくのが、キャッチャーの上手いやり方ではないだろうか。

「でも、性格の問題だけでメジャーに上がれないっていうのは……どうなんですかね」

「成績を残していれば、あまり気にされないかもしれない」

「ということは、あれかな」ハートが顎を撫でた。

「あれ、とは？」俺は座り直し、彼に少し近づいた。ハートは顎を撫で続けている
――話していいかどうか、まだ決めかねているのだ。「コーチ、一人の有望な選手の将来がかかっている話なんですよ」

「ギャンブル」

「彼が？」にわかには信じられない。彼はディスコには出入りしていたが、あんなところでは賭け事は行われないだろう。競馬などのギャンブル、宝くじ、トランプ……俺が観察していた限り、彼には縁がなかった。

「電話で賭けられるギャンブル、あるでしょう」

「あるね」

「学生時代から、あれに手を出していたんです。いろいろだったな。スポーツが一番多かった。バスケットやフットボールの試合に賭けるんです」

まずい。スポーツの勝敗に賭けるギャンブルで、一番ターゲットになりやすいのが野球なのだ。

「野球は？」

「本人は、やっていないって言ってましたよ。私は一時期、寮で彼と相部屋でした。あまりにも頻繁に賭けの電話をかけているから、『まさか野球に賭けてないだろうな』って確認したら、『それだけはやってない』って否定していました。野球選手が野球に賭けたらまずいですよね？　大学野球の選手がメジャーに賭けても……法律的には問題ないかもしれないけど、マナーとして」

まさか、その習慣が今も続いているとか？　メジャーに這《は》いあがろうとする選手が、大リーグの試合に賭けていたら大問題だろう。いや、大学野球の試合が対象でも同じことだ。ドジャースはその辺を疑っていて、彼をメジャーに定着させなかった？　疑わしいが証拠は摑めない状態……賭場に出入りしていれば行動を把握できるが、電話で賭けに投票していたら、証拠を摑みにくい。

チェイスは、一番厄介なトラブルメーカーなのかもしれない。それが今回の襲撃事件につながっていたら――早くハリスに知らせるべきかと思ったが、もう俺と彼の間に契約関係はない。

「あいつも、ニューヨークを離れて羽を伸ばした感じだったかもしれないですね」

「厳しそうな家でしょう。父上が大学教授、母上が医者」

「実際、うるさく言われてたって言ってましたよ。野球のことばかり考えていればいいバトンルージュは、天国だって」

「ここではめを外していたんですね。他に何か、トラブルはなかったですか」

「私は詳しくは知らないんですけど……」

「知っている人は誰ですか」俺は追いこんだ。

ハートが苦笑しながらうなずく。

「こっちの名物は何か食べましたか？」

「いや、マクドナルドで朝飯を食べただけですよ」

「美味いものがたくさんありますよ。ナマズ料理、ガンボ（ニューオーリンズ名物のスープ。オクラなどが入る）、レッド・ビーンズ・アンド・ライス（赤い金時豆の煮物をライスに添えて出す）、デザートにはベニエ（四角いドーナツ）。外からこの街に来た人は、食べ過ぎて必ず太りますよ。取り敢えず、ポーボーイ・サンドウィッチを試して下さい」

「それは？」

「フランス風のパンにシーフードを挟んだものです。エビか牡蠣《かき》がお勧めですよ。この近くに、学生が行く店があります。そこへ行って、ポーボーイ・サンドウィッチを注文して、ウェイトレスのアレサ・マクリーンに会って下さい」

「その人は？」

「我々のママみたいな人ですね」

「ママ？」

「ただし、本人の前でそう言わないで下さい。私が言ったことがばれたら殺される」

その店──「フィルズ・ダグアウト」という店は、球場から車で五分ほどのところにあった。大学のキャンパスからも近く、いかにも学生がよく利用しそうな店だ。店の前には広大な駐車場が広がっているものの、まだ午前十時半とあって、車は数台停まっているだけだった。

店に入った瞬間、俺は気に入った。「ダグアウト」という名前から想像できていたのだが、店主の野球好きは筋金入りらしい。それもメジャーではなく、大学野球。店内の壁は選手たちの写真で埋まっている──全て、LSUの選手のようだった。俺は窓際の席に陣取ったのだが、上を見上げると、壁に貼ってある写真が、まさにチェイスのものだと気づく。一度立って正面から確認すると、キャッチャーマスクを額にまで撥《は》ね上げたチェイスが、どこかを指差して大声で指示を与えている写真である。顔に浮かんだ汗、額に張りついた芝、全てが異様な臨場感を湛《たた》えている。プロの撮影という感じで、店内にある写真は全て高いクオリティだ。

名札に「アレサ」とある女性が、微笑み満載でやって来た。確かにママ──ふくよかな体型、優しそうな表情。どんな世代の人に「ママ」というテーマで絵を描かせても、彼女のようになるだろう。ただし年齢はまだ三十代──三十代の前半のはずだ。

この年齢の人が、二十七歳の男性から「ママ」と呼ばれたら、それは怒るだろう。

「ハイ、アレサ。コーヒーを」

「何か食べ物は？」

俺は腕時計を見て、胃の辺りを摩《さす》った。

「まだ朝のマクドナルドが消化できていない。コーヒーを飲んで落ち着いたら頼むよ。ここでポーボーイ・サンドウィッチを頼めって、知り合いに言われたんだ」

「あら、誰？」

「LSUのアーロン・ハート」

「あら、コーチに？」

「ああ」

「あなた、こっちの人じゃないでしょう」アレサが指摘した。

「よくお分かりで」

「どちらから？」

「ニューヨーク」

「ビッグアップル？」

「地元の人間は、そうは呼ばないんだけどね」

「そうなのね……コーヒー、持ってくるわ」

愛想のいい女性なので、上手くやればこのまま話ができるだろう。客も少ないし、俺と話していても、アレサが怒られることはないはずだ。

コーヒーが運ばれてきた時、俺は自分の頭の上の写真を指差した。

「ドジャースのラルフ・チェイス」

「あら、知ってるの？」

「これでも、かなりディープな野球ファンなんだ。そうか、彼はこっちの出身だったね。いや、違うか。出身はニューヨークで、ＬＳＵにいた」

「そう」

「すごくいい写真だけど、地元紙からもらったとか？」

「あら、違うわよ」アレサが声を上げて笑う。「フィルが——うちのオーナーが、野球大好きで、しかも写真が得意なの。だから暇を見つけては球場へ行って、選手の写真を撮りまくっている。気に入った写真はここに飾るし、選手の方は、それで認められた気分になるみたいよ。卒業したら外して、この店からも卒業っていう感じ」

「ラルフ・チェイスは？」

「彼は特別。フィルのお気に入りだから。卒業しても写真を残しているのはほんの数人で、ラルフはその一人よ」

「彼もよくこの店に来た？」

「ええ……ニューヨークで怪我したって聞いたわよ」アレサの顔が曇る。「ニュースで観たわ」

「残念だ」

「大丈夫なの？」

「俺もニュースで観た以上のことは知らないんだ」調査ターゲットではあるが。いや「かつての」と言うべきだろう。今は単に、好奇心に突き動かされて調べているだけだ。ここで俺は一歩を踏み出した。「実は俺は探偵なんだ」

「探偵？　初めて本物を見たわ」アレサが疑わしげに言った。「あなたが本当に探偵ならば」

俺は名刺を渡して、「信用できなかったらニューヨーク市警に電話してくれてもいい。誰でも分かる。俺は市警の中では嫌われ者で、有名人だから」と言った。

「あらあら」アレサが肩をすくめる。「悪い評判を聞いたら、私もあなたを嫌いになるかもしれないわよ」

「嫌われても、身元の確認ができればいいんだ。あるいは、リズ・ギブソン——知ってる？　最近よくテレビに出て、事件の裏側なんかを解説してる」

「知ってるわよ。あの子、なかなかキュートよね。でも目つきが厳しい——いかにもプロっていう感じ」

「彼女は俺の弟子なんだ」

「弟子？」

「俺が、探偵の仕事を教えた。今では彼女の方がずっと稼いでいるけど、俺の教えがよかったからだろうな。彼女に聞いても、俺の身元は保証してくれる」

「まあ、そういうことなら……」アレサがうなずく。「ラルフの事件を調べてるの？」

「ああ」俺はほっとしてうなずくと同時に、テレビの影響力の大きさを実感した。ニューヨーク市警よりも、リズの名前を出した方が話が早かった。まあ、ニューオーリンズに住む人にとって、ニューヨーク市警などまったく関係ない存在だろうが。一方テレビは、毎日生活に入りこんでくる。

「彼はLSUで活躍して、プロ入りした。でも今回、通り魔のような犯人に襲われた。しかし、いくらニューヨークといっても、真昼のセントラル・パークで、何の理由もなしに襲ってくる人間がいるとは思えない」

「誘拐だったのよね？　ラルフが連れていた女の子が誘拐された」

「ああ。そして俺が身代金を運んだ」

「あなたが？」アレサが目を見開く。「探偵って、そういう仕事までするの？」

「頼まれれば」俺はうなずいた。

「ラルフが襲われたというより、その女の子が狙われたんじゃないの？」

「別の線も考えておかなくてはいけない。だからミスタ・チェイスの過去も洗っている。それで、彼がLSUにいた頃に何か問題があったという情報が入ってきたんだ。彼が学生時代によく通っていたこの店——そこにずっと勤めているあなたなら、何か情報を知っているんじゃないかと思ってね」

「残念ながら」アレサが肩をすくめる。「彼はよく来てくれたけど、あくまでお客さん。たまには話もしたけど、私はそんなに親しかったわけじゃないわ」

「でも、話はした」

「他愛もないことよ。ラルフは誰にでも、野球の話をしたがるから。残念ながら私は、野球にあまり興味がないから、聞き流してたけど」

「あなたは何か知っているはずだ」俺は決めつけた。「そういう情報もある」

「やだ、よしてよ」アレサが首を振った。「私、諜報部員《ちようほう》でも何でもないのよ」

「こういう店は、噂の中心になる。情報が集まるところ」

「残念ながら、何も言えないわ」アレサが肩をすくめる。「他に何か？」彼女の目は、テーブルに置かれたカラフルなメニューに向いていた。

「ああ……ポーボーイ・サンドウィッチを」

「エビ？　牡蠣？」

「——じゃあ、エビで。ちなみに、どうしてポーボーイなんていう名前に？」

「元々はプアボーイ《可哀想な少年》が語源なの。それが短縮されてポーボーイ。路面電車の会社の従業員がストライキをした時に、レストランの経営者が無料でこのサンドウィッチを差し入れた。彼は、ストライキに参加している従業員たちをプアボーイと呼んでいて、それがサンドウィッチの名前になったのよ」

「なるほどね……じゃあ、名物をいただくよ」

アレサが黙って去っていった。注文を取ったら愛想よくウィンクでもしそうな女性なのだが、今は俺の質問に困りきっている感じだった。申し訳ないことをしたと思いつつ、もっと粘る方法はないかと考える。初めて訪れた街では、糸が切れたらそこで終わりだ。何とか情報をつないで、次に話をしてくれそうな人を探り出す——しかし糸はここで切れそうな雰囲気だ。

コーヒーを飲み、外を眺める。車が行き過ぎるだけで、人の姿は見当たらなかった。すぐ近くにフットボールのスタジアムがあるので、試合がある日などはこの店も賑わうのだろうが……野球部関係者に当たっていこうかと思った。ハートにもう一度話を聞き、チームメートの連絡先を教えてもらう。しかしこういう大学では、学生は全米各地から集まってくるだろうから、卒業後もこの近くにいる人は少ないはずだ。しかも彼は今日、午後に試合を控えている。練習試合だと言っていたが、コーチとしては、勝たなければ意味がないだろう。真剣なモードに入っている時に邪魔をしたくなかった。

「お待たせ」

アレサが巨大な皿を運んで来た。フランス風の長いバゲットを半分に切り、横に裂いて具を挟んでいるのだが、具があまりにも大量――揚げたエビとレタスが皿にこぼれ、つけ合わせのフレンチフライと混じり合っていた。

「こいつは美味そうだ」俺は正直に言った。問題は、朝食べたマクドナルドが、まだ胃に残っていることである。

「辛いのが好きなら、ホットソースがあるから使って」

確かにテーブルには、ケチャップとマスタードの他に、小さな赤い瓶が置いてある。名前は「ソース・フロム・ヘル」。地獄のソースと言われると、逆に使ってみたくなる。人間の舌は、どこまで辛さに耐えられるのだろう。

「ホットソースを使ってみるから、取り敢えず水をもらえるかな」

「そうね。辛いものにはアイスウォーターが一番よ。ビールは効果がないわね――私の経験では」

「じゃあ、水を」

俺はまず、ホットソース抜きで食べ始めた。サンドウィッチの具はソースで和《あ》えられているが、こちらは少し甘みがある。これなら、辛いソースを合わせてもよさそうだ。

パンは硬いが、噛み切れないほどではない。ざくりと噛み切ると、中の白い部分はもっちりしている。レタスの歯触り、エビも軽く揚げているので、全体にサクサクした感じだ。小エビの味が濃い。そこに甘いソースが絡み、癖になる味だった。ただし、食べているうちにエビがぼろぼろとこぼれてくる。ストライキ中に差し入れを受けた従業員たちは、中身をこぼさずに全部食べられたのだろうか。

アレサが氷入りの水を持ってきてくれた。コースターを敷いてグラスを置く——いつの間にやったのか、コースターの下に紙片が挟んであるのが見えた。

アレサが去るとすぐ、俺は紙片を引き抜いて開いた。細かい文字で書きつけられた情報——俺はアレサに感謝した。

これでまだ、この街で動ける。サンドウィッチに景気良くホットソースを加え、食べ始めた。最初は何でもなかったが、すぐに辛味が口の中に広がり——いや、口の粘膜を激しく刺激し始めた。これはまずい。急いで水を飲んだが、辛さ——痛さは簡単には去らない。フレンチフライにケチャップをたっぷりかけて、口に押しこむ。ホットソースの刺激が残っているせいか、ケチャップが異常に甘く感じられた。しかしそれで、何とか口の中の大騒ぎが収まる。

ポーボーイ・サンドウィッチも美味いが、それよりもホットソースの刺激の方が気に入った。これはニューオーリンズ特有のものなのだろうか、それとも全米どこでも手に入るものなのか。自宅のキッチンにも置いておきたいのだが。

何とか食べ終え——歯が溶けそうなサンデーで辛さを中和したいぐらいだった——チップを多めにテーブルに置く。

店を出る時、アレサがさっと寄って来て、俺の腕に手を置いた。

「ラルフを助けてあげてね」

「できることはやる」

「できる以上のこと——何でもやって。あなたのような年齢の人には、才能ある若者を助ける義務があるんじゃない？」

「ああ。そのつもりだ」

チェイスがクソ野郎でなければ、の話だが。

アナ・デイビス。その名前の下に二重線が引いてある。さらに「ＬＳＵ図書館、エイミー・ジャクソン」の名前。そして「彼女に聞いて！」と赤いボールペンで書きつけられていた。その言葉から、エイミーに向けて矢印。

俺は車を出し、そのまま大学の構内へ向かった。駐車場に車を停めて歩き出したものの、図書館の場所がまったく分からない。ここに一つの街が入ってしまうぐらいに、キャンパスは広大だったのだ。途中、三回道順を聞いて、ようやく図書館にたどり着く。三階建て、結構古くなっているものの、規模は大きそうだ。エイミー・ジャクソンは、ここの司書だろうか。本の臭いというより、カビの臭いが漂っている。長時間いたら、体が痒《かゆ》くなってしまいそうだった。仮にエイミー・ジャクソンが見つかったら、何とか外へ連れ出す手立てを考えないと。

俺は受付で、素直に名乗った。ニューヨークから来た探偵で、ジョー・スナイダー。エイミー・ジャクソンに会いたい。

受付の女性は怪訝そうな表情を浮かべたが、すぐに受話器を取り上げた。一言二言会話を交わすと、「ちょっと待っていて下さい」と告げる。俺は受付の前にあるベンチに腰かけた——彼女が言う「ちょっと」はわずか一分だった。

背の高い黒人女性が、両手に本を抱え、大股で受付に向かって来る。受付の女性と何か話すと、カウンターに本を下ろして、俺の方にやって来た。俺は立ち上がって右手を伸ばした。意外なことに、彼女は妙な情熱をこめて握手に応じた。

「本当に探偵?」

「ああ」俺はニューヨーク州の許可証を見せた。「厳密に言うと、州外で活動していると問題になるかもしれない」

「本物は初めて見たわ……感動です」

「感動？」

「私の人生は、私立探偵小説とともにあったの。大学の最終研究は、私立探偵小説に見るアメリカ社会の変容——ロス・マクドナルドの小説論だった」

「西海岸の探偵と、俺たち東海岸の探偵では、だいぶ流儀が違うようだけど」

「そう？」

「俺たちは、ワイズクラックは吐かない。警察と無駄に喧嘩しない。銃をぶっ放すのは、十年に一度だ」

「だいぶイメージと違うわね」

彼女は戸惑っているようだったが、俺にとっては幸運だった。探偵に興味を持っている女性にたまたまぶつかるとは。アレサは知っていて、彼女を紹介してくれたのだろうか。

「アナ・デイビス」

その言葉が、エイミーを凍りつかせた。しかしすぐに、「ちょっと外で話してもいいですか」と慌てて言った。

「もちろん」俺としてもその方が好都合だ。

図書館を出て、ベンチに腰かける。木陰になっているが妙に暑く、俺は上着を脱いだ。エイミーの視線が俺の腰の辺りに注がれているのが分かる。

「何か？」

「銃は？」

「飛行機で来たんだ。銃は持って来られない」

「もしも相手が銃を持っていたら？」

「両手を挙げて説得する」

「それでも向こうが納得しなくて撃ってきたら？」

「当たらないように祈る。自分の力が及ばないことで無理してもしょうがないよ――禅の教えだ」

「ワイズクラックは言わないけど、ジョークは言うのね」

「ジョークだと分かる？」

「あなたが、禅の教えに通じているとは思えない。そもそも、禅でそんな教えがあるかどうかも怪しいわ」

「分かった、分かった」俺は両手を挙げて、エイミーの放つ銃弾に「降参」の意思を示した。「ＬＳＵの野球部出身で、ドジャース傘下のマイナーにいる、ミスタ・ラルフ・チェイスの調査をしている」

「あの事件の件で？」エイミーの顔が暗くなる。

「あの事件も含めて。彼が、大学時代に何らかのトラブルに巻きこまれたという情報を聞いて、ここまで来たんだ。ギャンブルの問題があったことは分かったけど、その他にも何か——それで、アナ・デイビスという名前が出てきた。そしてあなたが、その人を知っている……という情報がある」

「ニコルソンズ」

「それは？」

「フィルズ・ダグアウトはご存じ？」

「さっき、ポーボーイ・サンドウィッチを食べてきた」

「美味しいでしょう？　大学の近くでは一番人気のお店なの。昔から、毎日のようにあのサンドウィッチを食べに集まる人たちがいたのよ。そういう人たちは、自分たちをニコルソン・ボーイズと呼んでいた。お店がある通りの名前」

「なるほど」

「でも、七〇年代に入ってから、さすがに『ボーイズ』は性差別的だっていう話になって、単なる『ニコルソンズ』になったの。客の中心は、LSUの野球部の選手たちだけど」

「フィルが野球好きで、カメラ好きで」

「お店を放り出して試合を観に行くのよ」エイミーが苦笑した。「そういうのが、野球部の人に好かれてたんだけど、私たちは純粋にサンドウィッチ目当て」

「君は、野球は？」

「私はバスケット派かな。でも本当は、本が一番好き。だから、大学の図書館で働けて、ラッキーだったわ。黒人は、なかなか大学の中で働けないから」

「南部には南部で、いろいろな事情があるんだろうな」

「メイソン＝ディクソンライン（一般にアメリカ合衆国の北部と南部を隔てる境界線とされている。十八世紀の測量の結果生まれた。一マイルごとに石の標識が置かれている）の南側で起きていることは、ニューヨークに住んでいる人には想像もできないわよ。私も本当は、北へ行きたかったんだけど……」

「ここが地元？」

「そう。親が、近くにいて欲しいって。それでLSUに入った」

「そしてニコルソンズのメンバーになった」

「別に何をするわけじゃないけど……秘密結社じゃないし。金曜の夜にはよく集まって、お店は貸し切りになっていた。居心地はよかったわよ。人種に関係なく、あそこのポーボーイ・サンドウィッチが好きな人が集まってたわけだから。そういう時は、フィルも特別なサンドウィッチを用意してくれた。ものすごく大きいやつとか、特別辛いのとか、あまり使わない素材——ナマズを使うやつとか。それで皆で、じゃんじゃんビールを呑む。あとは、年に一回記念のTシャツを作る。LSUを卒業する時に、それを持っていくのよ」

「そこにミスタ・チェイスは――」

「彼も常連。アナは――あそこで働いていた」

「彼女も地元の人？」

「マンチェスター――ニューハンプシャーの出身で、やっぱりＬＳＵの学生だった。ついでに言えば、私と一緒にアメリカ文学を学んでいた。彼女の専門は黒人文学。私は白人中心の探偵小説。人種がひっくり返っていて面白いねって、いつも言ってた」

「親友？」

「親友――」エイミーがうなずく。彼女の顔に、悲しみが忍びこんだ。「そう、親友と言ってもいいかもしれない」

「ある人が、俺にアナの名前を教えてくれた。彼女は、ミスタ・チェイスと関係があったのか？　その、二人ともニコルソンズのメンバーである事以外に」

「厳密に言えば、アナはニコルソンズのメンバーではなかった。店で働いている人だったから。でも、そうね、メンバーと言ってもいいかな。同じ大学の仲間だし」

「それだけ？」

「それだけ……じゃない」エイミーが首を横に振った。

エイミーがゆっくりと話し始めた。俺はすぐに彼女の話に引きこまれ、推理がつながり始める――もちろん、エイミーはすべての事情を知っていたわけではない。もしも寮で同じ部屋に住んでいたら、アナはエイミーにすべての事情を話していたかもしれない。しかしエイミーは自宅から大学に通っていた。接点は講義と、「フィルズ・ダグアウト」だけ。

それでも、アナの変化はエイミーには十分に分かった。分からないはずがない。

そして彼女が語る結末は、俺に悲劇の根源を悟らせた。

もう少し話が聴きたい。俺はエイミーに、当時の「ニコルソンズ」のメンバーを教えてもらった。野球部関係者が多いが、他にも……しかし多くはバトンルージュを離れてしまっており、現在の連絡先が分かるのはほんの数人だった。ボストン、オースティン、ポートランド。いずれもすぐに会いに行ける場所ではなく、まずは電話で話を聴き出すしかないだろう。しかし実際に面会するのと電話で話すのでは、濃度が違う。会えば簡単に話す人でも、電話では黙りこんでしまうことも珍しくないのだ。

どうしたものか。

駐車場に停めた車の中でリストを眺めていたが、上手い考えが浮かばない。ページャーが鳴って、俺はリストから現実に引き戻された。

俺のページャーの番号を知る人間は多くはない。電話応答サービス、リズ、他には数人ぐらいだ。車を降りて、公衆電話を探す。キャンパス内にも公衆電話はいくらでもあったが……一瞬考えて、俺はリズの事務所に電話をかけた。電話応答サービスからの連絡ではない予感がしたのだ。

勘は当たった。

「スナイダーだ。呼んだか？」

「ミスタ・チェイスが消えました。ミズ・ジョーンズとリリアンもです」オリヴィアが切羽詰まった口調で告げた。

「どういうことだ？」俺は受話器をきつく握り締めた。

「分かりません。三人とも、今朝になって病院を抜け出していたことが分かって……うちに連絡が入ったのは、ついさっきです」

「三人同時にいなくなった、ということか？」

「分かりません。連絡はバラバラに入りました。今、リズが確認に走っています」

となると俺も、ここでチェイスの過去を探っているわけにはいかない。

「すぐにそっちへ戻る――」

「今、チケットを手配しています。まだバトンルージュですよね？」

「ああ」

「二時半のデルタの便がありますけど、それまでにニューオーリンズへ戻れますか？」

俺は腕時計を見た。今、十二時を過ぎたところ……渋滞さえなければ、一時間で戻れるはずだ。

「やってみる」

「デルタのカウンターでチケットを受け取れるように、手配しておきます。こちら時間で午後六時半には、ＪＦＫ（ニューヨーク市クイーンズ区にある空港。元アイドルワイルド空港で、一九六三年に、暗殺された大統領 John F. Kennedy を讃える名前に変更された）に着けるはずです」

「君は、旅行会社でも経営すべきかもしれない。きっと人気が出る」

「私は探偵です」

「――失礼。事情が変わったら、ページャーを鳴らしてくれ」

「できるだけ鳴らさないようにします。運転に集中して下さい」

「分かった」

俺は車に駆け戻り、このところほとんど経験していない運転にチャレンジした。アクセルを床まで踏みこみ、ガソリンを大量消費することにしたのだ。

何とかＪＦＫ行きの便に間に合った。カウンターでチケットを受け取り、搭乗までの時間を利用して、リズに電話をかける。リズも慌てた感じだった――非常に珍しい。

「状態はよく分からないわ。病院でも気づかないうちに逃げ出したみたい。三人ともまだ所在不明」

「示し合わせて逃げ出したとか」

「それはないでしょう。別の病院にいたし、連絡は取れないはず」

「誰かがメッセンジャー役をしたとか？」

「それは考えられるけど、そもそもミスタ・チェイスは自由に動けないと思う」

「そうだな」頭の傷はともかく、利き腕の右手を固定された状態で動き回るのは難しいはずだ。それでも病院を抜け出さねばならなかった——しかも彼を襲った人間はまだ野放しである。危険だと分かっていて、どうして病院を出たのだろう。病院というのは、身を隠しておくには一番安全な場所なのに。

エレノアの動きも分からない。まずはリリアンを落ち着かせ、その後自宅へ連れ帰るのが普通だと思う。わざわざ病院を抜け出してどこへ行ったのか。

そう考えると、エレノアがチェイスと落ち合った可能性も否定できない。

俺は、バトンルージュでの調査結果を簡単に話した。

「エレノアのことを調べられるか？　彼女の旧姓とか」

「それは分かると思う。もしかして……」

「あくまで可能性だ」俺は釘《くぎ》を刺した。「一応潰しておきたいだけだ。この件、何年も前から動いていた可能性がある」

「チェイスとギャンブルの件は？」

「今現在は、どうなっているかは分からない。電話でやる賭けは、記録が残らないからな」

「警察なら、通話記録を調べて、どこへ電話していたかは分かる。胴元ならば……」

「この件は、ヤンキースのミスタ・ハリスにも話すつもりだ」

「馘になったのに？」

「サービスだよ。ただしその前に、会うべき人がいる」

「誰？」

「ミスタ・チェイスの両親だ。話をしてみる価値はある。シーズンが終わってからずっと自宅にいたんだから、電話で賭けをしている場面を見たかもしれない」

「分かった。こっちへ戻って六時半ね」

「ああ」

「ミックを迎えに行かせるわ」

「リムジンは勘弁してくれ。今日は目立たないように動きたい」

「了解」

ニューヨークへのフライトは、長く感じられるだろう。その間に何か動きがあるかもしれない。今回の調査は、どうしても必要なことだったとはいえ、ニューヨークを離れてしまったことを後悔する。

探偵のマニュアルに、新たにつけ加えよう。

探偵はなるべく地元にいること。どこかへ出張する時は、十分な対策を立てること。

空港のターミナルを出ると、タクシー乗り場の近くでフォードが待っていた。ミックが運転席から手を振ったが、いかにも苦しそう……彼の体格では、フォードの運転席は狭いのだ。いや、リムジンでも同じか。リムジンだからといって、運転席は特に広いわけではないのだから。

「行き先はミスタ・チェイスの家ですか」

「ああ——何か新しい情報は？」

「警察は本腰を入れて捜していますけど、まだ見つかっていないようです——少なくとも、三十分前までは」

「分かった。ポーボーイ・サンドウィッチって食べたことあるか？」

「いえ」

「ニューオーリンズ名物だ。向こうへ行くことがあったら是非食べてくれ」

「分かりました――充実した調査だったようですね」

「何とも言えない」

ミックの運転は丁寧で、すべてのイエロー・キャブのドライバーに見習わせたいほどだった。しかし、丁寧なのに早い。俺は、ＪＦＫからチェイスの実家まで四十分――下手したら一時間はかかると読んでいた。何しろ夕方のラッシュ時である。しかし何故か、ミックは俺が乗りこんでから三十分後には、チェイスのタウンハウスの前に車を停めていた。あまりにもスムーズな運転で、俺は居眠りができるほどだったのに。

「まずいな」周囲を見回して俺は言った。「パトカーがいる。警官が入りこんでるんじゃないかな」

「そのようですね。乗りこみますか？」

「君なら、警官三人ぐらいは吹っ飛ばして中に入れると思うけど、わざわざトラブルを起こす必要はない」

「じゃあ、どうします？」

俺は自動車電話の受話器を取り上げた。

「こいつだ……周囲に目を配っていてくれ」

「了解」

俺は、手帳を広げて電話番号を探し出した。チェイスの父親とは一度だけ電話で話した記憶がある——保険会社を装って。彼は、俺の声を覚えているだろうか？　いや、それはないだろう。あれもずいぶん前のことだ。

チェイスの父親は電話に出た。

「ミスタ・チェイス」

「そうだが」疲れた声だった。短期間に様々なことが立て続けに起きて、まいっているのだろう。

「ジョー・スナイダーと言います。私立探偵です」

「君は……」チェイスが一瞬絶句した。「君は、誘拐事件で身代金を運んだ人間か？」

「私の名前は表に出ていないはずですが」市警でも、その方針は即座に決定したようだ。俺のプライバシーを守るというより、英雄的行為を宣伝してやる必要はないということだろう。ま、俺の感覚では探偵は目立たないのが一番なのだが。リズのように、積極的に表に出て自分の仕事をアピールするのは、双刃の剣だ。悪戯をしようとする人間もいるはずだから。それでも宣伝効果を優先するのが、リズのような現代の探偵ということだろう。

「警察に教えてもらった。特別捜査課のクラウス・フィッシャーという人物だ」

「どうやってそこまで上がったんですか？」

「どういう意味だ？」

「あなたのタウンハウスの階段が、彼の体重に耐えられるとは思えない」

「どうやって上がってきたかはともかく、息を切らしながら説明してくれたよ。私は……誘拐事件に関しては何も言えないが」

「私は、息子さんの身辺調査をしていました」俺は打ち明けた。

「どういうことだ？」チェイスの声が尖った。

「ヤンキースが、息子さんの獲得を検討しているんです。それに関連して調査を頼まれました。もう、その依頼の契約は切れましたが」

「そうか」

チェイスの淡々とした口調が気にかかる。息子が西海岸から生まれ故郷へ戻って来る——しかも移籍先は、ニューヨークそのものと言っていい存在だ。単なる球団ではなく、ニューヨークという街の象徴。野球選手を息子に持つ親なら、喜んで当然ではないだろうか。

「それで、どうして私に電話を？　その調査の契約が切れたなら、家族に話を聞く必要もないだろう」

「息子さんは、ギャンブルに手を出していませんでしたか？　電話で投票するようなギャンブルです」

「いや」と否定の返事があるまで、五秒ほど間が空いた。俺が疑念を抱くのに十分な時間だった。

「そういう場面を見たことはありませんか」

「ない」

「学生時代からギャンブルにはまっていたという情報もあります。ご存じない？」

「私は知らない」

「誰なら知っているんですか？」

電話がいきなり切れた。俺は舌打ちして、受話器を戻した。肝心なことを聞けなかったが、すぐに電話をかけ直すわけにもいかない。俺はミックを見て肩をすくめた。

「今のはいい教訓だと思う」

「そうですか？」

「大事なこと——一番知りたいことは最初に聴くんだ。そうしないと、今みたいに電話を叩き切られる」

「どうしますか？」

「戻ろう。ここで、警察が引き上げるまで待っているのは無駄だ」警察がいなくなって、俺たちが訪ねていっても、ドアを開けてくれるとは思えない。「一度態勢を立て直そう。情報を整理して、俺たちに何ができるか考えるんだ」

「三人は一緒にいるんでしょうか」

「それは今……リズが調べてくれていることがはっきりすれば、俺もまともな推測を喋れるんだが。今は何も言えない」

言えない自分が情けない。穴は見つけたらすぐに埋めておくべきなのだ。そうしないと、推理は穴だらけの道路を走ることになって、必ずタイヤがはまってしまう。

全員が、リズの事務所に集合した。最後に入って来たザックは、巨大な紙袋を持っている。ぷん、と肉の匂いが漂った。昼はポーボーイ・サンドウィッチ、夜はハンバーガー……アメリカ万歳。

「警察内部の情報源には手を回しているけど、今のところ三人に関する情報はないわ」疲れたようにリズが言った。

「警察は、どこまで真剣に捜しているんだろうか」俺は疑問を口にした。

「何とも言えないわね。今のところ、犯罪に巻きこまれた証拠もないし」

「しかし刑事が、チェイスの実家でずっと待機している。脅迫電話がかかってくることを想定しているのかもしれない。タウンハウスだと、犯人が見張っていても、人が頻繁に出入りしていても『おかしい』とは感じないからな。一軒家だと、異変を感じる可能性が高いが」

俺はハンバーガーを食べ終え、紙ナプキンで指を拭った。ふと、本当に久しぶりに、煙草が吸いたいと思う。ザックは喫煙者のはずだから、彼から一本貰《もら》えば済むのだが……やめておこう、と決めた。長い間信念で我慢してきたものを諦めたら、そこで何かがおかしくなってしまうような気がした。

俺の人生は、ずっとおかしなままだったが。少なくとも、おかしな人たちとばかりつき合ってきた。

「自宅を監視しますか？」ザックが恐る恐る聞いた。

「いや、そこまでする必要はない。警察内部の情報源に聴くだけで十分だよ。リズ、何かあったら必ず連絡が入る？」

「おそらくは——でも、あまり自信はないわね」リズが肩をすくめる。「ボスにとってのリキみたいなネタ元は、私にはいないから」

「頭の悪い刑事に会う時は、スカートの丈を短くしておくべきだな。連中は、君の足を見たらすぐに落ちる」

「私の膝小僧で取れる情報なんて、たかが知れてるわよ」

「君の膝小僧には、君が考えているよりもパワーがある。正しく自己分析することも、調査の第一歩だよ」

「だったら、オリヴィアの膝があれば、大統領になれるわね」

ちらりとオリヴィアを見ると、彼女は頬を赤く染めていた。しかし俺は、彼女のパンツ姿しか見たことがなく、大統領選を勝ち抜ける実力を秘めているという膝は未見である。

「俺も、ネタ元に連絡しておく。それと、ギャンブルだな。チェイスは、電話で賭けるギャンブルにはまっていたらしい。それも、スポーツの試合に賭けていた」

「まさか、野球？」リズが顔をしかめる。「だったら完全にアウトよ。自分がプレーしているチームが対象なら、何でもできる。勝ち負けまではコントロールできなくても、野球はあらゆるシチュエーションが賭けの対象になるでしょう？」

「ああ。特定のバッターの特定の打席の結果とか、ピッチャーがある回の先頭打者に投げる最初の一球がストライクかボールか、とか。試合以外のことも賭けの対象になる。たとえば、ライト側スタンドの最前列、ポールの隣の席の観客は男か女か」

「そんなことが？」リズが眉をひそめる。

「たまたまそこが空席だったら、胴元が総取り、みたいな」

「チェイスは、学生時代にそういう賭けにハマっていた……」

「今はどうか知らないけどね」俺はうなずいた。「さすがにそれはないと思う――ないと信じたい。プロとして、スポーツに賭けていたら問題になる。特に野球だったら、八百長をしていたと疑われてもおかしくないからな……あまり会いたくないけど、会っておくか」

「誰？」

「そういう賭博の胴元だ。どのレベルの胴元かは分からないけど、ニューヨーク・シティを全部コントロールしている感じだ」

「それだと、対象は七百万人よ」

「七百万人の中には、零歳児も百歳の年寄りも含まれている……だけど、まあ、対象は多いな」

「その胴元は、何者？」

「イタリア系で癖が強いんだ。まいったな……ハンバーガーを食べちまった」

「何か問題でも？」

「腹を空かせておくべきだったんだよ」

「もしかしたらあの人？」リズがげんなりした表情を浮かべる。

「そう、あの人だ」

シニョーレ・レオナルド・ギャロは、厳しい男だ。自分の仕事に――表の仕事に。ギャロは、リトル・イタリーに自分の店を持っている。親の代から続く老舗のイタリア料理店で、本場のシチリア料理を食べさせる。ギャロは既に七十歳になり、店の経営は息子に任せているのだが、毎晩必ずここでフルコースのディナーを取る。たっぷりの前菜、パスタは時によっては二種類、そして日によって魚か肉のメーン。デザートもしっかり食べ、食後の葉巻を楽しみながら、シェフを呼んでその日の料理の講評をする。美味いと、ポケットマネーから褒美を与えるのだ——というだけなら、美食に目がない、熱心なレストラン経営者である。客に対して愛想もよく、顔見知りが来ればすかさずワインを奢ったりする。

俺は十年近く前に、ヴィクに連れられてきて、魚料理の美味さに驚いたのだが、それよりも、客の一部がまずい人間だということに気づいた。ニューヨークのイタリア系社会を裏から取り仕切る、ザネッティ一家の人間たちがいたのだ。取り巻きを連れて店の一角を占領し、大騒ぎするような馬鹿な真似はしない——四人ほどのザネッティ一家の人間は、カーテンで仕切られた個室に入って静かに食事を始めたようだが、ギャロは頻繁にそこに出入りしていた。

それで俺は、この店がザネッティ一家のビジネスの隠れ蓑《みの》ではないかと疑った。実際、イタリア系のギャングは、レストランをしばしば根城にしている。彼らは食べることに異様な情熱を傾け、悪事の相談をする時にも食べながら、というのはよくあるパターンだ。金儲けの話は、食事のいい味つけになるのかもしれない。

以来俺は、ヴィクやリズと一緒に時々店に顔を出して、ギャロに接近した。同時に市警のネタ元を利用して、彼がスポーツ賭博の胴元をしていることを知った。これまで俺は、ギャロを使って賭けをしたことはない。しかし何とか、彼とは「顔見知り以上友人以下」という関係を築いてきたのだった。

「誰かと一緒に行く？」とリズ。

「いや、俺一人でいい。警戒心の強い人間なんだ」

リズが左腕を持ち上げて、腕時計を見た。「まだパスタが始まってないかな？」とつぶやく。

「着く頃にはパスタが終わっていることを祈るよ。必死の思いでメーンだけ食べてくる」

「食べるだけなら、ミックを連れていけば、お店を破産させられるかもしれないわよ」

「今日はやめておく。何でもない時に連れて行くよ。平和な時に、ミック対店の真剣勝負を見てみたい」

ミックが、何が何だか分からないとでも言いたげに肩をすくめた。

ギャロの席は決まっている。店の一番奥、カーテンで区切られた個室の前だ。四人が座れる丸テーブルに必ず一人で腰かけ、悠々と食事をしている。

店に入ると、ニンニクの香りが鼻を刺激した。店は今日もほぼ満員――リトル・イタリーでも評判の店なのだ。店内では英語に加えてイタリア語が飛び交っている。古くからニューヨークに住むイタリア系の人たちが、故郷の味を楽しむ店でもあるのだ。もちろん、イタリア系以外の客も目立つ。特に中国系……リトル・イタリーはチャイナタウンの隣にあり、住人同士の行き来も盛んなのだ。互いに料理にプライドを持っているので、「他の国の料理など食べられない」と意地を張ってもおかしくないのだが、美味い料理は国境や人種の壁をあっさり壊してしまう。

俺は店員に名前を告げ、ギャロへの取り次ぎを頼んだ。ギャロがこちらを睨んだことに気づいたが、俺だと認識すると急に破顔一笑して手招きした。

俺は彼の斜め前に座った。ギャロはすかさず赤ワインをグラスに注いだ。俺はグラスを持ってきて俺の前に置く。ギャロはすかさず赤ワインをグラスに注いだ。ウェイターがグラスを持ち上げ、軽く乾杯した。一口呑んだが……やはりワイン独特の酸味は、好きになれない。

「そんなに渋い顔をしなくても」ギャロも渋い顔をした。

「ビールとバーボンで育っているもので。ワインには慣れていない」

「イタリア料理は？」

「それは好きだが」俺は彼の皿に視線を注いだ。

「だったらこのステーキを食べていってくれ。知ってるか？　世界で一番肉を上手く焼く男たちは、ニューヨークとミラノにいるんだ」

「ニューヨークのステーキが美味いのは知ってるが、ミラノも美味いんだな」

「一度、現地で味わってくるといい。あんたは若いんだから、今のうちに世界の味を知っておいた方がいいぞ」

若いと言われて、思わず苦笑してしまった。七十歳の人間から見ると、五十五歳でも若く見えるのだろうか。

「今日の肉は、とりわけ出来がいい。ところで、あんたのアモーレは一緒じゃないのか」

「彼女には彼女の店がある。いつも俺につきあってくれる訳じゃないんだ」実際には俺は、この店にはもう近づかないように彼女に忠告していた。ギャングと関係ある店だから、トラブルに遭う恐れもある。

「では、テレビスターのあのピッコラ（イタリア語で「おチビちゃん」程度の意味）は？　最近、ずいぶん顔を売っているな」

「ハリウッドから声がかかるのを待ってる」

「だったらあの子は、もっとたくさん食べないとな。食べてグラマーになったら、すぐにでもハリウッドで活躍できる。そもそも俺は、彼女はテレビの小さい枠の中ではもったいないと感じていたんだ。映画の大きいスクリーンの中でこそ映える」

「言っておくよ。彼女も喜ぶ」俺は赤ワインを一口呑んだ。何口呑んでも、いや、ボトルを一本呑み干しても、慣れそうにない。

「それで──何かあったか、シャーロック」

「いろいろあった。際どい話をしていいかな」

「そういうのは嫌いじゃない。しかし、肉を食べてからにしようか。イタリアでは、真剣な話はデザートに入ってから、が習わしだ」

「アメリカ流のルールに変えてもらえないだろうか。アメリカ人は、大事な話は真っ先に持ち出す」

「ここはリトル・イタリーの中でも、最もイタリアの色が濃い店だ。アメリカのルールは通用しないよ」

運ばれてきたステーキは……軽く一ポンドはありそうだった。つけ合わせの野菜は、絵の具のように鮮やかな緑色の、バジルの葉っぱだけ。しかし、セラミックの皿で出してくるところは好感が持てる。鉄板で出す店もあるのだが、あれだと食べているうちにどんどん肉が焼けてしまうのだ。店にとっては、皿が割れないメリットがあるのだろうが。

食べ終えないことには、話が始まりそうにない。俺は仕方なく肉を切り分け、口に運んだ──確かに美味い。どういう焼き方なのか、普通に食べるステーキよりも香ばしく、口に含んだ時には塩味を強く感じる。呑みこんだ後にかすかに辛味が残るが、これは唐辛子ではなく胡椒のようだ。

「確かに美味い」俺は認めた。

「だろう？」ギャロが嬉しそうに言った。「肉を一口、ワインを一口。それで永遠に食事を続けていけるよ」

次の一口を食べた後、赤ワインを呑んでみた。確かに、肉の味がぐっと膨らむようである。肉に赤ワインというのは、やはり合っているわけだ。とはいえ俺は今後も、肉にもバーボンを合わせるだろうが。

半分までは簡単に食べたが、その先は苦しくなってくる。先ほどのハンバーガー……、つけ合わせのフレンチフライを、意地汚く全部食べなければよかったと悔いる。それでも何とか食べ終えた。久しぶりに生命の危機を感じるほどだった。

「さあ、デザートとお喋《しゃべ》りタイムだ」

俺はナプキンで口を拭って、左手を挙げた。ここでストップ——意味を悟ったのか、途端にギャロの表情が渋くなる。

「おいおい——」

「実は、甘いものは医者に止められている。それに、三十分前に馬鹿でかいハンバーガーを食べたばかりでね」

「それでこのステーキを?」

ギャロが目を見開く。「あんた、本当に五十五歳か?」

「胃が破裂しそうだ。コーヒーで許してもらえないだろうか」

ギャロが指を鳴らしてウェイターを呼んだ。ウェイターは、オリンピックにでも出られそうなスピードでやって来て、テーブルにぶつかる直前でぴたりと止まった。床にレールでも敷いてあるのではないかと、俺はまじまじと下を見てしまった。

もちろん、そんなものはない。

ギャロが「エスプレッソ・ドッピオ」と告げ、Vサインを作る。

「デザートはいかがしますか」ウェイターが、消え入りそうな声で訊ねる。

「こちらの紳士は、甘いものを医者に止められているそうだ。残念ながら、人生も終わりだな。俺はいつも通りで」

ほどなくエスプレッソが運ばれてきた。指貫《ゆびぬき》のように小さなカップに入っているのだが、濃く苦いエスプレッソが胃の苦しみを和らげてくれるのを俺は知っている。

次いで、アイスクリーム。涼しげなガラスの容器に、アイスクリームが三つ。バニラ、チョコレート……緑色のものは何だろう。ギャロは白いアイスクリームを一口食べると、大きくうなずいて「今日のは上出来だ」とウェイターに告げる。

「話ができる権利を得たのかな」俺は切り出した。

「どうぞ、何でも話してくれ」

「あんたのもう一つの商売の方だ」

「適当な電話番号を教えよう。それでいつでも、好きな時にやってくれ。あんたは野球に詳しいだろうから、金儲けできるんじゃないか」

「俺にとって、野球は金儲けの材料じゃないんだ。あくまで観て楽しむもので」

「それはあんたの自由だ」ギャロが肩をすくめる。

「ある人間が、あんたの顧客かどうかを知りたい」

「おいおい」ギャロは溜息をついた。「そんなこと、言えるわけがないだろう」

「あんたの顧客であるかもしれない人間が、行方不明になっている」

「ほう」

「俺にとっては極めて重要な人間なんだ。行方を知りたい」

「人捜し？　それこそ、あんたの仕事じゃないか。俺は単に、ここに座って店の料理を味見しているだけだぞ」

「裏では？」

「裏なんかない。俺が自分で電話を取って、相手をしていると思うか？　冗談じゃない。最近、耳が遠くなってきて、電話で話すのもきつくてね」

「だったら――」

「そういう話だったら、勘弁してもらおう。肉は奢るから、帰ってくれ」

俺はエスプレッソを一口飲んだ。口が曲がりそうな苦さだったが、胃に落ち着くと膨満感がすっと消えていく。

「あんたは今まで、上手くやってきた。でも、賭けの胴元として儲けた金は、ザネッティ一家に流れてしまうだけじゃないか。馬鹿みたいだと思わないか？　ザネッティ一家と手を切れば、あんたは丸儲けできる」

「イタリア人は、何よりファミリーを大事にするんでね」

「警察にも金を渡して、ずっと見逃してもらっていた。そういう生活、そろそろ疲れてこないか？　あんたもいい歳だろう？　隠居してマイアミあたりでのんびり暮らすか、イタリアに帰る手もあるんじゃないか」

「冗談じゃない」ギャロが大袈裟に震えて見せた。「今のイタリアで、安心して暮らせるわけがない。テロと誘拐。マフィアよりもひどいよ」

「じゃあ、アメリカで安楽に暮らせばいい。ただ、俺に協力してもらわないと、そういう楽しい老後は送れないかもしれない」

「あんた一人で、俺の商売を潰すとでも？」

「考えてもいいな」

「まさか」ギャロが声を上げて笑った。

「俺はリッカルド・ザネッティを刑務所に叩きこんだ。大した手間もかけずに。マフイアも、昔みたいに強い組織じゃなくなってるんだよ。一人ずつ潰していけば、いずれザネッティ一家は全滅だ。その時あんたは、俺に感謝するんじゃないか？　後ろ盾はなくなるけど、儲けた金は全部自分の懐に入る。それとも、俺を恨むかな？」

「名前を言ってみな」ギャロが譲った。

「ラルフ・チェイス」

「ふむ……どこかで聞いたことがあるような……アメリカ人としては珍しくもない名前だが」

「大リーグ一歩手前にいる男だ」

「そいつが、うちの客だと？」

「それを知りたい」

「行方不明なのか？」

「ああ」

「ちょっと待て」

ギャロがまた指を鳴らすと、先ほどのウェイターが飛んで来る。ギャロはつぶやくように、彼の耳元で何か指示した。ウェイターは今度は、カーテンの裏側に消えた。

「あの裏側では何が？　拷問でもしているのか？」

「何か聞こえるか？」ギャロが自分の耳に手を当てた。

「まず猿轡《さるぐつわ》をかますとか。その前に舌を引っこ抜くとか」

「シニョーレ、あんた『ゴッドファーザー』の観過ぎじゃないか」

「俺は一度もあの映画を観ていない。実際に聞いた話で知っているだけだ」

「そりゃ騙されてるんだよ」ギャロが両手を広げる。「大袈裟に言って、相手を怖がらせようとする人間はいるだろう？」

ウェイターが戻って来て、一枚の紙片をギャロに渡す。ギャロが目を細めてその紙片を確認し、渋い口調で「よくないね」と告げた。

「よくないとは、何が？」

「借金が二十万ドルもあると、首が回らないだろう。そいつが、たっぷり年俸をもらっているといいけどね」

チェイスはやはり、ギャンブルで借金まみれだった。そして二十万ドルという額……関係あるかどうかはともかく、リリアンの身代金はその半分だ。

俺はリズに、電話でこの件を報告した。

「私の方の調査が終われば、もう少しはっきりしたことが分かるけど」リズは悔しそうだった。エレノアの身辺に関する調査が滞っているらしい。

「公文書で確認するしかないわけだから、時間がかかるよ」

「せめて市役所にはいいネタ元を持たないと」

「君にはネタ元を育てる時間はたっぷりあるよ。テレビ探偵に専念するんじゃない限りは」

「あんなのは宣伝だから。私には、若い人を育てる仕事もあるし」

「若いと言っても、君と歳は変わらない」

「キャリアの問題よ……明日はどうする？」

「チェイスの両親と会ってみる。それは俺一人でやるよ。何人もで押しかけると、向こうも話しにくくなるだろうから」

「分かった。じゃあ、適当な時間に電話して。でも、ジョーもそろそろ自動車電話を導入した方がいいんじゃない？」

「考えておく」仕事の店仕舞いを考え始めているタイミングで、新しいテクノロジーに頼らなくても、と思う。俺にはページャーがあれば十分だ。あれと電話応答サービスで、依頼人からの連絡を逃すことはまずない。

電話を切り、カナル・ストリート駅まで歩く。六系統の地下鉄に乗り、六十八丁目駅まで……今日は家に戻って、策を練り直すつもりだった。東六十八丁目に出て、サード・アベニュー、セカンド・アベニューを越えると、俺が十年以上暮らしている小さなタウンハウスに到着する。この辺は治安もよく、夜遅くても安心して歩ける場所だ。ただし車だけは狙われやすいので、俺はマスタングをタウンハウス前に路上駐車するのではなく、近くのガレージに預けていた。

念の為《ため》にタウンハウスのあるブロックを一回りし、誰にも尾行されていないことを確認する。中に入ってしまえば安心……俺が住むタウンハウスは、ドアマンがいるほど高級ではないが、鍵は二重になっており、もしも誰かが侵入しようとしてもかなり苦労する。

家に戻って各部屋を確認する。とはいっても、二部屋しかないからあっという間だが。

十時過ぎ……水を飲んで、重たいステーキとワインの後味を洗い流す。俺は手帳を取り出して、問題の電話番号をメモしたページを探し出した。ハリスの自宅。彼は契約した時、何か分かったら、どんな時間でもいいから教えて欲しいと言って、自宅の電話番号も教えてくれたのだ。

今、彼との間に契約はない。

しかしこの情報は彼の耳に入れておかなくてはならないのだ。それに彼がこの情報を知れば、別の形で俺の方にフィードバックされるかもしれない。

第五章　誘拐、再び

ハリスは意外に冷静な声で電話に出た。

「君との契約は解除したはずだが」

「これはサービスです」俺は受話器を握り直した。「私も、ミスタ・チェイスのことは気になっています。責任を感じています。だから彼の周辺を、個人的に調べ続けている。その結果分かったことを、あなたは知る権利があると思います。私にも、ヤンキースファンとして知らせる義務があるかと」

「――分かった。聞こう」ハリスも覚悟を決めたようだった。

「ミスタ・チェイスにはギャンブルの問題があったようです。確信はありませんが、その疑いは強い」

「ギャンブル？」ハリスの声が強張った。「どういうギャンブルだ」

「スポーツの試合を対象に、電話で賭けるものです。それで彼は、大きく負けている」

「まさか……野球には賭けていないだろうな」

「詳細は分かりません。ただ、彼の負けは二十万ドルに達している」

「二十万ドル？　それを笑って払えるのは、レジーかハンターぐらいだ」

「ドジャースのマイナーの選手だと……」

「破産──破滅だろうな」ハリスが淡々とした口調で言った。

「ヤンキースとして、その借金を肩代わりして、有利な契約を結んでトレードを成立させるということは？」

「うちは、そういうことに金を使わない」

「実際のところ、チェイスをどこまで評価しているんですか？　Sクラスですか？　Aクラスですか？」

「ダブルAで、Sまであと二ポイントというところだ。将来性を加味しての評価だが」

「性格に難があるのは間違いないようです。それは学生時代から変わっていなくて、彼は試合の全てをコントロールしないと気が済まないキャッチャーなんです」

「キャッチャーはそれぐらいじゃないと務まらないぞ。試合が始まれば、グラウンドの監督なんだから」

「試合が終わっても、ロッカールームを支配しようとしていたようですよ。そういうことをしていると、嫌われるのでは？」

「そのキャッチャーが、四割を打っていれば別だがね」

「他のチームのロッカールームの話も、噂としては聞いているのではないですか？」

「リーグが違うとあまり伝わってこないんだ……しかし、ギャンブルの件は困ったな」

「今、メジャーでギャンブルは問題になっていないんですか？」

「野球よりもカードゲームに命を賭けているような選手は、昔も今もいる。実際私も、選手として稼いだよりも、ポーカーでチームメートから巻き上げた金の方が多かったかもしれない」ハリスが暗く笑った。「チーム内のポーカーなら、笑い話で済む。何千ドルも負けた選手が金を払わずトレードでいなくなって、今度は対戦相手として打席に立つ――ケツのあたりにきつい一発を食らっておしまいだよ」

「しかし、胴元がいる大がかりな賭けだと、笑い話になりません。そういう金は、大体ギャングに流れます」具体的な話――ザネッティ一家のことも話そうと思ったが、やめておいた。ハリスを必要以上に怖がらせることはあるまい。「ヤンキースとしては、そういう選手はどうなんですか」

「ヤンキースを、メジャーで一番クリーンな球団だと言うつもりはない。しかし、そういう賭け事にはまっている選手はいないし、わざわざ危険因子を抱えこむこともないだろう。第一、彼の怪我は――相当深刻だ」

「会ってはいないですよね」

「もちろん」

「彼は病院を抜け出しました」

「何だって?」ハリスの声が強張る。「それは……何か目的があってなのか?」

「分かりません。私も彼に会ったわけではないですから」

「大きな問題だぞ」

「あまり表沙汰にされない方がいいかと」俺は忠告した。「何か問題があるかもしれません。それが世間に広がると、各方面に悪影響が出る可能性もあります」

「君はどう思う?」

「何をですか?」

「チェイスの獲得は諦めるべきだろうか」

「それはチームの判断で、私には何とも言えません」

「あのレベルで、安くトレードで獲得できる選手はなかなかいない」

「彼をヤンキースに迎えるのは、あなたたちの自由です。その後何が起きても、私は責任を取りきれません」

「つまり、反対だと?」

「バーで、酔っ払っての会話なら、大声でノーと言います。しかし今、我々は酒を呑んで与太話をしてるわけではない。私は鹹になった探偵で、ボランティア精神からあなたに情報を伝えているだけです。それをどう判断し、活《い》かすかは、あなたたちの仕事ではないですか――でも、正直に言います」

「ああ」

「あのクソッタレには手を出さない方がいい。あいつにギャンブルをやめさせるような能力は、野球関係者にはないんじゃないですか？」


バーボンを少しずつ啜《すす》る。酔いは一向に回ってこない。コーヒーを淹れてバーボン抜きで飲んだら、ますます頭が冴《さ》えてしまった。

一晩中起きてるわけにもいかないので、ベッドに潜りこむ。後頭部に両手をあてがい、俺はどうして怒っているのだろうと考えた。ふと頭に浮かぶのは、自分の少年時代である。俺もアメリカの子どもとして、ずっと野球に夢中だった。ポジションはピッチャー。悪くなかったと思う。そんなにスピードがあるわけではなかったが、コントロールがよかったのだ。そして俺は、バッターが固まってしまうような速球が投げられなくても、十分打ち取れるのだということをすぐに学んだ。内角高め、外角低めとボールを対角線上に散らしていけば、バッターの目は惑わされ、手を縛られてしまう。

しかしある日、俺は自分が大したピッチャーではないと思い知ることになった。シカゴから転校してきた子ども――ラストネームは思い出せないのだが、ファーストネームはリックだった――が、やはりピッチャーだったのだ。リックは小学生にしては背が高く、投げるボールときたら高校生並みだった。しかもコントロールは抜群。試合では、相手チームの選手がバットに当てただけで歓声が上がるぐらいだった。

ほどなく俺は、エースの座を追われた。バッティングがよかったのでレギュラーを外されることはなかったが、ポジションはサードに変更になった。たまに大差がついた試合などでマウンドに上がることはあったが、いかにも「ついで」というか、リックを休ませるためだった。

それでも俺は腐らなかった。野球では、どんなに上手いと思っても、必ずそれより上の選手がいる。才能の差はどうしようもないし、才能ある選手に限って、それをさらに光らせようと努力するガッツがあるのだ。そしてリックは、抜群の才能を持っているのに控えめで、常に仲間を立てるような人間だった。たった一つの彼の弱点――バッティングが下手くそだったので、チャンスに凡退して試合に負けた時、自分をピエロにして笑いを提供することができた。そんな人間を、誰が嫌いになれる？

俺はその後フットボールにはまって、野球からは離れたが、リックはずっと野球に打ちこみ続けた。高校時代には既にメジャーの球団から声がかかっていたのだが、本人の希望で大学へ進み、やがて戦争——徴兵されたリックは、太平洋で戦死した。
彼の葬儀には、小学生時代のチームメートもたくさん集まった。俺もその一人だったが、無性に腹が立ったのを覚えている。戦争に対して。死から逃げられなかったリックに対して。仲間は皆、異常に悔しがった。リックなら、ボブ・フェラー（一九一八〜二〇一〇年。インディアンス一筋で通算二百六十六勝を挙げた豪球投手。百四マイル＝約百六十七キロの速球を投げたという説もある。一九六二年、野球殿堂入り）に対抗できるピッチャーになったはずだ、どうして戦争なんかで死んでしまったのだ、と。

　戦争では多くの有望なスポーツ選手が命を落とした。そうでなくても、キャリアが中断し、体力も技術も落ちて、全盛期をむざむざ逃してしまった。自分のせいではなく、避け得ない惨劇によって。

　だから俺は、自分の才能を自分で潰してしまうような選手が許せない——チェイスのような。

　チェイスは傲慢で、チームメートを辟易させているのは間違いないだろう。しかしそれは、高いレベルで多くの試合に出続けることで改善されるはずだ。ベテランピッチャーにリードのミスを指摘され、打てなければ他の打者から罵声を浴びせられる。そんなことが続けば、どんな選手でも自然に謙虚になり、いずれチームに溶けこめるはずだ。

しかし、ギャンブル好きの選手は違う。それこそロッカールームのポーカーで負けつづけたぐらいなら、笑い話で済ませることもできるだろう。しかし、本格的な賭け、それも違法なものだったら……全てのチームは、ロッカールームの汚染を嫌うはずだ。どんなに才能がある選手でも、受け入れられない。

その選手は、才能をドブに捨てているようなものなのだ。

戦争でもないのに。

それが許せないのだと俺は悟った。人は、与えられた才能を、然るべき場所で、然るべき時期に発揮する義務があると思う。

チェイスはそれを無駄にしている。

翌朝、俺は電話で眠りから——いつの間にか眠っていたらしい——引きずり出された。電話してきたのはリズ。

「市役所のネタ元から確認が取れたわ。あなたが想像していた通り」

「そうか……」これでチェイスの履歴書に新たな項目が加わった。ただし、決してプラス評価になるものではない。クソ野郎と罵る人がいてもおかしくない事態だ。

「どうするの？　情報は揃ったけど、チェイスもリリアンも行方不明のままよ」

「捜索は市警に任せるしかない」

「私たちは？」

「俺はチェイスの両親に会ってみる」

「会っても、チェイスの行方は分からないわよ」

「それは分かってる。君は、リリアン――エレノアの方で何かないか、探ってくれないか？　今の情報で、チェイスの問題が二人に影響を及ぼしている可能性が出てきたけど、エレノア、あるいはリリアンに問題がないとも言えない」

「分かった――何かあるとしたら、エレノアでしょうね」

「リリアンが、何かトラブルを起こしているとは思えない」

「また連絡して」

「そのつもりだよ、ボス」

一瞬間が空いた後、リズは電話を切ってしまった。

俺はまた自宅近くの店で朝食を済ませ、チェイスの実家まで車を走らせた。念のために周囲を一回りしてみたが、警察車両はない。誘拐などではないと判断して引き上げたのだろうか。

思い切ってインタフォンを鳴らしてみるか。あるいは近くの公衆電話から連絡を入れてみるか。

そもそもチェイスの家族は家にいるのだろうか。父親は大学での講義があるはずだし、母親には病院での勤務が待っている。どうするか決められぬまま、俺はハンドルに両手を預けてタウンハウスの出入り口を見守った。動きなし……朝、人の行き来は多い時間帯なのだが、建物から出てくる人も入っていく人もいなかった。

ページャーが鳴る。リズか、電話応答サービスか。電話応答サービスだろうと見当をつけ、俺は車を降りて道路を横断した。向かいのビルの一階に公衆電話があることは、チェック済みだ。道路を挟んでタウンハウスを観察しながら、電話をかける。

「ハロー、こちらジョー・スナイダー」

「ジョー、ミリアムよ」

「やあ、ミリアム」ミリアムは、電話応答サービスの俺の担当者だ。一度も会ったことはないが、俺は四十歳ぐらいの逞《たくま》しい女性を想像している。声が太く、張りがあって頼もしい。

「伝言があるわ。ミスタ・ジョン・チェイスが、連絡を取りたいと」

「オーケイ」向こうから電話が来るとは……彼の機嫌も少しはよくなったのだろうか。俺は大した努力もしていないのだが。

「かなり慌てた様子だったわ」

「最高のタイミングだよ」

「どういうこと？」

「まさに今、彼の家の前にいるんだ」

「ジョー、相変わらず超能力の持ち主なのね」

「そのせいで、いいことだけじゃなくて、災難もある」

「災難はありませんように」

「まったくだよ――ありがとう」

受話器をフックにかけ、すぐにまた取り上げる。十セント硬貨を入れようとして、思い直した。六十五フィート（約20メートル）走れば、彼と直接話せるではないか。俺は道路を走って横断し、タウンハウスの入り口にあるベルを鳴らした。すぐに、インタフォンから疲れた声が聞こえる。

「はい」

「ミスタ・チェイス、ジョー・スナイダーです。今、電話応答サービスと話しました」

「どうしてここに？」

「あなたと話したいと思ったからです。そうしたらたまたま、電話応答サービスから連絡を受けました」

「そうか……すまない。上がってきてくれないか？　相談がある」

のだが。

「もちろんです」

ロックが解除される音がした。俺はドアを押し開け、エレベーターで四階に向かった。最新のエレベーターで揺れもなく、止まる時の衝撃もほとんど感じない。俺の自宅のエレベーターは、止まる時には身構えていないとショックを受けるような代物なのだが。

部屋の前に立ち、ドアに拳を打ちつける。ノックの音を聞いた限り、ドアは分厚く上等な造りのようだ。ドアの向こうで待ち構えていたように、チェイスが顔を見せる。彼と直接会うのは初めてなのだが、俺は軽いショックを受けた。痩身の初老の男性で、目が落ち窪《くぼ》んで真っ赤に充血し、手が震えている。まるで入院先から抜け出してきた重症患者のようだった。

「ミスタ・チェイス、ジョー・スナイダーです」

俺は右手を差し出したが、チェイスはそこにあるのが何なのか理解できていないような様子で、しばらく動かなかった。しかし俺が彼の顔を凝視し続けていると、やがてはっと気づいて俺の手を握る。強ばった手で、老いを感じさせる皺だらけだった。

「何があったんですか」

「取り敢えず、中に入ってくれたまえ」

俺は室内に入ってドアを閉じた。歩き出すと、上質な絨毯《じゅうたん》を足下に感じる。大学教授とはそんなに儲かるものだろうかと、俺は内心首を傾げた。実は何かの特許を持っていて、大学の稼ぎとは関係なく、滝のように金が入ってくるとか。

チェイスは俺を、ダイニングテーブルに案内した。妻の姿はない——病院だろうか。

「奥さんは？」

「今は休んでいる」

「体調が悪いんですか？」

「あれで元気でいられる人間がいたら、おかしい」チェイスが吐き捨てた。「息子が誘拐されたんだから」

大学教授というと沈着冷静、常に論理的に話すイメージがあるのだが、家族に危害が及ぶような目に遭えば、さすがに取り乱すわけだ。彼も例外ではない。

こういう時、一々口を挟んで質問をぶつけていくと、喋っている方はかえって混乱してしまう。自由に喋ってもらって、後から整理する方が問題がないものだ。俺は必死でメモを取りながら、彼の説明を頭の中で再構築した——ようやく話し終えた時には、彼の息はすっかり上がっていた。

チェイスが病院を抜け出してから、警察がこの家に来た。誘拐の線を考えてのことだが、電話を録音する装置を取りつけ、昨日の深夜まで粘っていたものの、何の連絡もないので一度引き上げた。そのタイミングを狙ったように、日付が変わる頃に電話がかかってきたのだという。

息子を預かっている。あんたの息子は、ギャンブルで多額の借金がある。身代金十万ドルを用意しないと、息子を殺す。明日の朝、もう一度電話する。警察に連絡するな。連絡すればすぐに分かる──一晩悶々《もんもん》とした末に、チェイスは俺を思い出したのだった。

「連絡してくれてありがとうございます。警察に電話しなかったのは賢明です」

「そうかね？」

「犯人は、何らかの形でこの家を見張っている可能性があります。警察が介入してくることが分かったら、本当に息子さんの安全が保証できません。十万ドルは用意できますか？」

「冗談じゃない！　私は──私たちは、ラルフをこんな人間に育てた覚えはない」

「こんな人間というのは、どういう意味ですか」

俺の質問に対して、チェイスが黙りこんだ。腕組みして、じっとうつむいてしまう。やがてのろのろと顔を上げ、「あなた、子どもは？」と訊ねた。

「結婚もしていませんよ」

「だったら、子どもを育てる本当の難しさは分からないだろう」

「ええ。難しい、という話はたくさんの人から聞いていますが」

「うちは——チェイス家は学問に生きる一家なんだ。私の父も祖父も大学で教えていたし、私の兄弟三人も、全米各地の大学で教員をしている。一方、妻の家は医者の家系だ。だから私たちは、ラルフには学問の道に進むか、あるいは医者になって欲しかった。家を継ぐというのはそういうことだろう」

俺は無言を貫いた。そういう風に言う親は多いのだが、その考え方で、子どもの無限の可能性を潰してしまう恐れもある。

「ところがラルフは、野球に夢中になってしまった。別に野球が悪いとは言わない。しかし、仕事としてはどうなのだ？　一生それで食べていけるわけでもないし、社会に貢献できることもない。どうしてもやりたいなら勝手にしろと……そしてラルフは、なかなかメジャーに上がれない。それなのにヘラヘラしている」

「ドジャースでキャッチャーのレギュラーポジションを取るのは、ハーバードの終身在職権を得るより難しいと思いますよ。ノーベル賞を取るのと同レベルでは？」

「一緒にしないで欲しい。だいたいあいつは、野球だけやっているならともかく……」

「ギャンブルですね？」俺は指摘した。「息子さんはギャンブルにハマっていた。二十万ドルほど借金があったという情報も聞いています」

「そうか……」チェイスの顔から血の気が引いた。「私たちが知っているよりもずっと、深い穴にはまっているようだな」

「残念ながら」

「どこまで本当なんだろうか」

「極めて正確なところから情報を得ています。心配していたんですが……」

「申し訳ない。警察に言うわけにはいかないし、他に相談できる人もいなかった。あなたに対する料金はきちんと払う」

「それは後で相談しましょう。それより、私からのアドバイスは一つです。警察に届け出ましょう」

「それはまずいだろう」

「いえ、本当に息子さんが誘拐されているとしたら、警察の組織的な力が必要です。私一人では、やれることは限られている。仲間の私立探偵の力を借りても同じことです」

「警察沙汰になれば、私の仕事にも差し障りが出る」

「息子さんが誘拐されているんですよ？　息子さんは優秀な野球選手で、この先成功する可能性を秘めています。怪我なく救出したいんです」

「野球は……どうでもいい」チェイスが首を横に振った。「さっきも言ったが、私たちはあの子に、どちらかの家の系譜を継いで欲しかった。研究者、医者、どちらも世の中に貢献できる仕事だ。それで、勉強するように厳しく押しつけ過ぎたのかもしれない。気晴らしに始めた野球で才能を発揮してしまったのは、我々にはむしろ困ったことだった。いかにメジャーリーガーになって大金を稼ごうが、たかが見せ物じゃないか。そんなことに何の意味がある？」

「野球は国民的暇潰し《ナショナル・パスタイム》です。野球はアメリカなんです」

「あなたのような野球ファンからすればそうだろうが……私の家系では、スポーツは本当に単なる暇潰しに過ぎない。本来やることがあって、その空き時間にやるべきものだ」

「議論はやめましょう」俺は冷静になっていた。「時間の無駄だ。そういう話なら、何もない時にいくらでもつき合います」

「──失礼」咳払いして、チェイスが立ち上がった。「コーヒーでもどうだろうか」

「いただきます」

チェイスが、コーヒーメーカーからカップにコーヒーを注いで渡してくれた。だいぶ煮詰まって苦くなっていたが、眠気覚ましにはこの方がいい。俺は一口飲んで続けた。

「ミスタ・チェイス、当然息子さんを安全に取り戻したいと思っていますよね？」

「――分からん」

「分からない、とは？」意外な答えに俺は戸惑った。

「我々がどうして、息子のために金を出してやらねばならないのか、分からない」

「親子じゃないですか」俺は呆れて言った。

「分かっている。あなたは我々を非情だと思うかもしれない」

「思います」俺は正直に認めた。

「しかし、いろいろ問題のある、しかもいい大人の息子のために、どうして我々が金を出さなければばならないんだ」

「ギャンブルの他にも、何か問題があるんですか？」

「それは、まあ……息子は、高校を出てバトンルージュに行ってからずっと、好き勝手にやってきた。離れているのをいいことに、親のこと、家族のことなど何も考えていなかった。しかもギャンブル――情けない話だが、ギャンブルについては私も疑っていた」

「何があったんですか？」

「こちらへ戻って来ている時、深夜によくおかしな電話をかけていた」

「問いただせばよかったんじゃないですか？」

「それはできない――私はおそらく、最悪の事態を想定していたんだろう。何か悪事に足を突っこんでいるのだ、と。それを知るのが怖かった。今思えば、電話を使ったギャンブルをやっていたとすれば、合点《がてん》がいくんだ」

「止めるべきだったと思いますが、今はそれを言っても仕方ありませんね。金は払わない――本当にそういうことでいいんですね？」俺は念押しした。

「ああ」

「だったら、何か上手い作戦を考えないといけません。金を渡さず、息子さんを解放するためには、相当知恵を働かせないといけません」

「本当にそうすべきかどうか、私には判断できない。息子のために、誰かが危険な目に遭うようなことは……」

「身代金の受け渡し方法は、具体的に指定されましたか？」

「いや、まだだ。現金を用意するように、とだけ言われている」

「受け渡しは、私がやってもいいです。慣れていますから」

つい数日前に経験したばかりだ。しかし多くの人は、そんなことを経験せずに人生を終えるわけで、俺はもう身代金受け渡しのプロと言っていいだろう。

「しかし……あなたはたまたまこの件に関わっているだけではないか。私が電話をかけたから……」

「依頼を受けて仕事をするのが探偵です。でも時には、自分から首を突っこむこともあります。今回がそうなんです」

「どうして息子の件に？」

「野球が好きだから、という理由では駄目でしょうか」

「世の中に、そんな理由で危険な状況に首を突っこむ人間がいるとは思えない」呆れたようにチェイスが首を横に振った。

「マンハッタンには、大学の構内とはまったく違う社会が広がっています。私が生きているのはそういう世界なんです」

しばらく話して、実際に身代金の受け渡しをする際には俺が担当することが決まった。同時に警察に相談することも了承させた。ただし、まず俺が話す。

「そこまで任せてしまっていいのか」チェイスは不安げだった。

「もちろんです。かかわると決めたら、最初から最後までやります」

「では、警察の方にも……」

「これから電話します」

俺はチェイス家の電話——この電話で、チェイスは賭けを行っていたわけだ——を借り、二十四分署に電話をかけた。特別捜査課の課長・フィッシャーは不在。主要事件班に電話を回してもらって、ドミニク・ベネットと話す。

「誘拐事件の件なら、あんたに伝えるべきことはない。余計なことを言うなと、ボスから厳しく指示も受けている」

「それは、今はいい。新しい事件なんだ」

「あんたは、行く先々で事件を呼んでいるのか？　それだと、ＦＢＩがあんたを疑うのも分かる。実際は、マンハッタンで起きる全ての事件の黒幕はあんたじゃないのか？」

「あんたこそ、ＦＢＩのようなことを言わないでくれ——ミスタ・ラルフ・チェイスが誘拐された可能性がある」

「彼に関しては、あくまで行方不明事案だぞ」

「家族に連絡があった。十万ドルを要求している」

「どうしてそれをあんたが？」

「探偵として相談を受けた」

「あんたがいれば、９１１の通報システムは不要だな。世の中のヤバい事件は、全部あんたに回ってくる」

「まさか……とにかくこの件で相談したいんだ。ただし、家は見張られているかもしれないから……」

「近くで会おう。少し離れたところなら問題あるまい。犯人が監視できる範囲は限られているからな。うちの若い奴を一人、そちらに張りつける」

「録音装置はもう稼働できる？」

「ああ」

「だったら、そちらから誰かが来たら、俺が代わりに家を出るということでどうだろう」

「構わない。落ち合うのは、消防記念碑のところでは？」

「場所は分かる」ここからすぐ近くだ。

「では、うちの若いのと交代してくれ」

俺は今のやり取りをチェイスに説明した。家に警官が入りこむのには難色を示したが、電話がかかってきた時に専門家が録音する必要がある、と言って俺は押し切った。

さらに俺は、リズが書類で確認した情報を彼にぶつけてみた。もしかしたらラルフは家族に何も言わずに好き勝手にやっているのではないかと思ったが、チェイスはこの件を知っていた。そしてこの一件が、さらに息子との間の溝を深くしてしまったことを俺は知った。家を継ぐ、継がないということとは関係なく、真面目なチェイスにとっては、息子の行状が許せなかったのだろう。

若い——本当にまだ二十歳ぐらいにしか見えない刑事は、二十分後にやって来た。俺は「ミスタ・チェイスを刺激するようなことは言わないように」と念押しして、家を出た。

　西九十八丁目を西へ進み、公園の手前の道路にぶつかって右折する。急ぎ足で歩き、消防記念碑のすぐ近くに停まっているフォードの後部座席を覗きこむ。ベネットが座っていた。窓をノックすると、こちらをゆっくり見てうなずき、シートの上で尻を滑らせて、俺が座る場所を作ってくれた。俺は素早く後部座席に座り、急いでドアを閉めた、ベネットがすぐに車を出すよう、ハンドルを握る部下に指示する。

「目立たないように、この辺をぐるぐる回っておいてくれ」

「イエス、サー」

「それで」ベネットが俺の顔を見た。「いったい何が起きてるんだ？　悪戯じゃないのか」

「犯人は、チェイスの借金の話を知っている。かなり入念にチェイスのことを調べたようだ」

「借金とは？　野球選手が借金なんかするのか？　皆、とんでもない大金持ちじゃないのか」

「それは、FAで多額の年俸を得た選手ぐらいだ。メジャーに定着できていない選手よりは、あんたの方が金持ちかもしれない」

「夢がない話だな」ベネットが肩をすくめた。「それで、何の借金だ？」

「ギャンブル」

「どんな？」

「電話でスポーツに賭けてる」

「自分のチームに賭けて、わざと負けて賭け金をごっそり回収してる？」

「実際にどこにどんな風に賭けているかまでは調べられなかった」

「主催者は？」

「ザネッティ」

「サンドロ？」

俺がうなずくと、ベネットは舌打ちした。「サンドロの野郎、まだ小銭稼ぎをしてるのか」

「小銭？　賭けは薄く広くで、胴元は絶対に大儲けできると思っていたが」

「今は、中南米の連中の天下になりつつあるんだよ。奴らは、ドラッグの密輸で大儲けしている。イタリア系の連中の商売は、昔ながらの地味な賭けなんだよ。そんなのんびりしたことをやってたら、いずれ中南米の連中に駆逐される」

「イタリア系マフィアがいなくなれば、それはそれで治安維持上いいのでは？」

「マフィアとはまだ話ができる。中南米のギャング連中とは、意思の疎通なんかできない。何しろ、敵対するファミリーのボスの家を襲撃して、サブマシンガンで家をずたずたにして、最後は火を点けて燃やし尽くす奴らだぞ。しかもわざわざ、家族がいる時間帯を狙ってやる。女房も娘も皆殺しだ」

「聞いてる。去年、ブルックリンでそんな事件があった」

「今、ブルックリンには、中南米から来た連中のコミュニティが新たにできつつあるんだ」

「スパニッシュ・ハーレムではなく？」俺は以前、あの近くに住んでいて、ギャングとまでは言えないが、街の顔役だった男を情報源に使っていた。まだ平和な時代だったということか。

「スパニッシュ・ハーレムは相変わらずだけど、後からやってきたもっと荒っぽい連中はブルックリンに行く。スパニッシュ・ハーレムには一応、あそこならではの秩序があるだろう？　それに馴染めない新人もいるってことだよ」

「そいつらが、イタリアン・マフィアを駆逐しつつある」

「ああ」ベネットがうなずく。

「市警としては、それでもいいわけだ」

「よくはない。イタリアン・マフィアがいなくなって、ラテン系のギャングが多数派になったら、今より街はずっと物騒になるだろうな」

「でも、マフィアを保護はしない」

「当たり前だ」ベネットが吐き捨てる。「悪は悪。潰すべき相手であることに変わりはない」

「だったら、これをきっかけに潰せる？　チェイスの事件を利用しては？」

「しかし向こうは、警察の介入を嫌っている」

「俺が尖兵《せんぺい》になる。俺を使って、身代金の受け渡しをしてくれ。リリアンの事件の時と同じだ。あの時は上手くいった」

「今回も上手く行く保証はない」ベネットは否定的だった。

「いや、俺がああいうことに慣れた分、こっちに勝ち目がある」

「そう上手くはいかない……正直言って、俺は探偵が一人犠牲になっても、何とも思わない。ましてやそいつがしゃしゃり出てきて、事件に嚙んできたとなったら、何が起きても自己責任だと思う。でも、後味は悪いだろうな。俺も人間だから」

「あんたのそういう人間的なところが好ましいよ。もしかしたら本当は、俺のことが好きなんじゃないか？」

「くだらないジョークは一回までの制限だ。俺は銃を持ってるんだぞ」

「分かった」俺は彼に体を向け、両手を顔の高さに上げた。「真面目な話だったな」

「最初から分かってるだろう」

「身代金受け渡しの件だ。向こうの具体的な指示はないけど、さまざまなケースが想定できると思う。それぞれのケースで対策を立てる時間はあるだろう」

「ああ――しかし、あんたを受け渡し役に使うには、上の許可が必要だ」

「フィッシャーなら、笑って俺を戦場へ送り出すだろうな。拳銃ぐらい持たせてくれるだろう」

「今日は無理なんだ。彼は朝から病院へ行っている」

「まさか、病気か？」あれだけの肥満体だ、難しい病気の一つや二つ、抱えていてもおかしくない。

「いや、単なる定期的な健康診断だ。彼も一応、健康に気を遣っているし、医者にも相当脅かされている。半年に一度は、丸一日病院にいて、徹底的な検査を受けているんだ」

「まあ……生きていてこそ、仕事ができる」

「俺は、あんたを使うことには反対しない。俺の部下や、チェイスの家族を危ない目に遭わせるよりはましだ」

「危険《デンジャー》が俺のミドルネームだ」

「本当に撃つぞ」ベネットが腰に手をやった。

「分かった、分かった……もう言わない。とにかく俺は、危ないことは承知している。それでも役に立ちたい」

「分かった。病院にいるフィッシャーとも何とか接触して相談する」

「俺の仲間も参加させていいか？　役にたつ」

「ミズ・リズ・ギブソンか？」ベネットが眉間に皺を寄せる。「テレビ探偵にネタを提供するのは気が進まないな」

「いくつか忠告する。一つ、彼女はもう顔を売る必要がないほど有名になっている。一つ、この件は内密にしてくれと頼めば、彼女は絶対に喋らない。一つ、彼女は極めて優秀だ――」

「もういい」ベネットが面倒臭そうに頭を振った。「それも含めて、フィッシャーに相談する」

「頼む。ただし一つ、大問題があるんだ」

「と言うと？」

「チェイスの父親は、金を払う気がない」

「ああ？」ベネットが目を見開く。「自分の息子なのに？」

「ギャンブルのことも、薄々知っていたようで、怒っている。それに昔から、親子仲はよくなかったようなんだ」

「何か具体的な原因は？」

「進路を巡る、よくある話だ。親は息子に、自分たちと同じような学究の道へ進んで欲しいと思っていた。でも息子の方は、メジャーから声がかかるぐらい、野球が上手くなってしまった」

「俺が親なら、絶対に野球を取るな」

「俺もだ」ニューヨークに住む少年なら誰でも、ヤンキー・スタジアムでホームランをかっ飛ばす、あるいはア・リーグの強打者を次々に三振に取る姿を想像する。問題は、大人になって長い時間が経っても、まだそういう場面を夢見ることだ。五十五歳のオッサンがヤンキー・スタジアムのグラウンドに立つことなど、絶対にないのに。

「しかし、価値観の相違としか言いようがない。野球より学問の方が格上と考える人もいるわけだからな」

「あるいは刑事。それとも探偵」

「何がナンバーワンか、人によって違うということだな……俺は、チェイスの家にはいない方がいいだろうか。いろいろ準備をしていた方が……」

「電話での交渉役は、あんたがやる必要はないだろう」

「そうだな。一度、チェイスの家に戻って、ちゃんと宣言しておく。俺が身代金の運搬役をやる、それは警察も了解してくれたと」

「ああ」

「身代金はどうする？　新聞紙を切って札束の格好に揃えるわけにはいかないだろ

う。そんなことをしたら、すぐにバレて、人質は戻って来ない」

「そこは考える——実は、偽札があるんだ」ベネットが小声で打ち明ける。

「偽札？　警察に？　それは穏やかじゃないな」

「誘拐事件で、家族が身代金を払えない場合に、警察で偽札を貸し出すんだ。百ドル札の偽札を百万ドル分、用意してある。見た目では、まず本物と見分けがつかない」

「さすが、警察の作った偽札はクオリティが高い」そんなものまで用意しているのかと驚いたが、ニューヨーク市警は全米屈指の大規模警察本部、そしてベテランで優秀な捜査官が揃っている。これぐらい大胆、というかずるい手も平気で使いそうだ。

「それと、この前——リリアンの誘拐事件の時、エレノアの車に無線を積みこんだよな？」

「ああ」

「あれはでかくて扱いにくかった。普通のパトロール警官が使っているような小型無線を借りられるだろうか」

「それは都合できる。しかし、車で移動するなら、大型の無線機の方が信頼できるぞ。電波の到達距離も長い」

「考えていることがあるんだ」

「今、話してくれてもいいのに」

「実際にできるかどうか、確認してから相談するよ」

「ジム、チェイスの家の近くまで戻ってくれ。ただし家には近づかないように」ベネットが指示した。

「イエス、サー」ジムは極端に無口なタイプのようだ。しかしこういう警官の方が、際どい現場では当てになる。慌てて上司に指示を求めたりせず、自分で考えて危険に対処できる人間だ。

俺はタウンハウスに戻り、チェイスと話す前に、まず若い刑事に状況を確認した。どこからも電話はかかってこなかったという。犯人側は動きを潜めている——こちらの出方を探っている可能性もあると思う。

俺は、一つの可能性を考えていた。しかしそれは、チェイスに話すべきことではない。

彼は落ち着かない様子で、広いリビングルームの中を行ったり来たりしていた。落ち着け、という方が無理だろう。しかし俺は強い口調で声をかけて、彼にダイニングテーブルについてもらった。

「警察には基本的に、私が身代金の受け渡しを担当することを許可してもらいました。これから正式に部内で話をするそうですが、まず問題ないでしょう」フィッシャーなど、むしろ俺をそそのかしそうだ。ただし彼は今、病院で検査に次ぐ検査を受けてダウンしているかもしれないが。

「申し訳ない。私にとっては正式な依頼ということで……」

「それは気にしないで下さい。全て解決した後で話し合えばいいことです」

チェイスのようにきっちりした人間なら、全て事前に契約を済ませておかないと心配かもしれない。しかし今は、そういうことは後回しだ。まず、作戦を立てねばならない。

幸い、チェイス家には電話が二本入っている。俺は犯人からの電話がかかってきた電話ではなく、もう一本の電話でリズの事務所に電話を入れた。ミックを出してもらう。

「君のニューヨーク・ステーキだけど」

「ええ」

「あれを貸してもらえないか？　俺が乗って、作戦を展開したい」

「作戦？」

そうか、彼らはまだ、チェイスが拉致されたことも知らないのだ。俺は手短かに事情を説明した。電話の向こうで、ミックが馬鹿でかい体を固くする様が容易に想像できた。

「身代金を届ける時に、君のニューヨーク・ステーキを使いたいんだ。あれなら小回りが利くし、身代金を渡した後に、逆に犯人を追跡できるかもしれない」

「それなら俺が」

「二人乗りで追跡は危険だろう。何人もで散って、追跡の網を広げた方がいい。もう一台、バイクを調達できるか？」

「友人のバイクを借りることはできます」

「君はそれを使ってくれ。俺は君のバイクで行く」

「大丈夫ですか？　免許は？」

「もちろん、ある」ただし、俺がバイクの免許を取ったのは何十年も前だ。仕事で役にたつだろうと思ってだったが、自分でバイクを持ったことはないし、乗った経験も数えるほど……心配ではある。

「あのバイクは化け物ですよ」

「しかし機械だ。馬じゃない。宥めて言うことを聞かせる必要はないだろう」

「そりゃそうですが――ちょっと練習した方がいいと思います」

「じゃあ、すぐにやろう。いつ動くか分からないから」

「どうしますか？」

「チェイスの家の近くまで来てくれ。ただし……犯人が監視している可能性もあるから、少し離れた場所で」結局俺は、消防記念碑を指定した。「そこでバイクを受け取る。君は俺の車に乗って、事務所に戻ってくれ。三十分後では？」

「――了解しました」気乗りしない様子でミックが言った。大事なバイクを人に貸すのは気が進まないのだろう。しかし今回は、機動性の高いバイクがあった方が絶対にいい。

三十分後、俺は先ほどベネットと落ち合った消防記念碑の前にいた。ミックはまだ来ていない。改めて記念碑に刻まれた文句を読むと、一九一二年にできたものだと知った。そんな昔からあるのかと感心していると、背中の方から野太いバイクの排気音が聞こえてきた。ただ野太いだけでなく、高周波の音も混じる――ジェット機を彷彿《ほうふつ》させた。

ミックが俺のすぐ前でバイクを止め、ヘルメットのシールドを撥ね上げて渋い表情を見せる。

「俺の運転テクニックが心配なようだな」

「いや、その格好はまずいですよ」

「格好？」

「スーツでバイクは危険です。ズボンが巻きこまれますから、細いパンツを穿くか、ブーツで保護するか……服、ありますか？」

「クローゼットを漁《あさ》ってみる」

「防寒対策も必要です」

「防寒？　そんなに寒くないだろう」

「夜かもしれません。夜は冷えます。バイクに乗って風に当たっていると、体が凍りついて、必要な時に動けなくなりますよ」

「それも対策する」

ミックがバイクを降りる。彼が乗っているとごく小さなマシンに見えるのだが、俺だとかなり大きめ……両足はつくが、踵《かかと》が少しだけ浮いている。だいたい、サスペンションがかなり硬く、俺が跨ったぐらいではほとんど沈まないのだ。

「エンジン始動はセルです。キックでもいいですが、それは非常用ということで」

俺は右ハンドルにあるセルボタンを押した。ぼう、という勇ましい音とともにエンジンが目覚め、細かい振動が体を揺らす。特にハンドルから腕に伝わる振動はかなりのものだ。

ミックが、新しいヘルメットを渡してくれた。それを被り、ミックに向かって親指を立ててみせ、クラッチを握る。左足でギアをローに蹴りこむと、またがつんというショックが響いた。整備はきちんとされているはずだが、やはり大排気量のバイクなので、一々動きが大きい感じだ。

慎重にクラッチをつなぎ、バイクが動き始めたのを確認してからアクセルを開ける

――途端に、猛烈な加速で、体が後ろに持っていかれそうになった。ハンドルを必死で握る。タコメーターの動きを確認している余裕もないままクラッチを切り、ギアをセカンドに入れた。クラッチレバーを離すと、がくんという衝撃。アクセルを開けると、エンジンが甲高い咆哮《ほうこう》を上げ、いきなりフロントタイヤが浮き上がった。慌ててアクセルを戻し、ギアをサードへ。回転数は一気に落ちたが、それでも太いトルクでぐいぐい前へ進む。大排気量の自動車を平然とリードし、楽々と走る。

昔——五〇年代にハーレーに乗ったことがあるが、あれはエンジンの爆発一回ずつがはっきり感じられる、まさに人間の心臓を抱いたようなマシンだった。カワサキは明らかに機械である。人間よりもはるかに精密なものが、きっちり仕事をしている感じ。ハーレーの場合、エンジンの振動を股間で感じて走るのだが、カワサキのエンジンはほとんど振動が感じられない。ただただアクセルの動きに追従して、音が高くなったり低くなったり——道路にパワーを伝えていく。

しかし、慣れてきて少しスピードを上げると、カワサキの弱点が見えてきた。エンジンのパワーをボディが受け止め切れず、スピードを上げるとハンドルやステップに伝わる振動がひどくなる。ハーレーの振動とはまた違い、高周波の衝撃が体を芯から揺さぶるようだった。そしてブレーキが弱い。思い切りかけても、予想よりも止まるのに要する距離が長いのだ。これは気をつけないと、他の車に追突してしまうかもしれない。

それでも、リズの事務所へ戻った時には、何とかこのニューヨーク・ステーキを乗りこなせる自信がついてきた。カーチェイスにならないことを祈ったが。

バイクから降りると、手が痺《しび》れていた。振動は思ったよりも激しかったのだと思い知る。両手を思い切り振って緊張を逃しているうちに、俺のマスタングがカワサキの後ろで停まった。ミックが飛び出して来て、俺の顔を見て安堵《あんど》の表情を浮かべる。

「バイクは、一度運転を覚えると忘れないもんだな」俺はニヤリと笑った。「体が覚えてる」

「危なかったですよ。フロントアップした時には、どうなるかと思いました」

「アクセルが敏感だな」

「四気筒エンジンは、だいたいそんな感じです。ハーレーとは違いますよ」

「街中では扱いにくいかもしれないな」

「何だったら、もっと小さいバイクをどこかで借りてきますけど」

「いや、そんな時間はないから、これで頑張る。それに俺は、このニューヨーク・ステーキが気に入った。老後の趣味としてバイクに乗り始めてもいい。俺みたいなオッサンでも安心して楽しめるマシンを紹介してくれよ」

俺はミックの肩を叩き、ヘルメットを小脇に抱えて、事務所の入るビルに足を踏み入れた。我ながら驚いたが、足取りが軽い。これは本当に、バイクを老後の趣味にするのもいい。何だったらヴィクを乗せて、アメリカを東西に、あるいは南北に走り回ろうか。車では想像もできない出会いが待っているかもしれない。

そういうのは、後回しだ。今の俺にとって、カワサキは大事なツールである。人の命を助けるための。

リズは渋い表情を崩さなかった。俺は感情的にならないように気をつけながら端的に説明したのだが、リズは俺が敢えて話さなかった背景に気づいたようだ。

「危険よ」リズが忠告した。「あなたにも分かるでしょう？　背後に何があるか」

「それが俺と関係しているかどうかは分からない」俺は肩をすくめた。「とにかく今は、あらゆる状況を想定して準備を進めるだけだ。警察には、君たちが協力することも了承させたから、頼む」

「それはいいけど……何か作戦はあるの？」

「正直言って、ない」

「ボス……」リズが溜息をついた。「その場の思いつきで対処できるのは、反射神経が鋭い若い頃だけよ」

「俺は十分若いよ」

「馬鹿言わないで。引退してもおかしくない年齢なんだから」リズが表情を引き締める。「無理してあなたまで怪我したら、ミスタ・チェイスは戻って来ないわよ」

「戻って来なくて悲しむ人がいるかどうかが問題だ。母親とは会えていないけど、父親は、息子がどうなろうが関係ないという態度なんだ。家から飛び出したはみ出しもの、という感覚なんだろうな」

「こんなこと言っていいかどうか分からないけど、たかが学者で医者でしょう？　絶対に家を継がなくてはいけないというわけじゃない……メジャーリーガーになる方が、よほど大変でしょう」

「俺もそう思ってる。でも、自分の仕事や家に誇りを持っている人なら、そんな風に考えてもおかしくはない。しかも息子は、違法なギャンブルに手を出している。一家の面汚し、とでも思っているんだろう」

「でも父親も卑怯、というか、度胸がないわね。ギャンブルの件、薄々勘づいてたんでしょう？」

「ああ――それでも、正面から向き合って対処しようとしなかった。何か起きてから『実は……』と言っても、何にもならない」

「ええ……でも、チェイスは一人じゃないはずよ。彼に何かあったら悲しむ人がいる」

「エレノア――リリアン」

「書類で確認できているから、事実関係には間違いはないと思うけど、どうしてそういうことになっているか、背景は分からない。あなたが聴いてきた情報も、当人の口から出たものじゃないし」

「ああ。だからこそ、チェイスを確実に救い出すんだ。彼の口から真相を聴きたい」

「それと、ジョーが無理することは別よ」

「無理するって決めつけるのはやめてくれ」俺はむっとして反応した。「俺をジイさんだと思うのは勝手だけど、仕事に関してはミスはしないぜ」

「――分かった」納得した表情ではないが、リズがうなずいた。「私は私で、できることをやる。ジョーはちゃんと準備をして」

「ああ」

とはいっても、すぐにできることはない。「あらゆる状況を想定して」と言っても、実際にそれに応じた準備をするのは不可能だ。例えば身代金の受け渡しにしても……リリアンの時のように、散々振り回してどこかに金を置かせ、直後に犯人が回収する。どれだけ多くの尾行をつけていても、犯人がヘリでも利用したらどうしようもない。市警もヘリを持っているが、追跡して撃ち落とすのは不可能だ。空軍に協力を求める？　あり得ない。誘拐事件の捜査に軍が参加するなど、まず不可能だろう。あるいはハドソン川に金を投げ入れさせる。防水の袋などに入れて浮き輪でもつけておけば、しばらくは川を漂うだろう。それを船で回収すればいい。

様々なケースを考えているうちに、俺は混乱してしまった。それこそヘリの追跡劇にでもならない限り、市警の機動力で対応できるはずだが、相手が何をやってくるか分からない以上、準備のしようがない。そもそも一番安全なのは、徒歩で逃げることかもしれない。ニューヨークは全米一、公共交通機関が発展した街である。地下鉄、バス、タクシー……あるいは自転車という手もある。車やバイクでは入れないような細い路地に飛びこみ、自転車を放置して素知らぬ顔で反対側から出ていけば、そこで追跡は途切れてしまう。

「これは、困る」俺は、チェイスの家を管轄に持つ二十四分署でベネットと会っていた。リリアン誘拐事件の捜査もまだ続いており、署内はざわついている。俺とベネットは、会議室の片隅で様々な状況を想定していた。彼はメモを書きつけながら話をしていたのだが、目の前のノートは、二ページにわたって真っ黒に埋まっていた。もはや何を書いていたのかも分からない。

「大きな軸だけ決めておくべきだと思う」俺は話をまとめにかかった。「犯人が使いそうな逃走手段に合わせて作戦を立てる——車、バイク、徒歩、自転車、公共交通機関」

「船」ぶっきらぼうな口調でベネットがつけ加える。

「——船。それぞれの追跡に必要な用意をするしかない。それで警察は、俺を尾行する。車やバイクはいいとして、徒歩と自転車での追跡はどうする？」

「でかい車が何台もある。そこに自転車と刑事を詰めこんで尾行する。自転車でも徒歩でも、その部隊が対応できるはずだ」

「ヘリは……」

「その可能性は、今のところは排除しておこう」ベネットが、ボールペンでノートのページをつつき、新たな黒点をつけ加えた。「考え始めるとキリがない。ヘリがあるなら、垂直離着陸機も想定できる」

「ベネット……だから、そういうのはやめるのでは？」

「失礼」ベネットが咳払いした。「取り敢えず準備できるのはこれぐらいだ。あとは、向こうから連絡があった時に考えよう」

「俺はどうするか……ミスタ・チェイスの家に待機していると、彼を緊張させてしまうかもしれない」

「ここにいたらどうだ？　長引いても、仮眠室で休めるぞ」

「そうさせてもらうかな。俺の事務所も家も、ここからは少し遠い」ミックのカワサキがあれば、大した時間はかからないかもしれないが。マンハッタンで最速の交通機関はバイクかもしれないと、俺は考え始めた。

「取り敢えず、ここで待機してくれ。それとも、お仲間との打ち合わせがあるのか？」

「それは終わった。必要があれば、連絡が来る」

「警察と探偵が協働して捜査するのは異例だ、ということは分かってくれるな？」

「ああ」

「失敗すると、俺たちもあんたもマイナスが大きい——あんたたちの方が大きいだろう。うちは、仮に最悪の事態になっても、本部長が辞任すればそれで済む。本部長っていうのは、そういうために存在しているんだから。でもあんたたちは、信頼を失うかもしれない。探偵にとって一番大事なのは、信頼じゃないのか」

「それが分かっているなら、あんたは探偵になれるよ。警察を辞めて、俺と組んで探偵をやらないか？」

「断る」真顔で言って、ベネットが首を横に振った。「俺は警察の仕事に誇りを持っている。それにもう、五十歳だ。これから転職して新しいことを始めるには、歳を取り過ぎている」

「俺は五十五だ。でもこれから、バイクを新しい趣味にしたい」

「『イージー・ライダー』（一九六九年公開の米映画。二人のヒッピーが、真のアメリカを求めてオートバイで放浪の旅をする物語。アメリカン・ニューシネマの代表作と言われる）が好きなのか？」

「いや、逆だ。俺は、ヒッピーには散々痛い目に遭わされたからな……連中のような旅はしない。愛する女を後ろに乗せて、愛し合いながら旅をする」

「バイクを運転しながら？」

一瞬間を置いた後、二人とも同時に吹き出した。ベネットが、こんなジョークで笑いを誘うような人間だとは思ってもいなかった。

「どうやら君たちは、着々と親交を深めているようだな」

雷鳴のような声が響いて振り返る。フィッシャーだった。

「病院なのでは？」俺は驚いて訊ねた。

「こんな話を聞いたら、病院でのんびりしているわけにはいかない。点滴のチューブを引きちぎって駆けつけた」

「点滴？　単なる健康診断じゃなくて？」

「最近の健康診断は、いろいろな検査をする。点滴が何の検査だったかは知らない

——さっき話を聞いた後、何か変化は？」

既に夕方。犯人から電話がかかってきてから、十数時間が経過している。動きがない——犯人の狙いは金ではないだろうと、俺は見当をつけた。誰かを苦しませようとしている。チェイスか、その両親か、あるいは俺か。長引かせれば長引かせるほど、

関係者の心理的ダメージは大きくなる。

「取り敢えず、ここまでの話をもう一度聞かせてもらおう」

ベネットが折り畳み椅子を引いてきて、フィッシャーの尻の後方に置いた。こんなことまで世話しなければならないのかと呆れたが、フィッシャーは椅子を引いたり開いたりという基本的な動きにさえ支障をきたしているようだ。病院で検査を受けるより、徹底した絶食ダイエットで、百ポンド（約45キロ）ほど体重を減らした方がいいのではないだろうか。

フィッシャーが椅子に腰を下ろす。ぎしぎしと嫌な音が響いた。彼はこれまで、何脚の椅子を壊してきたのだろう。

ベネットが状況を説明し、俺が補足する。まるで自分が、警察の一員になってしまったような気分だった。一段落したところで、ベネットがコーヒーを取りに出て行く。フィッシャーがチラリと俺の顔を見て「心配か？」と訊ねた。

「身代金の受け渡しを経験したことは？」

「俺は、そういう乱暴な仕事はしない。もっぱらインテリジェンス専門だ」フィッシャーが人差し指で耳の上を突いた。「それが不安か？」

「不安じゃない人間はいないと思う」

「不満、という顔でもあるが」

しつこく言われて、俺は顔を擦った。不満？　そんな表情を浮かべているのだろうか。

「何か、気に食わないことがあるのか」

言われて俺は、すぐに気づいた。

この状況自体が気に食わない。

「俺はずっと、一人でやってきた」

「探偵は、そういうもんだろう」フィッシャーがうなずく。頭の重みで首が折れたのかと思った。「卑しい街を一人で行く。違うか？」

「あんたが守る街を『卑しい』と言ってしまうのはどうかと思うが……まあ、そうだ。誰にも頼らないで、一人で動くのが探偵の基本だと思う。でも今回の件では、俺は他の探偵や警察と組んで仕事をしている。そうする必要があったからだが、自分が弱くなった気がしないでもない」

フィッシャーが笑いを爆発させ、すぐに咳きこんだ。あまりにも激しいので、喉が破裂してしまうのではないかと思えるほどだった。しばらく体を折り曲げたまま、呼吸を整えようとしていた——上体を起こすと顔が真っ赤になっている。

「あんたは少し、笑いを抑えるようにした方がいい。そのうち頭の血管が切れる」

「医者にも忠告された。しかし俺は、酒は呑まない。滅多なことで怒らないから、血圧も安定している。どうしろと？」

「それは――」瘦せればいい、と言いかけたところでドアが開く。ベネットが、困惑の表情を浮かべて入ってきた。俺に向かって白い封筒を差し出す。

「俺に？」

「先ほど、署に届いた。受付の人間が受け取っていた」

「警察はＵＳＰＳ（アメリカ合衆国郵便公社。アメリカの郵便事業を担当する）の業務も兼任するのか」

ベネットは無言、無表情で俺に近づいた。封筒を受け取って確認する。「ミスタ・ジョー・スナイダー」とあるだけで、差し出し人の名前はない。封は一ヵ所、三角形になっている先端部分が糊《のり》づけされているだけで、すぐに開いた。

中には一枚のカード。

「今後、ミスタ・ジョー・スナイダーを交渉窓口とする。この指示に従わない場合、ラルフ・チェイスの命は保証できない。十八時に、チェイス家の電話に連絡する」

俺は思わず立ち上がり「犯人だ！」と叫んだ。ベネットがすかさず近づいて来て、手紙を奪い取る。

「指紋！」俺も素手で触ってしまったことに気づいて叫ぶ。ベネットがそのまま固まった。封筒の角を指で摘むように持って、部屋を出て行く。

「何だって？」フィッシャーは冷静だった。

「俺を交渉役にすると」

「おかしいな……あんたがここにいること、そして捜査に参加していることを知っている人間は限られている。本当に犯人だとしたら、どこかから情報が漏れていることになる。大問題だ」

「それは警察の方で気にしてくれ。俺が交渉役……」

「もう一つの謎はそれだ」フィッシャーが太い指を突きつける。「何であんたなんだ？　あんたを交渉役にすることで、犯人に何のメリットがある？」

「犯人の狙いは俺かもしれない」

「ああ？」フィッシャーが目を見開く。

「俺をこの件に巻きこんで始末する──どさくさに紛れてやるのは、悪い手じゃないかもしれない」

「大袈裟過ぎる──手がかかり過ぎている。あんたを殺すつもりなら、事務所のドアを開けてサブマシンガンをぶっ放せば済むだろう」

「そういうことをしないということは──相手はラテン系の人間じゃないな」

「ああ。どうだ？　あんた、狙われる心当たりはないか？」

「多過ぎて絞りきれない」

「罪多き人生だな──仕方がない。こうなったら徹底的につき合ってくれ。一つだけ分かっているのは、この犯人はふざけた野郎だ。犯罪を遊びと考えている節がある。そういう奴は絶対に捕まえて、鞭《むち》打ちしてやる」

「二十世紀後半のアメリカには、鞭打ちの刑はない」

「まあ、その辺はいろいろと――それとあんた、孤独な探偵が他の人間――特に警察と組んで仕事をするのを恥みたいに思ってるようだが、今は緊急事態だ。あんた、ユダヤ教徒じゃないよな？」

「ああ」

「だったら知らないと思うから教えてやるが、ユダヤ教徒は多くの戒律に縛られている。未だに安息日を守って、食えないものも多い。不便なことこの上ない」

「それが何千年も続いてきた」

「ただし、救命は全てに優先するという考えがあるらしい。人の命を救うためなら、戒律を破るのも仕方がない――俺はユダヤ教徒じゃないが、この考え方には全面的に賛成だ。警察の仕事は、事件を解決して犯人を逮捕することだが、今回のように人命がかかっている事件を捜査することもある。人質事件や立てこもり事件、誘拐だな。そういう時俺は、絶対に人質救助を優先する」

「あんたらは、まず犯人を射殺するのかと思っていた」

「人質救出に必要なら、そうする。しかし人質が危なければ、絶対に発砲しない。あらゆる手を使う。あんたも、この救命最優先の考えに従ってみたらどうだ？」

「ああ」俺はうなずいた。「五十五歳になっても学ぶことがあるのは、いい人生だな」

犯人は迂闊《うかつ》だった――こんな風にメッセージを届けて、明確過ぎる手がかりを残していたのだから。

受付の警官は、この手紙を知り合いから受け取ったのだ。近くのデリ――分署の刑事たちも頻繁に利用するデリで働いている若い店員が持ってきたのだという。ただちに数人の刑事がデリへ送られ、問題の店員が連れて来られた。

俺はマジックミラー越しに、取調室の中の様子を見守った。デリの店員は二十歳そこそこの男性で、署員の説明によると、韓国系だという。対峙《たいじ》しているのは、やはり若い署員。顔見知りのようで、相手を緊張させないように気を遣っているのが分かる。

「ユジュン、怖がらせてすまない。しかし、重要なことなんだ」刑事の声が、マイクを通して外に聞こえてくる。「あんた、三十分ほど前に、署に手紙を届けてくれただろう？　ミスタ・ジョー・スナイダー宛ての手紙。あれはどうしたんだ？」

「店に持ってきた人がいて……分署に届けろと」

「あんたを郵便配達人代わりに使ったわけだ」

「十ドルやるからって――ちょうど暇な時間だったし」

「配達料十ドルは、いいアルバイトだな。相手はどんな人だった？　今まで店に来たことがあるか？」

「いや、見たことはない……初めて来た人だと思う」

「特徴は？　男か？　女か？」

「女」

女？　これは意外だった。しかし犯人は、間抜けなようで実は緻密かもしれないと俺は思い直した。俺にメッセージを届けるために、何人もの手を経れば、元の人間にはつながりにくくなる。本当は、偽名でメッセンジャーサービスを使うのが早いのだろうが、そこまで焦ってはいないのだろう。実際、今はまだ午後五時。向こうが電話をかけてくるまでには、あと一時間ある。

「どんな女だ？　何系だ？」

「たぶん、イタリア……派手な女だった。化粧も派手で、ブロンドの髪をこう――膨らませて」

「ファラ・フォーセットみたいに？」

「そんな感じ」ユジュンと呼ばれた男はうなずいた。「背は高かった。六フィート近いと思う。スリムで……モデルみたいだった」

「かなりいい女みたいじゃないか。服装は？」

「服装……黒いパンツにジャケット……だったかな？」ユジュンが首を捻る。

「年齢は？」

「三十歳ぐらい……でも、化粧が派手だったから、よく分からない。香水の臭いがすごかった」

「眼鏡は？　装飾品の類は？」

「——覚えてない」

刑事は粘り強く女の特徴を聞き続けたが、これはという決定打は出てこない。沈黙……しかし急に、ユジュンが顔を上げる。

「何か思い出したか？」刑事が期待感を滲《にじ》ませて訊ねる。

「いや……役に立たないかな」

「何でもいいから言ってくれ」

「マニキュア」

「マニキュア？　マニキュアがどうした？」

「右手の中指だけ、黒だった。他はピンクだったと思うけど。変わった塗り方だなと思って」

「ザネッティ一家だ」俺はピンときてつぶやいた。

「ザネッティ？」隣にいたベネットが腕組みを解く。「何で分かる？」

「ザネッティ一家の女は、右手の中指にだけ黒いマニキュアをする習慣がある。全員がそうしているわけじゃないだろうし、俺の情報は古いかもしれないけど……この件には、ザネッティ一家が絡んでいる可能性もあるぞ」

「例のギャンブルか？」

「ああ。チェイスは、ザネッティ一家が主催していたギャンブルに金を突っこんで、借金を重ねていた。その額が……リリアンの身代金と、今回のチェイス自身の身代金を合わせた額なんだ」

「こんな方法で回収を？　その金がないと、ザネッティ一家は破産するのか？」

「単にメンツの問題だと思う。もちろん、ギャンブルに負けてザネッティ一家に借金がある人間もいると思うけど、時には見せしめで、強制的に払わせる必要もあるんじゃないか」

喋りながら俺は、嫌な予感が膨らんでくるのを感じた。しかしこれは……まだ確証がないので話せない。それこそ、ザネッティ本人に確認しないと分からないことだが、そういうチャンスはないだろう。

「あんたらが絞り上げてみる必要のある人間がいる」

「誰だ？」

「リトル・イタリーでレストランを経営するレオナルド・ギャロ」

「ギャロ？　評判の店のオーナーじゃないか」

「あんた、行ったことは？」

「ない。噂は聞いてるが」

「レストラン経営は表の顔で、奴は裏でスポーツ賭博を主催している。そしてザネッティ一家とつながりがあるはずなんだ」

「あんたはどうして、そのギャロと関係が？」

「何度か店に行ったことがある。確かに飯は美味い。いつも褒めて、友好関係を築いておいたんだよ。それでこの前、少し回収させてもらった──ラルフ・チェイスがギャンブルで借金があると認めたのは、あの男だ」

「胴元が顧客の情報を漏らした？」ベネットが首を傾げる。「顧客情報は、最大の秘密じゃないか。そんなに簡単に話すとは思えない」

「少し乱暴な手を使ったんだ」

「脅したのか？」

俺は肩をすくめた。警察に得々と話すようなことではない。

「とにかく、確認してみてくれ。ザネッティ一家が絡んでいるとなったら、話は厄介だぞ」

「ＦＢＩも嚙んでくるだろうな」

「ＦＢＩは排除した方がいいかもしれない。この大事な時に連中と主導権争いになったら、動きが取れなくなる。そういえば、パオラ・アルベルティはどうした？　今回も誘拐事件だから、しゃしゃり出てきてもおかしくないが」

「彼女は上手く排除できた」ベネットが冷たく笑った。「うちの本部長と支局長の話し合いで、彼女は表に出ないように調整したんだよ」

「本部長も役に立つんだな」

「尊敬してくれ。俺は尊敬している――とにかくザネッティ一家の件、ちょっと調べてみよう」

「俺はそろそろ、チェイスの家に移動する」

「ああ」ベネットがうなずいて去って行った。俺はまだユジュンの供述を聞いていたが、役に立ちそうな情報はもう出尽くしたようなので、俺もそこを離れ、カワサキに乗ってチェイスの家に向かった。短い距離だが、少しでもこの怪物に慣れておかなくてはならない。二速に入れたところで、またフロントタイヤが浮きそうになったが。

チェイスは、俺が顔を出したので驚いていた。警察の方からも、まだ説明がないようだった。

「実は私を名指しで交渉役にしたいと、犯人が言ってきたんです」

「そんな要求、信用できるのか？　本当に犯人なのか？」

「この事件はまだ、世間に公表されていません。あなたたちご家族と警察、犯人しか知らないんです。事件が公になると悪戯をしてくる馬鹿野郎もいますが、今回は違います。犯人からの連絡だと考えて間違いないでしょう」

「分かった。任せていいのかね？」

「向こうの指示ですから。取り敢えず、六時に電話がかかってくるかどうかで、この先のことを判断したいと思います」

「頼む」チェイスが真剣な表情で言った。「大事にはしたくないんだ」

あんたの仕事とプライドのためにな、と皮肉に考えた。しかしもしかしたら、彼にも親としての気持ちが残っているのかもしれない。長年息子と緊張関係にあったので、素直に言えないだけではないだろうか。

ずっとここで待機している若い刑事に加え、さらに二人の刑事がやって来た。一人は録音装置に張りつき、もう一人は無線の調子を確認している。

午後六時ちょうど、電話が鳴った。事前に決めていた通り、チェイスが電話に出る。彼は顔を真っ赤にし、目を閉じて集中力を高めた後で受話器を取り上げた。

「ハロー」

そう言った後は、相手の声に耳を傾ける。首がゆっくりと回り、目が俺の方を向いた。俺はチェイスに近づき、うなずきかけた。

「今、代わる」

チェイスが受話器を差し出す。俺は一つ深呼吸して受け取った。

「ハロー」

「ジョー・スナイダーか？」

「ああ」相手の声は不自然で、機械的に加工しているようだった。

「メッセージは受け取ったか」

「確かに受け取った」

「今後の指示はお前に出す。改めて、現金十万ドルを用意しろ」

「今、用意している」市警の偽札を。

「では、明日の朝までに現金を揃えろ。午前五時に連絡を入れる」

「その時間には無理だ」俺は少し相手を挑発してみた。「もう少し時間が欲しい。十万ドルと言えば大金だ」

「それぐらいはすぐに用意できるはずだ」

「あんたは、チェイス家の財政状況をよく知っているんだな」

「余計なことは言うな」相手が脅しをかけてきたが、加工された声はやけにキンキンしていて、子どもの叫び声のようだった。「午前五時に、この電話を取るように」

「俺に直接、個人的に連絡を取りたいなら、事務所に電話してくれ。電話応答サービスが応対して、俺のページャーを鳴らしてくれる。電話応答サービスにメッセージを残してくれたら、その電話番号に連絡する」

「逆探知しようとしているだろうが、無理だ」相手が嘲るように言った。「今の技術では、俺は追いきれない」

「分かった。俺は警察官じゃないから、その辺については何も言えない」

「結構だ。では、午前五時に電話する。せいぜいたっぷり寝てくれ」

「俺はそんなにタフな人間じゃないんでね。今夜は徹夜になるだろう」

「明日のために、それは避けた方がいい」

電話はいきなり切れた。あまりにも人間味がない応対に、俺は機械が話していたのでは、と疑った。そんなことができれば、だが。

「明日の朝、午前五時にもう一度連絡がきます。それまでに金を用意しろということでした」俺はチェイスに告げた。

「金は用意しない」チェイスが強張った表情を浮かべて言った。

「分かっています。それは市警が準備しますから心配しないで下さい。簡単には見破られない偽札です」

「あなたは？」

「ここで待機しているしかないでしょうね」俺は肩をすくめた。向こうの電話を信じるとすれば、それまで十一時間もあるのだが。

しかし、あまりウロウロしてもいられない。俺が二十四分署にいるのが分かっていたということは、監視されていた可能性が高いのだ。ということは、犯人は今も近くにいて、このタウンハウスに出入りする人間を見張っているのではないだろうか。

まずい。

バイクを使うのは、相手を混乱させるためもあるのだが、車種やナンバーが分かっていれば、逃げ切れない。それに向こうも、俺の意図を摑むだろう。

歴戦のマフィアが、こちらの作戦を見抜かないわけがない。

無線を担当していた刑事が、首を横に振りながら戻って来た。

「どうだ？」

「今、チェック中ですが、やはり難しいようですね」

「もう少し話を長引かせないと駄目だったか……俺の魅力と話力を存分に発揮しておくべきだった」

「いや、いくら話を長引かせても限界はあります。自動交換機の場合は――」

「そうだったな」俺はうなずいた。

「相手はどんな感じでしたか」

「機械か何かで声を変えていた。一応、正体を隠す気はあるようだ」

「報告します」

刑事がまた廊下に出ていこうとした。しかしドアを開けた瞬間、慌てて後ろに下がる。そのままドアを押さえていた。

見ると、今にも倒れそうな足取りの女性が部屋に入って来た。ジーンズにTシャツという軽装で、背も高く、がっしりした体格なのだが、まるで半分意識不明のまま歩いているような頼りなさだ。長い髪はまったくセットされず、ぼさぼさのまま。

チェイスが彼女に近づき、壊れものを扱うようにそっと抱き留めた。彼女はされるがままになっており、目は泳いでいる。体はこの部屋に来たものの、心はどこかに置いてきたようだった。

チェイスが彼女の肩を抱いたまま、俺の方に連れてきて紹介した。

「妻だ」

「ジョー・スナイダーです。今回、交渉役を務めます」

妻はかすかにうなずいたように見えたが、判然としない。やはり、意識はここにないようだった。

「休まれた方がよろしいんじゃないですか」

「ああ……ちょっと待ってくれ」

チェイスは妻をダイニングテーブルにつかせ、冷蔵庫を開けた。オレンジジュースのボトルを取り出してグラスに注ぐと、彼女の前に置く。耳元で何か囁《ささや》くと、妻が虚《うつ》ろな表情でうなずいた。しかしチェイスがさらに何か言うと、グラスを両手で掴んでオレンジジュースを少しだけ飲む。一口飲むと、急に喉の渇きを意識したように、一気に飲み干してしまった。それから突然立ち上がった。チェイスが手を貸して、部屋から出て行く。

チェイスはほどなく戻って来た。彼の顔には疲労の色が濃い。

「奥さん、ダメージが大きいですね」

「ラルフが病院からいなくなってから、ほとんど寝ていないんだ。食べ物も……今飲んだオレンジジュースが、久しぶりに口に入れるものだった」

「どなたか、家に来てくれる人はいないんですか？　奥さんの家族とか」

「家族には言っていない」チェイスが強張った顔で言った。

「こんな重大事なのに？」

「重大事だからだ。一族にとっては恥……それに私たちの家族はニューヨークにはいない。私の家族はシカゴ、妻の家族はミネアポリスに住んでいる。呼んですぐ来られるような場所ではない。それに家族が来ても、妻の力にはならない」

「詳しい事情を喋る気はありますか？」

「……ない」

「分かりました。ではあなたは、できるだけ奥さんと一緒にいるようにして下さい。何か食べさせて、それが無理なら、少なくとも水分だけは摂ってもらって。犯人や警察はそれで納得するだろうか犯人や警察との話は、私が引き受けます」

「犯人はともかく、警察はそれで納得するだろうか」

「ちょっと待って下さい」

俺はいつも持ち歩いている鞄《かばん》から書類を取り出した。いつ何時、正式な仕事に入るか分からないから、すぐに正規の契約を交わせるように準備しているのだ。事件名を書きこめば、探偵として代理人を務め、守秘義務が生じることが明記してある。これは弁護士に精査してもらった雛形《ひながた》で、今まで問題になったことはない。

二枚の契約書それぞれに「ミスタ・ラルフ・チェイス拉致事件」と必要な項目を書きこみ、最後に自分の名前を署名した。

「この二枚に署名をして下さい。そして私に一ドル下さい。それで、あなたの代理人である探偵という立場が成立します」

チェイスが急いで署名し、尻ポケットから財布を抜いて俺に一ドル札を渡した。

「これで私はあなたに雇われたことになります——今は、あなたは奥さんについていて下さい」

「分かった」

チェイスが出ていき、俺は広いリビングルームに取り残された。電話の前に座り、録音機のライトが明滅する様を観察する。ずっと録音機の番をしていた若い刑事がヘッドフォンをはめ、録音を聞き直していた。それが終わるとカセットテープを交換し、録音を終えたばかりのテープを封筒に入れる。別の刑事に声をかけて封筒を渡すと、また録音機の調整を始めた。

こうやって犯人からの電話は必ず録音され、市警のラボに送られるのだろうが、それが何かの役に立つだろうか。

午後七時。腹が減ってきた。チェイスは夫婦の寝室から戻る様子がなく、人の家の冷蔵庫を勝手に漁るわけにはいかない。市警の兵站《へいたん》部門は食料ぐらい運びこんでくれないのかと次第に怒りが募ってきたが、どうしようもない。

部屋の中を歩き回っているうちに、ページャーが鳴る。リズか、電話応答サービスか。電話応答サービスだろうと見当をつける。リズにはここのもう一本の電話の番号を教えておいた。用があればその電話か、二十四分署の代表番号に電話をかけてくるだろう。

電話応答サービスに電話を入れる。誰かと思えば、リキだった。店にいるというので電話を入れると、すぐに彼自身が応答した。

「今、ラルフ・チェイスの誘拐事件に絡んでるんだろう?」

「どこから聞いた?」

「市警には今もネタ元がいるんでね……正確に言うと、お前を絡ませて大丈夫かと、向こうから確認してきた」

「失礼な話だな。俺はいつも、誠実第一で仕事をしているのに」

「そういう軽口はいい――それより、ちょっと気になる情報が耳に入ってきた」

「何だ?」

リキは現役時代の冷静さを取り戻したように、てきぱきと説明した。興味を惹かれる話――事件の真相に迫れるかもしれない。

「そいつに会えないかな」

「いや、それはどうだろう」リキは及び腰になった。「危険だ」

「俺は今、市警と組んで仕事をしている。だから市警が後ろ盾になってくれるよ。この件が確認できれば、身代金の受け渡し前に事件を解決できるかもしれない」

「少し時間をくれ。何ヵ所か、連絡を回さないといけない。それと、お前一人で行くなよ。絶対に護衛をつけろ」

「そのつもりだ。連絡するなら、今から言う電話番号にかけてくれないか?」俺はチエイス家のもう一本の電話の番号を告げた。

「今、被害者の家にいるんだな？」

「ああ」

「邪魔にならないようにするよ」

「頼む」

それから俺は二十四分署に電話を入れて、フィッシャーを呼び出してもらった。病院から抜け出してきて、結局そのまま分署で指揮を執っているようだ。手短かに事情を説明する。

「分かった。騎兵隊の一個大隊を向かわせよう」

「腕の立つ人間三人——二人で十分だ。銃の腕に自信がある人間だと、特にありがたい」

「本当にそれでいいのか？　向こうは大人数でかかってくるかもしれない」

「その時はその時だ。あんたはやりたいようにやってくれ。ヘリでもジェット機でも飛ばして……装甲車を用意してもいい」

「よし、一度ヘリに乗って指揮を執ってみたかったんだ」

あんたが乗ったらヘリが浮かばない——と言いかけて俺は言葉を吞んだ。同時に、自分の年齢を強く意識する。十年前だったら、ここできついジョークを飛ばして「死にたくなかったらダイエットしろ」と締めくくっていただろう。しかし今は気を遣ってしまい、何も言えない。人は言葉で傷つくということを、俺は四十五歳から五十五歳になる間のどこかで学んだのだろう。

「計画がしっかり固まったら連絡する。それほど時間はかからないと思う」

「では、騎兵隊を待機させておく」

しかし電話はなかなかかかってこなかった。三十分……リキの交渉が難航しているのかもしれない。

ようやく電話が鳴ったのは、リキと話してから四十五分後だった。飛びつくように受話器を摑む。

「すまん」リキが第一声で謝った。「俺も勘が鈍った――いや、俺はもう刑事じゃないからな。昔の勘はなくなっている」

「危険な真似をさせて申し訳なかった」

「いや、そんなに危険じゃないけどな。ただ、店にとっては大損害だ」

「店に？」

「一度、寿司を好きなだけ食わせろって言ってきた」

「その寿司代は俺が出すよ。ギャロみたいな奴なのか？」

「食欲という意味では。見た目はまったく違う。今から動けるか？」

「チャイナタウンに、チャイナ・パーラーという店がある」

「ああ」

「その店なら分かると思う」

「そこで三十分後。間に合うか？」

「ああ」

「お前の容姿は説明しておいた。店で一番凶暴な顔の客を捜せと言ってある」

「それは昔の話だろう。今や優しいジェントルマンだよ。それで、向こうは？」

「客の中で一番痩せてる人間だ」

チャイナ・パーラーは、中華料理の店ではない。ごく普通のダイナーで、出される料理もアメリカン・クラシックばかりだ。ちょうどいいので、ここで夕食を済ませておくことにする。

店に入ると、中は中国系の人間ばかりで、英語がまったく聞こえない。賑わっているから、中国系ではない男が二人、ややこしい話をしていても目立たないだろう。しかし、極端に痩せた男は見当たらない。恰幅《かっぷく》のいい中年の男性が客の中心だった。

俺は早々、パストラミのサンドウィッチを注文した。つけ合わせはフレンチフライ。ピクルスはいるかと確認されたので、もちろんもらう。ピクルスは、ジャンクな肉料理を食べる時の貴重な野菜だ。それとコーヒー。

料理が運ばれてきた時、店のドアが開く。そちらを見た俺はぎょっとした。六フィート三インチはありそうな男が立って、店内を見回している。しかしその男は痩せている——店で一番痩せているだけではなく、マンハッタン中でも一番痩せていると言っていいかもしれない。どう見ても、体重は百三十ポンド（約59キロ）もなく、服が全く合っていない。上着もズボンもダブダブで、ハンガーにかかった服が歩いているような感じだった。こいつがアントーニオ・シモーネか。向こうも俺を認識したようで、ふらふらとこちらに向かって来る。俺の前に腰を下ろすと、メニューを一瞬見て、ウエイトレスを呼んだ。

「ダブル・チーズバーガー、フレンチフライつき——フレンチフライは、別にもう一皿くれ。それとミルクシェイク。後から——チーズケーキと一緒にコーヒーをもらおう」

呆気《あっけ》に取られた俺を無視して注文を終えると、シモーネが煙草に火を点ける。

「挨拶ぐらいはさせてもらっていいと思うが」俺は言った。

「必要ないだろう。俺はあんたが、ジョー・スナイダーだと知っている」

「俺の顔が、ここにいる人間で一番凶暴だから？」

「違う、違う。あんたの顔には見覚えがあったんだよ。うちの連中は、何でもスクラップブックで残しておくのが好きでね。ひっくり返してみたら、何年か前のニューヨーク・タイムズにあんたの記事が載っていた」

「迷惑な話だ」

「どうして？」

「俺の仕事は、宣伝する必要がない。一人でやっているから、仕事を引き受け過ぎると、手が回らなくなるんだ」

「欲がないな、ミスタ」

「誠実に仕事がしたいんでね」

「立派なことだ」

俺はコーヒーを飲み、彼の煙草の臭いを嗅いだ。何というか……本当に痩せている。首など、軽く頭を殴ったら折れてしまいそうだった。年齢は四十歳ぐらいか。生意気そうな薄い唇、細長い目、高い鼻、赤毛は短く刈りこんでいるが、元々癖っ毛らしく、縮れている。伸ばしたらアフロヘアになってしまうかもしれない。それも似合いそうな顔だちだが、マフィアとしては許されない髪型だろう。それにしても、ザネッティ一家と対立するシモーネ一家の幹部とは思えない。マフィアは何より、スタイルを大事にする。ぴしっと体に合ったオーダーのスーツ、顔が映りそうなほど磨き上げた靴、綺麗に手入れした爪、考え抜かれた髪型。しかしシモーネは、ディスコにでも行って踊っている方が合っている感じだ。

「俺を待たないで食ってくれ」シモーネが言った。

「そうか。じゃあ、いただく」

俺はパストラミのサンドウィッチに齧《かぶ》りついた。やたらと大量のパストラミが挟まっているタイプで、大口を開けないと口に入らない。大きく齧《かじ》りとって咀嚼《そしゃく》すると、塩気と胡椒の辛さが口を刺激した。こういうタイプのパストラミか……俺はあまり塩気がなく、マスタードで味を補強するようなパストラミが好きなのだが。間違っても、フレンチフライにはケチャップをかけないようにしないと。塩分を取り過ぎて喉が渇くと、水をがぶ飲みして小便が近くなる。張り込みや待機中には、そういうことがないように気をつけねばならないのだ。

すぐにシモーネのハンバーガーがやってきた。

「俺はアメリカの食い物は何でも好きだが」シモーネがナイフとフォークを手に取った。「ハンバーガーは、食べるのに問題がある。こんなに手が汚れる食べ物は、食べ物とは言えないな」

「だったら、ハンバーガーは避けてもいいのでは？」

「ところが、味は好きなんだ」

シモーネはハンバーガーを真っ二つに切った。二枚のパティは分厚く、野菜もたっぷり入っているせいか、ハンバーガーは早くも崩壊してしまう。しかしシモーネは気にする様子も見せず、普通の料理を切り分けるように、ナイフとフォークを使って食べ進めていく。時折ポテトも口に運んで……ただしそれも、フォークで刺して、だった。

「どうも……見慣れない光景だ。ナイフとフォークでハンバーガーを食べる人を初めて見た」

「ハンバーガーは、重ねないで出せばいいんだ。パティと野菜、そしてバンズ。一皿の料理として成立するじゃないか。盛りつけを芸術的に工夫すればいい」

「そんなに手が汚れるのが嫌いなのか」

「あんた、日本へ行ったことはあるか？」

「いや、ない」

「そうか。日本の飯も美味いぞ。もしかしたら世界一かもしれない。でも俺が感心したのは、多くの店でウェット・タオルが出てくることなんだ。手や口が汚れれば、それですぐに拭ける」

「ナプキンなら、これで十分だろう」俺は紙ナプキンを引き抜いた。

「いや、濡れた布製のタオルだと、全然違うぞ。あれは店で用意する場合もあるけど、専門の業者もあるそうだ。毎日、営業が始まる前に、契約してある店に配って歩くんだよ。アメリカでも商売にならないかと思ったけどな」

「やればいいじゃないか。真っ当な商売は、アメリカ経済を活性化させる」

「大した儲けにならないんだよ。それに、ウェット・タオルを用意するための設備投資に、かなり金がかかる」

「なるほど……リキには、簡単に話を聞いている」

「まあまあ。デザートぐらい食べさせてくれないか」

シモーネが露骨に不満そうな表情を浮かべる。手を上げて皿——もう一皿のポテトも含めて、綺麗に空になっていた——を下げさせると、デザートのチーズケーキとコーヒーを持って来るように頼む。

「ザネッティ一家のことだが、奴ら、スポーツ賭博で行き詰まっているという話を聞いた。本当か？」

「ああ」シモーネがあっさり認めた。「我がシモーネ家も、奴らのビジネスは分析している。ここ数年、右肩下がりなんだ。会社なら、株主から訴えられるレベルだぞ」

「何かあったのか？」

「明確な理由が分からないから、ビジネスは難しいんじゃないか。去年、一昨年とヤンキースが勝っただろう？普通なら野球熱が盛り上がって、賭ける人間も増えるはずだ。ところがそうはならなかった——たまたま、皆が興味をなくすタイミングだったとしか考えられない。スポーツ賭博は、ザネッティ一家にとって大きな収入源だった。それが不調になって、しかも最近は、ラテン系のギャングとの小競り合いがある」

「それは初耳だ」

「警察もまだ知らないんじゃないかな。死人が出たわけじゃないからな……今、ラテン系のギャングは金を持っている」

「ドラッグビジネスで」

「それを元手に、さらに新しいビジネスを始めようとしている。それがスポーツ賭博なんだ」

「じゃあ、ザネッティ一家とぶつかる」

「ただし、ラテン系の連中が賭けの対象にするのはサッカーだ。中南米、あるいはヨーロッパの試合を賭けの対象にする。ラテン系の人間はサッカー好きが多いし、今までザネッティ一家はサッカー賭博には手を出していなかった。ラテン系の客をごっそりいただこうというのが、奴らの狙いだ」

「ザネッティ一家は焦っている」

「それで、今まで回収できていなかった金を慌てて回収しようとしている」

「ラルフ・チェイスは、それに巻きこまれた？」

「噂だけどな。噂を聞いただけだ」シモーネがうなずく。「チェイスというのは、ふざけた野郎らしい。今まで作った借金が二十万ドル。いつでも返せるはずなのに返そうとしない――借金なんかどうでもいいと思ってるみたいなんだな。最初は笑い話だったけど、ザネッティ一家が追いこまれてくると、洒落《しゃれ》で済まなくなってくる。今回は、見せしめの意味もあって、こんな目に遭ってるんじゃないか」

「やり過ぎじゃないか？　小さな子どもまで巻きこんで」

「あの子を巻きこむことにこそ、意味があったんだろう。あれでチェイスも本気になったはずだ。そして今度は本人が――ということだよ」

「分かった」背景がはっきりしてきて、事件の真相が見えてきた。「しかしあんた、どうして俺にこんなことを話してくれる気になった？　何の利益もないだろう」

「警察に話す気にはなれないよ。でもあんたに話せば、警察にも伝わるだろう。これで、あんたらがザネッティ一家を潰してくれたら、うちとしても万歳なのさ。手間もリスクもなしに、邪魔者を葬り去れるわけだから。あとはラテン系の連中にどう対処すればいいかだけ考えればいい」

「警察を利用するのか」

「前途有望な若者を助け出してもらわないとな。そういう卑怯な犯罪は許されない」

次の瞬間、窓ガラスがいきなり割れ――崩れ落ちた。俺は「伏せろ！」と叫んでテーブルの下に潜りこみ、拳銃を抜いた。シモーネもテーブルの下に隠れる——いや、ずり落ちた。額に、綺麗に穴が空いている。

クソ……俺はつぶやき、テーブルの下から這い出した。二発目の銃声はない——そう思った瞬間、立て続けに銃声が響き、店の中に悲鳴が満ちた。

俺はガラスの破片を掻き分けながら必死に匍匐《ほふく》前進した。ドアまで辿り着き、中腰の姿勢になってドアを開け、銃を構えたまま一気に飛び出す。

歩道の上で、三人の男が輪を作っている。急いで駆け寄ると、三人の輪の中に、一人の若い男が倒れていた。流れ出した血が、歩道を黒く染め始める。

第六章　家族の行方

「即死だな」一番年長の刑事が、淡々と言った。

「こんな街中で物騒な話だ――こいつは、ザネッティ一家の人間か？」俺は死体を見下ろしながら訊ねた。

「俺は見覚えがないな。指紋を採取して、専門家に確認してもらわないと」

「いずれにせよ、緊急の発砲だったんだよな」

「もちろん――あんたの相棒はどうだ？」

俺は眉間に皺を寄せた。一秒前まで話していた男が、突然殺されたのだ。そういう経験はないではないが、シモーネとの距離は三フィート（約90センチ）もなかっただろう。俺も巻きこまれていたかもしれない――三フィート、一秒の差で、何とか怪我なく済んだのだ。

「どう見ても死んでいる」俺は自分の額を指差した。シモーネの額には、間違いなく銃撃による穴が空いていた。

「クソ……中途半端な」

「一応、話は聞いた。肝心なことは言わなかったが、バックグラウンドは理解できたよ。ベネットに説明しておく」

「ああ。俺たちはここの後始末をする。本来は、あんたからも調書を取らなくてはいけないんだが、今日は特別だ。騒ぎが大きくなる前に、さっさと逃げろ」

「もう十分、うるさくなってるよ」

サイレンの音が近づいてくる。既に野次馬が集まってきて、現場を遠巻きにしていた。店の中では、客も店員も、外を指さして大騒ぎしている。ここに必要なのは刑事ではなく、制服警官の一団だ。パニックを鎮めるためには、制服が一番効果的だ。

俺は現場から抜け出した。最初に見つけた公衆電話に十セント硬貨を入れて、リキの店に電話をかける。

「やられた。シモーネは殺された」

「クソ、お前は無事か？」

「電話をかけられる程度には」俺は状況を説明した。

「やったのはザネッティ一家か？」

「おそらく。ただし、撃った人間は、市警のスナイパー三人の集中砲火を浴びて、今は道路の染みになっている。身元の確認には時間がかかるかもしれない」

「そうか……残念だった」

「一応、ザネッティ一家の現状は聞けた。ただし、今回の拉致事件の実行犯が誰か、誰が指示したかまでは分からない。それを聞き出す前に……」

「ジョー、注意しろ」

「分かってる。むざむざ撃たれるようなことにはならないよ」

「絶対に撃たれるな」リキがきつい口調で言った。「無傷で無事に生き延びて、真相を明らかにするのがお前の役目だ」

「無事に終わったら寿司で……」言って、何だか気分が悪くなってきた。「いや、やっぱりキーンズでステーキにしよう。最近、お前と肉を食ってないからな」

「俺はもう、脂身たっぷりの肉なんか食わないけど、いいよ。お前が無事ならつきあう」

「じゃあ、その時に」

軽く飯を食べる約束をしただけなのに、永遠の別れの挨拶を交わしたような気分になった。

俺は、リビングルームのソファを与えられた。これでも十分高待遇——他の刑事たちにはダイニングチェアがあるだけで、あれに座っていても眠れないだろう。チェイス夫妻は寝室に引っこんだまま……夫が、日付が変わる頃にリビングリームに一度顔を出したものの、ほとんど何も言わずに引き上げていった。ひどく疲れた様子で、朝顔を合わせた時よりも、十歳も年老いてしまったようだった。

一瞬眠りに落ちて、がくんと首が落ちるショックで目が覚める。そういう風に目覚めると眠れなくなるもの……服のせいもある。いつでもバイクで出動できるようにと、俺は普段は穿かないジーンズにTシャツ、トレーナーという格好だった。首を締めつけるネクタイがないと、まるで腑《ふ》抜けのように感じる。

足元は、編み上げ式のブーツ。雪の日に使うようなハードな造りだが、足首を確実に保護できる靴はこれしかなかった。そして、かけ布団代わりの革ジャケット。何年か前にヴィクが「あなたに似合うから」と買ってくれた茶色い革ジャケットだった。これを羽織ってブーツを履くと、結構本格的なライダーに見える。

不安ばかりが膨らむ。身代金の受け渡しが迫っているせいもあるし、目の前で人が殺されて数時間しか経っていないせいもある。

起き上がり、部屋の中を歩き回る。椅子で仮眠を取っている刑事たちが目を開けたが、動こうとはしない。俺も警官だったら、とふと考えた。警官や兵士は、感情を封印する術を自然に身につける。毎日、あまりにもひどい出来事に直面するので、いちいち怯《おび》えたり悲しんだりしていたら、神経が参ってしまうのだ。故に、脳のどこかで回線をカットする——自然にカットできるようになる。それができない人間は酒や薬物に頼るようになり、おそらくは一生手放せなくなる。

何か、心の鎮静剤が欲しい。酒でも煙草でも。しかし他人の酒を勝手に呑むわけにはいかないし、アルコールが残った状態で、朝の作戦に対応したくはなかった。警官のうち誰かは煙草を持っているはずだが、わざわざ声をかけてもらう気にもなれない。

午前二時。

俺は家を抜け出した。こんな時間には、どこからも電話はかかってこないだろう。気持ちを鎮めるために一番いいのが酒、二番目が煙草だ。俺は経験したことはないが、大麻もいいだろう。しかしこれらが使えないとなると、次善の策は——実はミルクだ。

二十四分署の近くに、二十四時間営業のダイナーがあったのを思い出した。そこまで足を運んでカウンターにつく。濃い緑と茶色を軸にしたインテリアは、お堅い法律事務所を思い出させる。店内には客は一人もおらず、ギリシャ人らしい店員がカウンターの中でグラスを磨いているだけだった。手は動いているが、意識はそこにはない——ラジオに向いているようで、頭がかすかに上下していた。ビージーズの『ステイン・アライブ』。あまりにもラジオで頻繁に流れていたので、ディスコ嫌いの俺でもタイトルを覚えてしまった。

邪魔しないようにしよう。ホットミルクを注文し、両手を組み合わせてカウンターに置く。手持ち無沙汰……帰っても眠れるかどうか分からない。いっそこのまま、人のいない路地を歩き回り、午前五時まで時間を潰すのもいいかもしれない。

ドアが開く音がした。無意識のうちにそちらに目を向けると、ベネットが立っていた。向こうもこちらに気づいたようで、ドアを手で押さえたまま、俺を凝視している。俺はうなずきかけた。ベネットが、俺の横に腰を下ろす。

「お互い、同じ理由でここにいるようだな」ベネットが言って、煙草に火を点けた。

「だとすると、俺は非常に心配だ。指揮官が眠れなくて、ミルクを飲みに来るとは」

「ミルク？」

「違うのか？」

「俺は徹夜するつもりだ。署の煮詰まったコーヒーを飲んだら胃が爆発しそうだから、ここへ飲みに来ただけだ。あんた、寝る前にミルクを飲むタイプなのか？」

「こんなこと、四十年ぶりかもしれない。でも、今夜にはミルクが合いそうな気がする。ピート・ローズ（一九四一年〜。レッズ、フィリーズなど。大リーグの通算安打記録、出場試合記録などを持つ。首位打者三回。ニックネームは「チャーリー・ハッスル」。一九八九年に、野球賭博にかかわっていたことが発覚、永久追放処分を受けて野球殿堂入りもしていない）も去年、同じようにミルクを飲んだと聞いたことがある」

「ああ？」

「ピートは去年、四十四試合連続ヒットを記録した」

「知ってる。化け物だな。化け物っぽく見えないのに化け物みたいな記録を残す」

「それが途絶えた夜に、一人で街に出て、ダイナーでミルクを飲んだそうだ。普通なら酒だよな？　自棄酒《やけざけ》。だけど彼は確か、酒が吞めないんだ」

「いい話なのかどうか、俺には分からん」力無く首を振って、ベネットが煙草を吸った。

「それでピートは、店に居合わせたファンに、その日の打席の様子を事細かく語って聞かせた。ファンサービスなのか、自分を納得させるためだったのか」

「あんたは、俺と話してる。他にもファンがいた方がよかったか？」

「あんた一人で十分だよ。しかし、あんたほどのベテランなら、緊張することもないと思うが？　もっとシビアな事件を、いくらでも経験してきただろう」

「ああ。自分でも、今回はどうしてこんなに緊張してるのか、分からないんだ。小さい女の子が絡んでいるからかもしれないが……短期間に二度も誘拐されるなんて、ありえない。前の事件に関しても、まだ話を聴けていないのに」

「何らかの理由で、母親が連れ出してどこかに隠れている可能性はないか？」

「父親にも事情聴取したが、行きそうな場所が分からないんだ。もっとも、離婚しているから、今の暮らしぶりはほとんど知らないんだけどな」

「二人はチェイスと一緒にいるかもしれない」

「ああ？」

「チェイスは重傷を負っている。よほどのことがない限り、病院は抜け出せないだろう。その『よほどのこと』が、リリアンの存在なんじゃないか？」

「どういう意味だ？」

話すべきかどうか、迷った。警察がまだ二人の関係を割り出していないとすれば、捜査の怠慢である。

しかし今話せば、ベネットはさらに頭を悩ませて、本当に徹夜してしまうだろう。シビアな作戦が展開される朝——数時間後には、できるだけすっきりした頭でいて欲しい。そのためには一時間でも二時間でも寝るべきだ。

「いや、ただの勘だ。同じ時期にいなくなったわけだし、何かあると考えるのが自然だと思う」

「残念ながら、二人に関する手がかりはまったくないんだ」

「ああ」

飲み物が運ばれてきて、俺たちはそれぞれ手に取った。ミルクの膜が唇に張りついて鬱陶しい。紙ナプキンで拭い去り、砂糖を少し入れる。甘味で気持ちが落ち着いた。見ると、ベネットも砂糖とミルクをたっぷり加えている。甘いコーヒー——体を内側から痛めつける組み合わせだ。ふと、このミルクにバーボンを加えたらどうなるだろうと想像した。合わないような気もするし、最高の組み合わせのような予感もする……世の中には、まだ経験していないこともある。ただし今夜はやめておこう。腹を壊したら困る——これならコーヒーとバーボンといういつもの組み合わせにしておけばよかった。酔いと正気の狭間《はざま》を揺蕩《たゆた》う時間が、俺には必要だったかもしれない。

「どうなると思う？」俺は訊ねた。

「何とも言えない。犯人の狙いが分からない以上、迂闊なことは言えないんだ。あらゆる可能性を想定しているが、絶対に漏れはあるだろう。ただし、警察の中ではかなり極端な意見も出ている」

「それは？」

ベネットがカウンターに伏せるようにして、俺に少し近づいた。

「チェイスの自作自演」

「ギャンブルの借金を払うために？」

「チェイスが二十万ドルの借金を抱えていたのは間違いない。だから金に困って、親から金を引き出すために誘拐を自作自演した」

「そこまで頭が回る奴だろうか」

「あんたが考えているよりはずっと頭がいいぞ。実際、野球をやるか、ハーバードに進んで将来は研究生活か、という二択だったそうだから」

「親がそう言っているだけかと思っていた」

「いろいろなところで確認した。まだ、奴を丸裸にはできていないと思うがね。しかし、どうもこの件は胡散臭い。俺は、自作自演説に傾きつつあるよ。頭の中に、いつも入れておくように意識している」

「そうか……しかし、ザネッティ一家はどうなる？　一家の女がメッセンジャー役になって、俺を交渉役に指定してきたのは間違いないし、俺がシモーネと話している時にヒットマンが来た」

「それは事実だ。しかしまだ、つながらない。ザネッティ一家にはスパイを潜りこませているが、今回の件ではいつものように情報が取れない——本当は、狙われてるのはあんたじゃないのか？」

「そうかもしれない」

「例の事件で」

「恨まれていてもおかしくないだろうな。ただし俺は、ザネッティ一家はどうでもいい——マフィア絡みの事件にはかかわらないように気をつけてきた。あれは偶然なんだ」

「しかし向こうからすると、あんたは一家の敵だぞ」

「迷惑な話だ」俺は肩をすくめ、ミルクを飲んだ。また膜ができていて鬱陶しい。膜ができないような温め方はないのだろうか。

「十分用心してくれよ」

「何か、特殊な武器は用意できないのか？　アサルトライフルとか、迫撃砲とか」

「バイクで移動するのに、迫撃砲は担いでいけないだろう。自分の銃はあるよな？」

「ああ」

「だったら後は、警棒を貸すぐらいだ。無線もあるし……バイクというのは、上手い手じゃないかもしれない。車なら、後部座席にロケットランチャーでも置いておけるのに」

「それを取り出すのに時間がかかって、その間に殺されてしまう」

「だったら、あんたの身体能力に期待するしかないな。スーパーマンのように、相手の弾よりも早く動け」

「無茶言うな」

「――お互いにきつい状況に追いこまれたな」

「ああ。引退しようと思ってる身には、厳しい状況だ」

「あんた、引退なんか考えてたのか？」

「リキを知ってるか？　日系で、市警の刑事だった」

「もちろん知ってる。優秀な指揮官だった」

「昔からの知り合いなんだ。彼も刑事を辞めて、第二の人生を歩き出した。五十五歳っていうのは、新しいことを始めるのに、ぎりぎりの年齢じゃないかな」

「あんたもリキのようにレストランをやりたいのか？」

「伝手がないわけじゃない」ヴィクのレストランでウェイターでもやるか。「顔が凶暴だ」という評判が立って、店の人気はあっという間に凋落してしまうかもしれないが。

「それはあんたの自由だけど……探偵もきついだろう。一人きりでやるのが大変なのは、想像できるよ」

「そうだな。やっぱり歳を取ると、人に頼りたくなってしまう。でも探偵は、それでは駄目なんだ」

「誰かと一緒に仕事をするのが？」

「依頼人は大抵、秘密を抱えている。人に聞かれたくない秘密だ。だから、一人でやっている探偵に相談に来る……でも、こちらの人数が増えると、情報が拡散してしまう恐れがあるだろう」

「今回の件は特別では？　あんたが何かしたわけではなく、巻きこまれただけじゃないか」

「それが嫌なんだけどな」俺はミルクを飲み干した。「自分でやったことなら納得できる。でも、自分の意思と関係なく巻きこまれて、後からおかしなことになる――それは納得できない」

「それでもベストを尽くすのがプロだと思うが」

「探偵の仕事が、分からなくなってきたよ」俺は正直に認めた。

「あんたぐらいの歳になると、弱みを見せる勇気も出てくるんだな」

「単に正直になるだけだ。勇気もクソもない」

俺たちは笑みを交わし合ったが、それで気持ちが解れることもなかった。

この作戦、俺たちの負けはもう決まっているのではないか？　実際に始まる前から、もう精神的なダメージを受けている。


それでも俺は、自分の図太さを褒めたい気分だった。押し寄せてくる不安をシャットアウトし、一時間ほど眠ることに成功したのだ。

午前四時半。若い刑事がコーヒーを淹れてくれた。さらに、いつの間に用意していたのか、サンドウィッチまで出てくる。分厚いエッグサラダサンドを頬張りながらコーヒーを飲むうちに目が冴えてきて、戦闘準備完了という感じになってくる。

そのうち、チェイスが姿を見せた。綺麗にプレスされたシャツにズボン、分厚いカーディガンという格好に着替えているが、顔色はよくない。何とか髭は剃ったようだが、慌てていたのだろう、血の滲んだティッシュの細片が顎に張りついていた。

若い刑事が、コーヒーを用意してやる。チェイスは丁寧に礼を言ってカップを受け取り――まるで他人の家にいるように緊張していた――一口飲んだ。

「眠れましたか？」俺は声をかけた。

「いや……どうだったかな。寝たのか寝なかったのか、分からない」

「奥さんは？」

「今は寝ている。疲れ切っているんだ」

「あなたは奥さんと一緒にいて下さい。何かあったら、逐一報告します」

「ああ――しかしもう、電話がかかってくるはずだ。私も犯人の声は聞きたい」

「聞いてどうするんですか？」

「どんな奴か、頭に叩きこんでおく。そしていつか必ず、復讐《ふくしゅう》する」

俺は静かに首を横に振った。チェイスの精神状態は、やはり普通ではない。

「そういうのは、チェイス家のやり方ではないのではないですか？　復讐するなら、暴力ではなく、策略で――手を汚さずにやるべきでしょう」

「相手はマフィアなのか？」チェイスが不安そうに訊ねた。

「その可能性は否定できません。マフィアと正面から張り合おうなどと考えてはいけませんよ。あいつらは、人間らしい心をどこかに捨ててきている。何をするか分かりません」

「だったら、息子は……」チェイスの顔が青くなる。

「犯人がマフィアだと決まったわけではありません」

我ながら嘘臭い発言だと思った。俺は監視されている。シモーネと会ったことも、すぐに然るべき人間に伝わっただろう。その然るべき人間は、余計な情報が流れないようにするために、迷いもなしにシモーネを抹殺した。俺を殺さなかったのは、市警の狙撃班がいち早く動いたからというより、俺を殺せば身代金の受け渡しに支障が生じるからだろう。

自分は単なる駒だ、と実感する。

「とにかく、座ってゆっくりしていて下さい」

「ああ……あなたには申し訳ないと思っている」

「我々は契約を交わしたんだから、気にしないで下さい。一ドル分の仕事はします――私にとって一ドルは大金ですよ」

チェイスの表情が引き攣《つ》った。笑っていいかどうか、迷っている様子だった。

チェイスは、俺が寝ていたソファに落ち着いた。俺は電話の前に座って連絡を待った。「午前五時」という時間について考える。こんな早い時間を指定してきたのは、マンハッタンの渋滞が始まる前、ということを考えたからではないだろうか。朝が早いマンハッタンでは、六時になると人は一斉に動き出し、道路は車で埋まる。地下鉄も殺人的な混み具合になるのだが、さらに車で動こうとする人もたくさんいる――要するに、こんな狭いところに、あまりにも多くの人が集まっているのが間違っているのだ。

しかし俺も、この混み合った街を離れる気はなかったが――少なくとも今までは。

午前五時ちょうどに電話が鳴った。一気に鼓動が跳ね上がるのを感じながら、俺は隣に座る若い刑事にうなずきかけた。刑事が、真剣な表情でうなずき返す。俺は受話器に手をかけ、一つ深く呼吸して取り上げた。

「チェイスの家だ」

「ミスタ・スナイダー？」また加工した声だった。

「ああ」

「金は用意できたか？」

「できている」

「ではまず、移動してもらう。ブライアント・パーク。ブライアント氏の銅像へ向かえ」

「そこに金を置くのか」

「行けば分かる。その家からブライアント・パークまで、この時間なら三十分はかからないだろう」

「渋滞していたら？」

「三十分で来るように努力しろ」

電話はいきなり切れた。逆探知が難しいことは分かっている。俺は立ち上がり、装備を確認した。ベルトには既に、携帯用の無線を装着してある。マイク兼スピーカーは大きいので、ヘルメットの中には入れられない。必要な時にヘルメットを脱いで話すことになるだろう。そのわずかなタイムラグも心配だった。

金はリュックに入れた。拳銃と警棒の準備もＯＫ。警棒は、ごく短い――八インチ（約20センチ）ぐらいのものだが、強く振ると一気に二十インチ（約50センチ）ほどに伸びる。近接戦では、それなりに効果がある武器だ。

リュックを背負い、ヘルメットを抱えて外へ出る。誰に見られているか分からないので、一人だった。一人きりになってバイクに跨るとさらに不安になったが、これは仕方がない。大丈夫だ――俺には確認できないが、近くでは尾行を担当する刑事たち、それにミックとダブルＺも控えているはずだ。

ふいに秋の気配を強く感じた。枯葉の匂いがするわけではなく……まだ暗い朝の街では、オイルの匂いが薄れている。俺にとってニューヨークの匂いは、熱くなったアスファルト、そしてオイル――道路から立ち上がる匂いだ。気温が低くなってくると、そういう匂いは薄れてくる。それが今。まさに秋だ。

エンジンを始動させ、回転数が落ち着くのを待った。念のために無線を取り上げ、テスト通話をする。

「ジョー・スナイダーから二十四分署」

「こちら二十四分署、フィッシャーだ」

「課長自ら通信係を?」

「重大事件の時には、俺は自分で全てを仕切る。それが俺のやり方だ」

「了解――これからスタートする」

「安心しろ。あんたを見逃すことは絶対にない。市警の機動力を信頼しろ」

「分かってる。では、スタートする」

「幸運を祈る。まあ、俺がついていれば安心だがな。俺は、あんたの守護天使だ」

ずいぶん太った天使がいるものだ……通話を終えて、俺はヘルメットを被った。フルフェイスではないので顎の部分は開いているものの、急に世の中から隔絶された感覚になる。

慎重にクラッチをつなぎ、カワサキを発進させる。珍しく道は空いており――午前五時過ぎだから当たり前か――アクセルを思い切り開けたいという欲求に襲われたが、必死に我慢する。このバイクで転んだら、全ての計画が終わってしまう。時間通りに着けばそれでいいのだ。

世界が終わってしまったかのように、街中に人の姿はなかった。信号にも引っかからず、予定よりも早く、二十五分でブライアント・パークに到着する。西四十丁目にバイクを停め、早足で公園に入った。ブライアント氏の銅像は、ニューヨーク公共図書館の前にある。非常に綺麗にメインテナンスされた像は、図書館ではなく公園の方を向いており、ここでくつろぐ人たちを見守っている。しかし当然、こんな時間に公園を利用しようとする人はいなかった。早くから仕事に向かうスーツ姿の人間が何人か、道路をショートカットして横切っていくだけだった。

銅像の左右には折り畳み式の椅子が置いてある。いつ来てもここにあるのだが、何の目的なのかは分からない。左側の椅子の下に、小さなバッグを見つけた。しかも俺の名前を書いたメモが貼りつけてある。慎重に剝がして取り上げると、メモの裏にも字が書いてあるのが分かった。

「中の無線機を装着しろ。今後、指示はこの無線を通じて与える」

俺はバッグを開けた。中には小型の無線機……警察の無線とよく似た無線機が入っている。本体はベルトに通して固定でき、そこから伸びたコードがイヤフォンにつながっている。さらに同じコードに小さなマイクがついていた。ヘルメットの顎の部分は開いているから、上手く固定すれば、走りながらでも話せそうだ。

俺は無線のスウィッチを入れ、イヤフォンを耳に突っこんだ。

「聞こえるか？」

「聞こえている」先ほどの加工した声とは違う、クリアな声が耳に入る。

「無線を受け取った。どうすればいい？」

「まず、警察の無線を外してもらおうか」

「そんなものは持っていない」

「持っていることは分かっている。無線を外さない場合は、すぐにチェイスを殺す」

「――分かった」

俺は警察無線のスウィッチを入れ、こちらの会話が分署に聞こえるようにした。

「そちらの指示通り、警察無線は外した」

「よし、無線はその場に放置しろ」

「了解――俺はどこへ行けばいい？」

「走りながら指示を与える。そちらが話すのは難しいかもしれないが、イヤフォンをしたままヘルメットは被れるだろう」

「ああ、大丈夫だと思う」

「こちらの指示だけ聞いていろ。指示通りに走れば、受け渡し場所に行ける」

それで俺は、犯人グループがしっかり俺を監視していると確信した。ヘルメット──俺がバイクを使っていることを把握しているのだ。

「そちらの指示に従う。まず、どこへ行けばいい？」

「西四十丁目を東へ向かえ」

「西四十丁目を東へ。了解した。すぐにイーストリバーにぶつかるぞ？　俺のバイクは速い」

「そのようだな」無線の向こうの人間は面白がっているようだった。「とにかく、東へ向かえ。すぐにまた指示をする」

「分かった。指示を待つ。ゆっくり走った方がいいだろうな」

「そうしないと、勢い余ってイーストリバーに突っこむかもしれない」

「水泳には向かない季節だ」

「泳ぐのはあんたの勝手だが、それで金がもらえなかったら──」

「分かってる。殺すっていう台詞《せりふ》は、何度も聞きたいものじゃない」

「見張ってる」

「だろうな……出発する」

俺は、ヘルメットを被るのに手間取っている振りをした。イヤフォンをしたままだと綺麗に入らない──ということにしておいて、警察無線に話しかける。

「フィッシャー、スナイダーだ」

「どういうことだ！」フィッシャーが怒鳴った。「何が起きた？　今、誰と話していた？」

「犯人だ。犯人が、無線機を用意していた。今後の指示はこれで与えると言っている。警察無線はブライアント氏の銅像のところに放置しろと。持っていってもバレないとは思うが、念の為ここに置いていく。尾行は？」

「心配するな。あんたのケツにしっかり嚙みついてる。逃がさない」

「だったら俺を追ってきてくれ。まず、西四十丁目を東へ向かう」

「分かった」

「犯人が無線を入れていたバッグをここに置いていく。手がかりになるかもしれない」

「よし、スピードを出し過ぎるなよ。これからあんたのバイクを先頭にパレードを行う」

「ヘリは？」

「上空を見てみろ」

　確かに先ほどから、高周波のヘリのローター音が聞こえていた。低い――あんなに低く飛んでいたら、犯人も気づくのではないだろうか。いや。警察的にはそれは織りこみ済みか。

俺は警察無線をその場に置いて、ヘルメットを被った。ヘルメットのせいで、イヤフォンは耳に完全に密着しており、指示を聞き逃すことはなさそうだ。

バイクに戻り、すぐにスタートさせた。どんな指示が来るか分からないが、今後はできるだけゆっくり動かないと。尾行している連中に、しっかり俺のケツに嚙みついてもらう必要がある。

バイクはパーク街を越えた。これで一つの可能性が消えたかもな、と俺は思った。パーク街を北上すると、すぐにグランド・セントラル駅に出る。迷路のようで、しかも巨大なあの駅の構内は、身代金の受け渡し場所としていかにも適している。警察の尾行・監視も難しくなるはずだ。

これから俺をあちこちに引き回して尾行を混乱させてから、グランド・セントラル駅へ行く可能性もあるが。

レキシントン・アベニュー通過。サード・アベニューも越えた。このまま進めばファースト・アベニューにぶつかり、その先は北へ行くしかない……ファースト・アベニューは一方通行だ。

しかし犯人は、セカンド・アベニューを右折するよう指示した。こちらはファースト・アベニューとは逆の、南行きの一方通行。こちらが話しかけるのは物理的に難しいので指示を聞くしかないのだが、マイクが使えるなら聞いてみたかった。「ドライブ日和だが、どこへ行く？」と。

指示通り右折する。まだ午前五時台なのに、もう道路は渋滞し始めていた。スピードメーターの針がすうっと落ち、エンジンががくがく言い始める。カワサキのエンジンはかなりフレキシブルで、千回転ぐらいでもノッキングせずに走るし、そのままレッドゾーンが始まる九千回転まで一気に吹け上がっていくが、停まってしまいそうなスピードで四速に入っていると、さすがに動きがぎくしゃくする。俺はギアを二段落とし、回転数を合わせた。

犯人はすぐ近くにいるはずだ。俺の動きをしっかり見て、行動を起こすべき直前で指示を与えてくる。遠くで、適当に地図を見ながらではできないことだ。左右のバックミラーを必死に覗く。警察の車両も確認できないし、怪しい車もなかった。

不意に、七百万人が住むニューヨーク・シティで、たった一人になってしまったような気分になる。既に世界が滅びていて、俺はただ一人生き残り、偽の十万ドルを背負ってバイクを運転している人類最後の男――馬鹿な。安っぽい映画のような設定ではないか。

指示は細かく続く。東二十丁目を左折。アベニューCに入って右折。東十四丁目を西へ向かって、アベニューBに入る。ハウストン・ストリートをFDRドライブ方面へ。ＦＤＲの高架下を潜ったら左折し、脇道を走ってイーストリバー・グリーンウェイに出てバイクを停めろ。

厳密に言えば、イーストリバー・グリーンウェイは、徒歩でのみ通行可能なはずだが。

しかも脇道はごく細く、人が上り下りするためだけの幅しかない。危ないところに俺を追いこんだな、と分かった。バイク部隊も尾行しているはずだが、ここへ降りて来るのは難儀するだろう。一方、車で来ている連中は、ここで身動きが取れなくなる。

俺は慎重にバイクを進めた。細い道路を、何とかバランスを保って走っているうちに、冷や汗をかいてくる。カワサキの大きさと重さを意識せざるを得なかった。ようやく下に降りてバイクを停めたが、念のためにエンジンはかけたままにしておく。

すぐに、目の前に一台の車が停まっているのが見えた。マークでメルセデスだと分かる。かなり大きなセダンで、色はシルバー。念のために俺は、ナンバーを頭に叩きこんだ。もしも連中がザネッティ一家なら、ナンバーから足がつくようなヘマはしないだろうが。乗っているのは……こちらにはテールを向けているので、車内の様子が分からない。近づいて確認しようかと思ったが、余計なことはしない方がいいだろう。俺は腰の拳銃を確認し、背負っていたリュックを体の前で抱えた。

シートに跨ったまま、次に何が起きるかを待つ。

待つ——銃声。

音を聞いた瞬間、俺は前に吹っ飛ばされそうになった。

一瞬気を失った。しかし激しい痛みのせいで、気を失ってもいられなくなる。左肩に激痛——久しぶりだが、絶対に忘れることのない痛みだ。

撃たれたのだ。後ろから。

振り返ろうとしたが、ほんの少し体を捻っただけでさらなる激痛が走り、歯を食いしばるしかなかった。何とかバイクを支えたまま、バックミラーを覗きこむ。九ヤード（約8メートル）ほど後ろで、男が一人、バイクの前に立って銃を構えていた。狙いは俺の頭——九ヤードの距離から正確に当てるのはかなり難しいのだが、男は一度は成功している。頭を狙って外れて肩に当たったのか、最初から肩を狙ったのかは分からなかったが。

痛みは激しいが、意識ははっきりしている。利き腕の右手が無事なのを感謝すべきかもしれない。ただし、もしもマフィアなら、これから順番に腕、脚を撃ち抜くだろう。殺すのは、十分苦しませてからだ。

逃げるべきだ。しかし正面にはメルセデス、後ろにはバイクがいる。この現場に銃が何丁あるか分からないし、今は危険を冒さない方がいい。いずれは騎兵隊が来るはずだ。

俺にできるのは――時間稼ぎ。

メルセデスのドアが開き、運転席から男が出てきた。でかい――ミックなみの体格だ。その男が、後部座席のドアを開けて首を突っこみ、すぐに一人の男の首根っこを摑んで引っ張り出した。

ラルフ・チェイス。

ラルフはシャツにジーンズという軽装で、男に襟首を摑まれて辛《かろ》うじて立っている感じだった。麻酔でも効いていて、ふらふらしているようだ。

「チェイス!」俺は叫んだ。「チェイス、無事か!」

チェイスがのろのろと顔を上げたが、俺が見えているかどうかも分からない。

ベンツの助手席のドアが開き、もう一人の男が降りて来る。サンドロ・ザネッティ――ザネッティ一家の、今のゴッドファーザー。しかし、その名前から想像できるような重みはない。むしろ感じられるのは、カミソリのような鋭さだ。

身長はそれほど高くない――五フィート八インチ（約173センチ）ぐらいで、痩せ型である。頰もこけていて、遠目でも分かるぐらいはっきりした傷が、顎から頰にかけてある。

る。今は整形手術の技術も発達していて、ちょっとした怪我だったら綺麗に治してしまうはずだが、マフィアの中には、敢えてまともに治療しない人間もいる。もちろん、箔《はく》をつけるというか、相手に恐怖心を植えつけるためだ。一つの傷が、その人間がくぐってきた修羅場を相手に想像させ、「やばい奴」「敵にしてはいけない」と思わせてしまうのだ。

「サンドロ・ザネッティ」俺はつぶやいた。

「スナイダー！」ザネッティが声を張り上げる。緊張しているのか、少し声が割れていた。

「お前か」俺も何とか大声を出した。一音ごとに傷に響いたが。「狙いは俺か？」

「お前は道路に落ちたゴミのようなものだ。私立探偵なんていうのは、人間の中で最下層の仕事だぞ」

「その最下層の人間でも、マフィアの幹部を刑務所にぶちこむことはできる――お前、俺をずっと狙っていたのか」

「いつでも殺せたんだ。しかしお前には恥をかかせて、死んだ後も探偵としての名誉を回復できないようにしてやらないとな」

「ザネッティ、他にやることがないのか？」俺は嘲笑った。「あんたら、ラテン系のギャングに押されてるそうじゃないか。俺の相手をしている暇があったら、ラテン系ギャング対策でも考えるべきじゃないか」

「お前を殺してイーストリバーに遺体を浮かべたら、すぐにそうしよう」ザネッティも嘲笑うように言った。

ザネッティ一家と俺の関係は、五年ほど前に遡る。

俺は元来、マフィア絡みの依頼は受けないようにしていたのだが、あの時はたまたま、依頼人がザネッティの弟・リッカルドを追いつめ、身柄を押さえて警察に引き渡した。俺はザネッティ一家の逆恨みを買い、俺の仕事が終わる前に殺されてしまったのだ。状況証拠から、リッカルドは重度の麻薬中毒者であり、この殺人が第一級謀殺に当たるかどうか判断が難しかったが、結局故殺に落ち着いた。検察は計画性、殺意などを立証するのを放棄した。ただし、銃、麻薬関係などでたっぷり余罪をつけて起訴し、リッカルドは長い刑務所生活を満喫中だ。娑婆《しゃば》に出るのは彼が六十歳になる頃。その頃にザネッティ一家が存続しているかどうかは、神のみぞ知る、だ。

「リッカルドの恨みを晴らすつもりか。今頃どうした？　リッカルドが刑務所で慰み者になってるのか？　慰み者になったマフィアは、その後利用価値があるのか？」

ザネッティがいきなり銃を抜き、俺に向けて発砲した。銃弾は俺の左の足先のアスファルトを抉《えぐ》った。破片がブーツのつま先に当たり、それなりの衝撃を受ける。

「いつでも殺せる——こいつらも皆殺しだ」

「金はいらないのか」俺はリュックを掲げてみせた。

「そいつはどうせ空か、偽札だろう」ザネッティがまた嘲笑う。「どうでもいい」

「しかしあんたは、リリアンを誘拐して十万ドルを奪った」

「俺が指示したわけじゃない。余計なことをした奴がいたもんだ」ザネッティが吐き捨てた。「そいつは今、うちの倉庫で吊るされている。いつまで持つかね」

「俺の名において許してくれと言ったらどうする？」

また足元でアスファルトが砕け散る。

「戯言《たわごと》が過ぎるぞ、スナイダー」

「俺は撃たれてるんだぞ？　軽口でも叩いていないと、痛くて死にそうだ」

「痛いところ申し訳ないが、腰の銃を捨ててもらおうか」

当然、そんなことは見抜いているわけか。俺はゆっくり右腕を伸ばして銃を抜き、足元に落とした。

「それでいい。さて、まずこの若者を処分させてもらう。賭けの負け分をそのままにしておいて許されると思っているんだから、世の中を舐《な》めてるよ」

「チェイス、あんた、二十万ドルの借金があるだろう？　何でそんなに溜めこんだ？」

「返すつもりだった！」チェイスが叫ぶ。しかし大男のボディガードに頭を押さえつけられたままなので、声はくぐもっている。「いつでも返せたんだ！」

「だったら、本当に返してくれていればねえ」ザネッティが残念そうに言った。「シニョーレ・ギャロの顧客は、我々にとっても大事な客だ。わざわざ金を払ってくれる人間を殺したら、商売にならない」

「だったらどうして、チェイスを拉致した？　どうして殺す？」

「ミスタ・チェイスに関しては、我々も動向を監視していた。何しろ負け分が大きいものでね。そうしていたら、あんたが突然レーダーに引っかかってきた。これは天の配剤だと、俺は感謝したね。拉致したのはもちろん、あんたを誘《おび》き寄せるためだ。まあ、ミスタ・チェイスは殺すまでもないんだが、ごく稀《まれ》に、見せしめも必要でね」

「彼は将来有望な野球選手なんだぞ！　生かしておけば、金になる」何で俺がマフィアみたいなことを言っているんだ、と自分で疑問に思った。

「その可能性は低いと、我々は判断した。西海岸の仲間で、ドジャースのためなら何でもやるという男がいる。彼のスカウティングレポートでは、彼がドジャースに昇格して定着する確率は極めて低い。金にならない人間を生かしておいても意味がない」

「やめろ！」チェイスが叫んだが、何の効果もない。今は怪我しているうえに、自分よりも大きな人間に押さえつけられている。自由に動けない状態では、命乞いするしかないはずだ。

「リリアンとエレノアはどこにいる？　お前たちが押さえているんだろう」

「ああ」ザネッティが車の後ろに回りこんできて、ドアを開けた。中にリリアンとエレノア……二人とも猿轡をかまされ、上体をロープで縛られてぐったりしている。

「無事なんだろうな」

「今のところは」

「何で彼女たちを拉致した？　関係ないだろう」

「関係ないこともないだろう。あんたはもう、事情を知ってるんじゃないか？」

「――ああ」

「この二人を拉致すれば、チェイスを引っ張り出すことができる。予想通りだったな。あまりにも予想通りで、面白くも何ともない。もう少し、予想外のことが起きた方が楽しめたよ」

「勝手なことを言うな！」

「まあ、そろそろいいだろう。面倒だから、全員まとめて始末して、おしまいだ」

意識が朦朧《もうろう》としてくる。俺は急いで首を激しく振り、何とか意識を尖らせた。前に二人、後ろに一人。俺の銃は足元にあり、拾い上げている余裕もない。手元にあるのは特殊警棒だけで、これではどうしようもないだろう。後ろの敵との距離は十ヤード（約9メートル）ほど。ザネッティはそれより少し近いところにいる。

打つ手なし、か。

「スナイダー、お前は最後だ。守るべき人間を目の前で殺されて、最悪の気分になった時に死んでもらう」

「あんた、性格悪いぞ」

「よく言われる。だからこの世界で生き残ってこられたんだ」

ザネッティが、車からリリアンとエレノアを引きずり出した。リリアンはぐったりして、濡れた額に髪の毛が張りついている。エレノアも意識がはっきりしない様子……何か薬を盛られているようだが、それでもリリアンをしっかり抱きしめていた。

ザネッティが、エレノアの肩を押さえて強引に座らせた。少し後ろに下がり、銃を引き抜いて後頭部を狙う。処刑スタイルでやるつもりか——。

「やめろ！」

俺は叫んだ。そこに銃声が重なる。しかし、倒れたのはチェイスだった。

「クソが！」ザネッティが吐き捨て、もう一度銃を構える。チェイスはその場に倒れたまま動かない。地面に血が流れ出していた。リリアンが撃たれると思って、反射的に身を投げ出したのだろう。

彼には——そうするだけの動機がある。リリアンのためなら死ねる動機が。

俺は急いでバイクのハンドルを握った。死ぬほど左肩が痛い——しかし必死に耐えてクラッチを握り、ギアをセカンドに入れた。このバイクの太いトルクなら、セカンド発進も思いのままだと分かっている。

クラッチがつながり、バイクが滑るように動き出した瞬間、俺は思い切りアクセルを開けた。フロントタイヤが宙に浮き、バイクのコントロールを失いかける。ザネッティが、こちらに銃を向けるのが見えた。発砲音、衝撃――俺は少しだけアクセルを緩め、バイクを左側に倒して、そのまま転がり落ちた。コントロールを失ったバイクは、大男を撥ね飛ばし、そのままメルセデスにぶつかった。ザネッティの銃弾がどこかに当たっていたのか、爆発するようにバイクから炎が上がる。

俺は、大男が落とした銃に飛びついた。ザネッティがこちらに銃を向ける。

その時、上を走るＦＤＲドライブから、二人の男が降ってきた。高さ五ヤード（約４・５メートル）はあろうかというのに、まったく平然と着地――ダブルＺがザネッティを背後から襲い、右手を押さえた。思い切り捻りあげると、ザネッティは銃を取り落とした。ダブルＺがザネッティの腕を摑んで振り回す。そこへミックが登場した。巨大な石のような拳を振り回し、胸元に右ストレート一発――ザネッティが、大袈裟ではなく宙を飛んだ。パンチが人間をあんなに飛ばせるものか……俺は、ジャック・デンプシー（一八九五〜一九八三年。ボクシング世界ヘビー級王者。生涯六十二勝六敗九分け、ＫＯ勝ちは五十。二十世紀初頭を代表するボクサー）が、アルゼンチンのルイス・アンジェロ・フィルポとの試合で、リングから叩き出されたという伝説を思い出した。子どもの頃から散々聞かされていた話だが、なにぶん俺が生まれる前の話であり、真偽のほどは分からない。

バイクから上がった炎が、メルセデスのボディを舐め始めた。そこに銃弾が一発──俺は首をすくめ、何とか振り向いて膝立ちの姿勢を取った。痛みのせいで、教科書通りの発砲とは言えなかったが、三発速射して、そのうち二発は間違いなく、バイクの男に命中した。男がゆっくりと、膝から崩れ落ちる。

「ザック！」呼びかけ、俺は彼に拳銃を放った。「あの男を制圧しろ」

「死んでると思いますよ」ザックが冷静に言った。このパニック状況の中で、意外に落ち着いている──それが頼もしい。軍務の経験も大きいだろうし、リズの教育はしっかりしているようだ。

さらに、リリアンたちの救出を──しかし俺が指示するまでもなく、ミックが燃えるバイクと車の影響がない場所まで、三人を引きずっていった。これでよし──。

しかし、ふいに背後に気配を感じる。巨漢が、バイクの直撃を受けたにもかかわらず立ち上がり、両手を挙げて俺の方へ向かってくる。額は血で濡れ、腕はぶるぶる震えていたし、足取りも怪しかったが、首でも摑まれたらおしまいだ。

俺は必死で立ち上がり、警棒を抜いた。男が声を挙げて襲いかかってくるところで、右腕を思い切り振り抜く。すっと伸びた警棒の先端が男の額を捉える。手応えあり――それでも男はまだ立っていたが、やがてぐらついて後ろ向きに倒れた。俺はその地響きをはっきり感じ、さらに肩の痛みを意識した。

「ジョー！」ミックが駆け寄って来る。

「騎兵隊、よくやった。三人は無事か？」

「ミスタ・チェイスは分かりません。肩を撃たれています！」

「救急車を呼べ。次の騎兵隊もそろそろ来るだろう」

ザックが俺の銃を拾い上げて戻って来た。

「完全に気絶してます。起きる気配はありません」

「安心するな――ザネッティはどうだ？」

「死んでなければいいですが」ザックがさらりと言って、ミックが顔をしかめる。

「心配するな、ミック。正当防衛だ。市警は感謝状を百枚ぐらい出してくれる。とにかく、この三人から目を離すな。もうすぐ援軍が来るはずだから、そいつらと協力して、この場を掌握してくれ。あと、リズにも連絡を。了解か？」

「了解」二人が声を揃えた。

「よし」俺はうなずいた。「じゃあ、俺はそろそろ気絶していいかな」

途端に世界が暗転した。

無事だった。世界が暗闇に溶けても、俺は死なない――死なずに済んだ。

入院二日目。銃弾は俺の肩を綺麗に貫通していて、手術は短時間で済んだ。麻酔が切れた後、痛みはまだ残っているが、これぐらいは想定内である。

想定内だと思っていたものの、ただ痛みに耐えるだけの時間は厳しい。

見舞いに来たリズは、渋い表情だった。俺がある頼み事をしたせいだ。彼女が嫌がるのは分かるが、これは絶好のチャンスである。この病院を出てしまったら、チェイスと直接話す機会はゼロに近くなるだろう。警察も事情聴取のチャンスを狙っている。ただしチェイスはあくまで被害者という見方で、急いではいないようだった。怪我が無事回復したら、あるいは退院したらでいいということになっているらしい。

リズに、チェイスの病室を探し出してもらった。

「行けるの？」

「さあな」俺はベッドから抜け出した。痛みよりも、体がふらつくのが辛い。丸一日寝ていただけなのに、もう体が鈍っているようだ。一ヵ月も入院したら、すっかり歩けなくなってしまうのではないだろうか。

「車椅子が必要かしら、ボス」

「まさか」

「ミックを呼んでくる？　彼が全力で車椅子を押したら、コニーアイランドのジェットコースターに乗るぐらいのスリルはあるわよ」

「ミックはどうしてる？」

「嘆き悲しんでる。せっかくの愛車が黒焦げになったんだから。保険も下りないみたい」

「それについては、申し訳ないと言っておいてくれ。必ず弁償する」

「大丈夫？　かなり高額らしいわよ」

「あのバイクのおかげで俺は助かったんだ。弁償しないと筋が通らない」

「じゃあ、自分で謝って。私はあなたの代理人じゃない」

「調査している方がよほど楽だな」俺は首を横に振った。「今のミックには、ジャイアンツとドジャースがニューヨークからいなくなった時の俺の気持ちが分かるだろう（両チームとも、一九五八年にニューヨークからそれぞれサンフランシスコ、ロサンゼルスに移転）」

「球団とバイクでは違うでしょう」リズが呆れたように言った。

「心に穴が空いたような気分になるのは同じじゃないかな。ミックには悪いことをした」

　結局俺は、時々リズの手を借りながら、チェイスの病室に移動した。同じ病棟にあるのだが、俺の病室は五階、チェイスの方は三階。エレベーターが使えるから階数が違うのは問題ないのだが、ちょうど病棟の東の端と西の端に位置しているようで、結構な長距離を歩かなければならないのがきつい。途中で二回、手すりに摑まって休憩しなければならなかった。

　リズが最初に、病室に顔を出す。振り返って、俺に向かってうなずきかけた。俺は痛む体を何とか動かし、病室に入った。

　チェイスの方が、俺よりもよほど重傷に見えた。ベッドに横たわり、何本ものチューブが体につながり、心電図だろうか、小さなモニターからは定期的な電子音も聞こえてくる。今にも死にそうな重病人という感じだった。

　俺はベッドの近くにある椅子を引いて座った。リズはドア横の壁に背中を預けて立つ。チェイスがゆっくりと目を開いて、俺の顔を見た。目の焦点が合うと、いきなり大きく見開く。

「あんたは……」

「ジョー・スナイダー。探偵です。結果的にあんたをこの事件に巻きこんでしまった。申し訳ない」

「いえ……助けてくれたんでしょう？」

「正確には、俺の仲間が。俺も撃たれて、何もできなかった」俺は右手で左肩を指差した。「しかし、あんたの方が大変だ」

「俺の夏は終わりましたよ」チェイスが溜息をついた。

「プレーできない？」

「右腕は元には戻らない」

「絶対に？」

「医者の見立てでは。トレーナーが何を言うかは分からないけど、トレーナーは銃による怪我なんか見たことないでしょうね」

「ああ。この病院の見立ての方が正しいと思う。とにかく、あんたには謝りたかった。俺のせいで、あんたはこの件に巻きこまれたんだ」

「いったい何なんですか」

俺は、ヤンキースから調査依頼を受けたことから正直に話した。調査途中でチェイスが襲われてリリアンが誘拐され、ヤンキースの調査は打ち切りになったこと。その後チェイス自身が拉致され、両親に身代金要求が来たこと。

「親父は、払ったんですか？」

「……いや。警察が、こういう時のために偽札を用意していた」

「やっぱりな」チェイスが溜息をつく。「親父にとっては、俺なんかどうでもいいんです。親父の中では、学者がこの世で最高の存在なんですよ。大統領よりも、メジャーでMVPを取るよりも、研究活動を続けていくことの方が偉いと思ってる」

「あんたのお父さんとは、そういう話もしたよ」

「いけすかない親父でしょう？」チェイスが皮肉っぽく言った。死にそうに見えたのだが意外に元気で、口調はしっかりしている。これなら何とか話し続けられそうだ。

「あんたにとってはいけすかない親父かもしれないし、俺も必ずしも全面的に賛成はできないが、あんたの態度もどうかと思う。反発の仕方が、子どもみたいじゃないか。ニューヨークを離れてバトンルージュに行ったのも、両親に対する単なる反抗だったんじゃないか？」

「昔の話」チェイスが体を捩る。「ティーンネイジャーだったんだぜ？　誰だって親に反抗する。それに俺は、誘われたからＬＳＵに行っただけだ。俺の力を買ってくれる人がいたから……ドジャースに入ったのも同じ理由だ。何かおかしいか？　アメリカはチャンスの国なんだから、自分を高みに引っ張り上げてくれる人間がいたら、そこに飛びつくのは普通じゃないか」

「だったら、大学時代にギャンブルに手を出したり、子どもを作ったりしたのはどうしてだ？」

「子どもは――」チェイスが声を張り上げかけたが、結局口をつぐんでしまう。

俺は両手を組み合わせた。肩の怪我はまったく癒えておらず、左腕を動かすだけで激痛が走るのだが、何とか身じろぎせずに済んだ。

「バトンルージュでの君の行動も調べた。あんたは学生時代、アナ・デイビスという女性とつき合っていた。ニコルソン・ボーイズ——いや、ニコルソンズの一員だったね。あんたたちはフィルズ・ダグアウトの客、彼女は店員という違いはあったが、同じ大学の仲間でもあった。彼女は妊娠した。そして女の子が生まれた。しかしその直後、アナ・デイビスは亡くなっている。産後のひだちがよくなく、娘さんを産んでわずか四日後に……その時あんたは遠征に出ていて、バトンルージュにいなかった。彼女が亡くなったのを知ったのは、大学に戻ってからだろう」

「プライベートだ」チェイスが証言を拒否する。

「分かってる」俺はうなずいた。「だけど、そこから全てが始まっているんだ」

「ああ……」チェイスが惚《とぼ》けたような声を出した。

「アナ・デイビスは、妊娠した事実をひた隠しにしていた。お腹《なか》が目立つようになると、フィルズ・ダグアウトの仕事を辞め、大学へも出ていかなくなった。それで一人でひっそり子どもを産んだんだ。あんたはどうするつもりだったんだ？」

「もちろん、彼女と結婚して子どもを育てるつもりだった。学生時代に子どもができたって、全然おかしくないだろう」

「しかしあんたは、他にも複数の女性とつき合っていた」俺は指摘した。「これは噂で、裏が取れたわけじゃない。もちろん、二十歳そこそこだったら、一人の女性に縛られるのを嫌がるのもおかしくないと思う。ましてやあんたは、野球の腕に絶対の自信を持っていたはずだ。大学で活躍して、プロでもやっていけると思っていただろう。これから広い世界に出て行こうとするあんたにとって、アナ・デイビスの存在は邪魔だったんじゃないか？」

「ふざけるな！」チェイスが叫んだ。顔面は蒼白《そうはく》——怒っているのか痛みに耐えているのかは分からない。

「じゃあ、あんたにとって、アナ・デイビスはどんな存在だったんだ？」

「もちろん、大事な存在だ」

「でも、他の女の子ともつき合いがあった」

「俺が誘ったわけじゃない！　向こうから寄ってくるんだから、しょうがないだろう」

「分かった」俺はうなずいた。彼の女性問題を蒸し返しても仕方がない。「彼女は亡くなり、あんたと娘さんは取り残された。あんたはどうするつもりだったんだ？　この件は、ご両親は知っていたのか」

「知らない。言うわけがないだろう。両親には関係ないんだから」

「でも、あんたが子育てをしていた形跡はない。相変わらず呑気にディスコ通いをして、女の子と遊んで、独身生活を満喫していたみたいじゃないか」

「独身なんだから、何の問題がある？」

「ないよ。ただ、あんたの娘さんは、どこにいたんだろう――と思って調べた」

俺は右手を少し上げて、後ろに控えるリズに合図した。ここから先は君の出番――振り返ってうなずきかけたいところだが、そんな動きをしたら、痛みで気絶してしまうかもしれない。

リズが壁から離れてこちらに近づいて来る。彼女のヒールが床を打つ音は金属質で甲高く、俺の気持ちを苛立《いらだ》たせた。彼女は服装に関するTPOを重視する女性で、尾行や張り込みの時には、足が疲れないようにゴム底の運動靴を愛用する。一方、依頼人に結果を報告したりする時は、かっちりしたスーツにハイヒールだ。今日も同じ――グレーのパンツスーツに、シンプルな白いブラウス、紺色のハイヒールという格好である。ウォール街で働く有能なトレーダーか、広告業界の風雲児になろうとしている若き女性社長という雰囲気である。昔は――五年ほど前までは、こういう格好をしていると、老舗銀行の頭取秘書という感じだったのだが、今はぐっと貫禄《かんろく》と信頼感が出て、彼女自身に秘書が必要な感じになっている。静かな、頼り甲斐のある口調で話し出す。

「ある女の子のことを調べました。リリアン・ジョーンズ。母親はエレノア・ジョーンズ。リリアンは、正式には彼女の養女です。そして彼女の旧姓はエレノア・デイビス。結婚して姓が変わりました」俺の横に立ったリズが手帳を広げる。本当は、こういう情報は全て頭に入っているはずだが、手帳を見て話した方が、相手に信頼感を与えられるものだ。「エレノアの実の妹の名前が、アナ・デイビスです。二人の血縁関係は、書類でも他の調査でも裏づけられました」

俺が病院で動けないでいる間に、リズは必死で走り回って証拠を揃えていた。決定打は、エレノアの証言である。彼女は、書類で分かった事実を全て追認した。あまりにも酷《ひど》い事件に巻きこまれたせいか、彼女も放心状態で、リズの質問にはひたすら素直に答えていたという。さらに、離婚した夫のマイケルも、この事実を認めた——という最終報告を、俺も先ほど聞いたばかりだった。

「つまりあんたは、アナ・デイビスとの間に生まれた娘さん、リリアンを、アナの実姉であるエレノアに預け、正式に彼女の養子にした」俺は結論を口にした。

「俺に……他にどんな選択肢があったって言うんだよ」チェイスが吐き捨てる。「俺は大リーグに行くつもり——行けると思っていた。だけど、一人で子どもを育てながらメジャーの階段を上がっていくなんて、不可能だろう」

「だからリリアンを預けた——それは分かります。でもあなたは、それで終わりにしなかった。リリアンが誘拐されたのは、そもそもあなたとリリアンが会っていた時です」リズが指摘した。

「俺はその様子を見ていた——実際、あんたを尾行していたからな。最初から様子がおかしいと思っていたんだ。リリアンはまるで実の子どものように、あんたに懐いていた。あんたが本当の父親だということを知っていたのか？」

「いや、教えていなかった」

「じゃあ、リリアンにとってあんたは……」

「親戚、ということにしておいた。優しい親戚のお兄さんだ」

しかしリリアンの懐き方は、「親戚のお兄さん」に対するそれではなかった。事実として知らなかったにしても、実の父親の匂いを嗅ぎ取っていたのだろうか。

「あんた、リリアンには頻繁に会ってたのか？」

「いや、オフの時だけだ。俺はシーズン中、西海岸にいるから」

「養子に出しても、自分の娘だという意識はあったわけだ」

「そりゃそうだ」

「いずれ、自分が父親だと明かすつもりだったのか？」

「俺がメジャーに定着して……」

チェイスが黙りこむ。左手で、包帯が巻かれた右腕に触れる。腕だけでなく、撃たれた肩も重傷のはずだ。もしかしたら、生活に支障をきたすほどに。野球どころではないかもしれない。

「だからリリアンを庇ったのか？」

ザネッティがリリアンとエレノアを撃つ直前、チェイスが身を投げ出して二人を庇った――自殺行為である。そしてあのぎりぎりの状況で、「人として」あんなことができるとは限らない。いや、多くの人が動けないだろう。血が繋がっていて、親としての愛があるからこそ、自分を犠牲にできた。それこそ、彼の血の印なのだろう。実際チェイスは、撃たれて死んでいたかもしれないのだ。しかし今の彼の状況が、死ぬよりましだと言えるかどうか。

「リリアンが誘拐された時、どう思った？」

「どう？　……俺は気を失っていた。リリアンが拉致されたことも分からなかったんだ」

「その後は……実の娘さんが誘拐されたんだよ。ショックだったよな？」

「ああ」

「エレノアは、俺に身代金の受け渡しを依頼してきた。ほとんど知らない探偵に、だ。異常な状況ではあるけど、それはちょっとあり得ない判断だ。普通は警察に任せるだろう」

「あんたが、『役にたつことがあれば手伝う』と言ったそうじゃないか。彼女はパニックになって、その言葉に頼ったんだ」

「一つ、分からないことがある」俺は人差し指を立てた。「金だ。エレノアは十万ドルを払った。大金だぞ。エレノアも働いているとはいえ、そんなに豊かなわけじゃない。別れた元夫からもらえる金も、それほど多額じゃないだろう。しかし彼女は、あっさり十万ドルを用意した。どういうことだ？」

「俺だよ」チェイスが認めた。「俺の十万ドルを融通した」

「あんたは入院中だった」

「銀行は、電話一本で動いてくれる。俺はいい顧客なんだ」

「それをエレノアに渡した――銀行経由で」

「ああ」

「それでリリアンは無事に帰って来た。しかし今度は、あんたが誘拐された。何があったんだ？」

「リリアンとエレノアが、病院から連れ去られたんだ。正確には、病院を抜け出したところで、待ち構えていたザネッティの手下に拉致された」

「二人は、自分の意思で退院しようとしたのか？」

「リリアンも、怪我していたわけじゃなかった。あの子は、医者が大嫌いなんだ。病院が我慢できなかったんだろうな。夜明けにぐずり出して、仕方ないからエレノアが家に連れて帰ろうとして……病院を出たら……」

「拉致された」

「その後に、俺のところにメッセンジャーが来たんだ」

「ザネッティ一家の？」

「女性だった。カードを置いて、すぐに出て行って——俺は、相手がザネッティ一家の女だとすぐに分かった」

「マニキュアだな」俺は手の甲を彼の方へ向けて、爪を示した。「中指にだけ黒いマニキュアを塗るのが、ザネッティ一家の女の決まりだ。あんたはそれを知っていた」

「ああ」チェイスがうなずく。「それで俺は病院を抜け出して、向こうが指定した場所に行った」

「場所は？」

「リトル・イタリーにある倉庫だった。そこにしばらく閉じこめられていて——出る時に、リリアンとエレノアが連れて来られた。二人とも、何か薬を与えられていたようで、ぐったりしていて——クソ、俺は何もできなかった」

「そういう状況で何かできるのは、スーパーマンぐらいだ」

「結局あんたが助けてくれた」チェイスが溜息をついた。

「いや、この件のそもそもの原因は、俺かもしれない。俺は、ザネッティの右腕だった弟を、刑務所にぶちこんだ。それ以来、ザネッティ一家は下り坂なんだ。俺を恨んでいて当然——奴らは俺をはめて殺すために、あんたたちを拉致したんだ。それで俺を交渉役にして引っ張り出して——あの場所に行って、ザネッティを見た瞬間に、俺は真相を悟ったよ。俺があいつの恨みを買わなければ、あんたたちを巻きこむことはなかったと思う。その件については謝罪する」

「謝られてもな……もう、取り返しがつかない」

本当はそれだけではない。ザネッティは異常に執念深く、しかも下らない演出が好きな芝居がかった人間だということが分かった。

イーストリバー・パーク。

あそこは、ジム・ジャックマンが……二十年前、若きロックンロールスターとして栄光の舞台に足を踏み入れていたダブルJが、罪を犯した場所なのだ。

俺は、ミックに五ヤード吹っ飛ばされたザネッティに、辛うじて話を聴くことができ、そこで意外な事実を知った。二十年前、ザネッティ一家は音楽ビジネスにも噛んでおり、ジャックマンは彼らにとって大事な商品だったというのだ。もちろん表向き、ジャックマンはマフィアとは何の関係もなかった。しかし裏ではザネッティ一家が絡み、密かに金を吸い上げるプランを立てていたのだという。俺がジャックマンの犯罪を密かに暴き——警察には知らせなかった——彼が歌手稼業を引退して実家に引っこむのと交換で責任を追及しない、という約束を交わしたのだ。

ジャックマンは実際にカンザスの実家に帰り、農場を継いだ。時々地元の酒場で歌って、栄光のかけらのようなものを味わって暮らしているらしい。お前が余計なことをしたせいで、俺たちは何百万ドルも損をした――それがザネッティの言い分だった。

俺は何も言わなかったが、それはザネッティの短絡的な考えだと思う。俺が暴かなくても、いずれ市警はジャックマンの犯罪を立証しただろう。そうすれば全ては明らかになり、多くの人がスキャンダルまみれになったはずだ。ザネッティ一家も、その影響を受けていたかもしれない。

俺はある意味、事件を潰して闇に葬った。ザネッティ一家にとってもプラスになったはずだ。当時、奴らが絡んでいる事情を知っていたら、もう少し別の手を取ったかもしれないが。

いずれにせよ、ザネッティにとっては、犯行現場――どうしてそこが犯行現場だと知ったかは分からないが――で俺を追い詰めるのが、いかにも復讐として相応《ふさわ》しい感じだったのだろう。

間抜けとしか言いようがない。

俺を殺すつもりだったら、この二十年、いくらでもチャンスがあったはずだ。俺は基本的に一人で動いていて、背中を守ってくれる人が常にいたわけではないのだから。虎視眈々《こしたんたん》と復讐の用意を整え、相応しい舞台を準備していたとしたら、その執念は……いや、やはりザネッティ一家は間抜けだから、どこかで失敗していただろう。間抜けだからこそ、ラテン系のギャングに闇のビジネスを奪われかけているわけだ。

　ニューヨークにおけるイタリアン・マフィアの凋落を象徴するような話だ。

「今回の件については謝罪する」俺は改めて謝った。「ただし、俺からも一言言わせてくれ」

「どうぞ」チェイスは平然としていた。

「元々は、あんたがギャンブルで借金を作ったことが原因だ。プロスポーツ選手がスポーツ賭博をすること自体が問題だろう？　だけど、借金をちゃんと返していれば、何の問題も起きなかった。あんたは、ザネッティ一家にとっても、ただのいいカモだったんだよ。借金を返せないほど、金に困っていたのか？」

「マイナーの選手なんて、全然金にならないよ。ニューヨークで、メッセンジャーボーイの仕事をしている方がよほど儲かる。チップもたんまりもらえるしな」

「払えなかったのか」

「そういうわけじゃない。実際、貯金はしていたわけだし……借金なんていつでも返せる。そう思って、面倒臭くなって放っておいたんだ。それでこんなことになってしまった」

「ミスだ。あんたは世間知らずだった」

「それは……そうだ」苦しそうな表情でチェイスが認める。

「あんたはこれからどうするんだ？」怪我のことには触れずに俺は訊ねた。

「さあね。まだ何も決めてない」

「そうか……もうギャンブルには手を出さない方がいい。リリアンをまた悲しませることになる」

「年寄りの忠告は聞いておくよ」

チェイスが肩をすくめ、痛みのせいか上体を折り曲げた。

俺は何も言わずに立ち上がった。

チェイスには、痛みに耐える義務がある。これからずっと。

三日後、俺はまだ病院にいた。傷の治りが遅い、というのが医師の診断だった。

「歳も歳だから、無理しないでゆっくり治した方がいい」

そう言った医師は明らかに俺と同年輩だったので、ぶん殴ってやりたくなったが、肩が言うことを聞かないのでどうしようもない。

予想外の見舞客が来たのは、その診断が下りてすぐだった。

マット・ハリス。

「やあ」ハリスは、どこか居心地悪そうに挨拶した。

「動けない人間を攻撃するのは、人道に反してますよ」

「そんなつもりじゃない。君に謝ろうと思って来たんだ」

「謝る？」

「座っても？」

「どうぞ。ここの椅子は、あなたのキャディラックのシートに比べれば、座り心地はよくないと思うけど」

ハリスが椅子に腰を下ろした。俺のベッドとは少し距離を置いている。

「私の依頼がきっかけになって、君は死ぬところだった」

「探偵として、いろいろ危ないことも経験してきましたけど、今回が一番危なかったかな」俺は肩をすくめた。無事な右肩だけで肩をすくめる技を、俺はいつの間にか身につけていた。

「それに関して、ヤンキースとして、お見舞金を出したい」

口止め料だ、とピンときた。俺はゆっくりと首を横に振った。

「探偵として、規定の料金はもらっています。この件は、ヤンキースとの契約が打ち切られてから起きたものですから、私個人の問題です。ヤンキースから見舞金をもらう理由はない――それに、この件で私が経験したこと、知ったことを、誰かに漏らす恐れは絶対にありません」

ハリスがゆっくりと息を吐いて、背筋を伸ばした。

「それを信じていいのか？」

「ずっとそうやってきました。おかげで一財産築くチャンスは何度も逃しましたけど、そんなに貧乏しているわけでもない」

「金にもならない、死にかけることもある——だったら君は、どうして探偵なんかやってるんだ？」

「メジャーリーガーと同じだ。彼らも子どもの頃から野球ばかりやってきて、それしか知らずに超一流になった人ばかりでしょう。私も若い頃から探偵の仕事ばかりをやってきたので、これしかできない」

「なるほど……実は、先ほどチェイスに会ってきた」

「元気でしたか？」

「あれを元気というなら、うちの選手たちはどうなる？」

「超人でしょうね——どうしてチェイスに会ったんですか？」

「自分でも分からん。しかし、残念だという気持ちを伝えておく必要があると思ったんだ。ヤンキースが目をつけていて、しかしこういう結果になってしまった。怪我がなければ……と言っておいたよ。君が調べ上げた、彼の不良行為については何も言わなかった」

「結局、私の調査は何の役にも立たなかったわけですね」

「何かもっと上手い手があったかもしれないが……どうしようもないな」

「残念です。私もまだ、探偵として未熟ということです」

「その歳で？」

「野球選手と違って、探偵は永遠に成長し続けるものです――チェイスはどうですか？　彼は私より重傷だ」

「今回の件が明らかになって、新聞には彼の名前も出てしまったからな。誘拐事件の被害者ではあるが、そういう選手を、ヤンキースは――」

「私が言っているのは、怪我の具合のことです」

ハリスがゆっくりと首を横に振った。駄目か……右腕、そして右肩の負傷は致命的だろう。右利きのキャッチャーが右腕を失ったのだ。投げるだけでなく、打つ方にも大きな影響が出るだろう。彼自身、そのことは分かっていたはずだが、さほど悔しそうにしていなかったのが、俺には意外だった。

「チェイス、落ちこんでいましたか？」

「いや、それがそうでもないんだ。私には理解できないが、彼にとって、野球は最優先のものではないようだ」

「元々野球に夢中になったのも、両親に対する反発からです。だから、何が何でも野球……というわけではなかったんでしょうね」

「ドジャースも、彼と契約を続けるのは難しいだろう。これからどうやって暮らしていくのかね」ハリスが溜息をついた。

「私に見舞金を出す予定だったなら、それをチェイスも回してもらっても――」

「それは筋が違う」ハリスがあっさり否定した。

「そうですか……それで、来年のヤンキースのキャッチャーはどうするんですか？」

「ここだけの話、トロントにいるリック・セローン（一九五四年〜。ブルージェイズ、ヤンキースなどを渡り歩き、一九七五年から一九九二年まで現役。通算九百九十八安打、五十九本塁打。一九八〇年にヤンキースに加入し、この年百四十七試合に出場している）に目をつけている」

「知らない選手です」

「トロントの選手なんか、誰が気にしてる？」ハリスが嘲笑った。「ただし、彼は有望株だ。今年は百三十六試合に出ている。打つ方は大したことはない――チェイスの方が遥《はる》かに上だが、守備がいい。肩が強いんだ」

「あなたが目をつけているなら、間違いない選手なんでしょう」

「そうだといいんだが……とにかく、君にはいろいろ迷惑をかけた。謝っておかないと、寝覚めが悪いんでね」

「先を越されましたよ」俺は言った。「退院したら、あなたに謝りに行かなければいけないと思っていた」

「だったら、これでお互いに完了ということで」

ハリスが立ち上がり、右手を差し出した。俺はすぐに手を出し、彼の手を握った。分厚い手は、年齢を重ねても、やはり長年野球に関わってきた人、という印象を与える。

「――そうだ、見舞金は受け取れませんけど、他のことを頼んでいいですか？」

「私にできることなら」

「来年の年間シートを二つ、いただければ」

「うちの年間シートがいくらするか、知ってるのか？」ハリスが目を見開く。

「あなたが想定していた見舞金より高い？」

「いや、まあ……いい。今、うちを応援してくれるのは自虐的なファンだけだ。それでも、球場に来てくれる人は多い方がいい。手配するよ。君には、その権利があると思う」

「身に余る光栄です」

死にかけた対価が、ヤンキー・スタジアムの年間シート。

俺は自分の価値を見失っていた。

撃たれてから一週間後、俺はようやく退院許可を得た。肩はまだ痛むが、何とか一人で日常生活をこなせるぐらいには回復している——具体的には一人でシャワーを浴びて着替えができる——との判断だった。

チェイスはまだ入院生活を強いられている。撃たれた右肩の腱《けん》が切れており、その再建手術が必要だという話だった。フランク・ジョーブ（一九二五〜二〇一四年。アメリカの整形外科医。ドジャースの医療コンサルタント。負傷箇所に自分の腱を移植する「トミー・ジョン手術」の第一人者であり、日本人の野球選手も多く治療を受けた）を呼んでくるという話も出ているそうだが、実際には難しいだろう。来季以降ドジャース、ないしその傘下でプレーするかどうか分からない選手に、高度な手術を受ける権利があるかどうか……担当医から密かに聞き出した話だと、再建手術を行った後は、長いリハビリ生活が必要になるということだった。野球？ 冗談じゃない。スローピッチのソフトボールでも無理だ。

今日は迎えは来ない。リズとヴィクが車を出そうと言ってくれたのだが、断った。退院したらまず、一人で訪ねたい場所があったのだ。

タクシーを拾い、エレノアの自宅へ向かう。リズの情報では、エレノアとリリアンは断続的に警察の事情聴取を受けていたのだが、それも一段落したという。ただし二人とも精神的ショックが大きく、エレノアは一時的に仕事を休んでいるという。元夫のマイケルはクリーブランドへ帰って、そのまま。

ドアを開けたエレノアは、一瞬俺が誰なのか分からなかったようだ。しかし気づくと、思い切り渋い表情を浮かべる。

「お話しすることはありませんが」

「謝罪に来ただけです。今回の件は――あなたたちが拉致された件は、私にも責任があります」

「どういうことですか？」

「それを説明させて下さい。込みいった話なんです」

「――どうぞ」

エレノアがドアを大きく開いた。俺は目礼して家の中に入りこんだ。

ダイニングテーブルに誘導される。肩を庇って慎重に座ると、エレノアは「コーヒーでも？」と勧めてくれた。

「いただきます」

エレノアはすぐにコーヒーを用意してくれた。一口啜る――脳天を殴られたような衝撃が走った。たかがコーヒーで？　しかし、入院中はコーヒーを一滴も飲んでいなかったと思い出す。

「リリアンの具合はどうですか？」

「寝ています。あれからずっと時差ボケのような感じで、睡眠時間がおかしくなってしまったんですよ。夜は寝ないし、逆に午後になると、急に倒れるように寝てしまうし」

「ストレス、でしょうか」

「薬の影響もあるようです。血液検査をしたら、かなり特殊な麻酔薬を注射されていたことが分かりました。リリアンは体も小さいから、その影響が……永続的じゃないといいんですが」

「病院には通っているんですか」

「ええ」

「だったら、遠からず治ります。本当に大変だったら、病院も入院させているでしょう。あなたはどうですか？」

「私も、急に眠くなったり、体がだるかったりして、やっぱりおかしいです。いずれ薬の影響は抜けるという話ですけど、仕事は……リリアンの側についていないといけないので」

「大変ですね」

「ええ……それで、込みいった話というのは？」

俺は頭の中で必死に整理した事情を説明した。エレノアは途中で相槌《あいづち》も打たず、質問もせずに聞いていた。

「──妹さんのことは残念でした。妹さんが亡くならなければ、こういうこともなかったかもしれない」

「アナは子どもの頃から体が弱くて、一人暮らしをさせるのも心配だったんです。でも何とか頑張って、ダイナーで働いて、大学野球のスター選手とつき合うようになった、と聞きました」

「ラルフ・チェイス」

エレノアがうなずく。どこか悲しそうだった。妹がチェイスと会わなければ……とでも思っているのかもしれない。

「アナは奥手で、高校まではボーイフレンドもいなかったんです。私は心配して、たまにはデートぐらいしなさいってけしかけたんですけど……私は結婚が早かったせいもあって、妹のことが心配だったんですよ」

「あなたが結婚したのは、何歳の時ですか」

「二十二です。アナのことは子どもの頃から心配で心配で……だから、恋人ができたと打ち明けられた時は、驚きと喜びと両方でしたね。相手が大学のスター選手だっていうのが心配でしたけど」

「そういう人はモテますからね」

「ええ……でも、アナは嬉しそうだったから、私もよかったと思って。調べたら本当にLSUのスター選手でしたから、もしかしたら将来はメジャーリーガーの奥さんかな、とか……」エレノアの声が小さくなっていった。うつむき、両手を組み合わせて指をいじる。

「妹さんが妊娠していることは、いつ知ったんですか」

「知らなかったんです」エレノアがさっと顔を上げた。「アナは何も言わなかった……罪を犯したような気持ちだったかもしれません。だから……でも、病院から電話がかかってきて」

「産まれた後ですか？」

「ええ。子どもは元気だけど、アナの具合がよくないって。それで私、慌ててバトンルージュまで行ったんです。でもアナは回復しなくて……体が弱いのに無理するから」

エレノアが目の端を指で拭った。ハンカチを取り出して両手で握り締める。

「ラルフは？」

「彼は遠征に出ていて、子どもが産まれた時にもバトンルージュにいませんでした。アナの容態が急変して……」

「亡くなった」

エレノアがうなずくと、その勢いで溢れた涙がテーブルに落ちる。ハンカチを両目に押し当て、しばらくそのままにしていた。

「私が——私がリリアンを引き取ると言ったんです。うちは子どもがいなかったし、大学生の野球選手に子どもを育てられるわけがないでしょう。それしか方法を思いつかなかったんです」

「ラルフは納得したんですか？」

「納得もなにも、彼の方では何も手はなかったんです。それで、リリアンはニューヨークに来ました」

「でも、ラルフはリリアンに会っていましたよね？　父親だということは知らせずに」

「ええ。ラルフがどうしても、と」

「あなたもよく許しましたね」

「正直、ラルフには腹を立てていたこともあります。アナが妊娠した時に、彼の方でちゃんと連絡してくるべきでした。アナが、知らせたくないと言ったそうですけど、そこは説得しないと……私や他の家族がついていれば、アナは無事に生き残れたかもしれない。でも、ラルフも寂しかったんでしょう。血を分けた自分の子どもですからね」

だから、身を挺《てい》してリリアンを助けた。実の子どもであっても、なかなかできることではないだろう。

「だから私は、シーズンオフで彼がニューヨークへ戻って来ている時だけ、会うことを許したんです。リリアンも懐いて……感覚的に、父親だと分かったのかもしれません。それと――」

エレノアの告白は、俺に軽い衝撃を与えた。

そして、チェイスがクソ野郎だという固い結論を揺さぶったのだった。その印象は封印してロッカーにしまい、鍵をかけたのに。

俺はこれから鍵を開けなければならないのかもしれない。

その夜、俺はヴィクのピザレストランへ向かった。リズと事務所のスタッフも一緒だった。若い連中は旺盛な食欲を発揮して、ピザを次々に平らげていったが、俺は一切れ、二切れ摘んだだけ。あとはビールをちびちびと呑んでいた。食欲がないわけではないが、どうしても勢いよく食べる気になれない。酒も……退院したらすぐに、バーボンをたっぷり呑んでやろうと思っていたのだが、実際に日常に戻れると、強い酒の誘惑は消え失せてしまった。ビールで十分、という感じである。

「リズ、一つだけ新しく分かったことがある」

「退院したばかりでしょう、ボス?」リズが目を見開く。「調査している時間なんか、あったの?」

「ここへ来る前に、麗しきシングルマザーと話をしてきた」

「エレノア？」

「ああ」俺はうなずき、ビールを一口呑んだ。「エレノアは、リリアンが生まれた経緯、引き取った経緯、その後のチェイスとのやり取りも教えてくれた。その中で、俺が勘違い――というか思いこんでいたことが間違いだったと分かったんだ」

「それは？」

「俺は、チェイスが本物のクソ野郎だと思っていた。学生時代からギャンブルに溺れて、子どもを育てるなんて考えられずに、死んだ恋人の姉に押しつけた。それで、自分の都合のいい時だけ会いに来る、と」

「違うの？」

「違う」俺は事情を説明した。「一番勘違いしていたのは、ギャンブルのことだ。チェイスは、リリアンのためにギャンブルを始めたんだ」

「娘のために？」リズが眉をひそめる。「どういうこと？」

「何らかの形で、娘を育てる手助けをしたい――チェイスはＬＳＵのスター選手だったけど、それで金を稼げるわけじゃなかった。バイトをしている余裕もない。それで手を出したのがギャンブルだったんだ」

「危険過ぎる……そうよね？」

「でも、ビギナーズラックなのか、本当にギャンブルの才能があったのか、チェイスはかなり儲けていた。エレノアが、シングルマザーにしてはいい暮らしをしていたのも、チェイスの援助があったからなんだ。もちろんその金はリリアンのためにも使っていたし、将来のために貯金もしていたようだが」

「チェイスはジャービス・ペンドルトン（ジーン・ウェブスターの小説『あしながおじさん』の登場人物。孤児であるジュディを援助し続けた）だったわけ？」

「いや、実の父親だ。チェイスは、いつかリリアンと暮らしたいと言っていただろう？」先日事情聴取した時に聴いた話だった。

「ええ」

「チェイスはその件を、エレノアには切り出していなかったし、エレノアはあくまで母親としてリリアンを育てるつもりだから、チェイスが一緒に暮らすことを許すかどうかは分からない。でもチェイスは、その日を信じて、二人を援助し続けた。ただ、ギャンブルでは永遠に勝ち続けることはできない。チェイスは今年になって大負けして、二十万ドルもの借金ができた。しかし本人は呑気に構えていて、いつでも返せるとたかを括《くく》っていた」

「損したら、他の賭けで儲ければいい――ギャンブラーが失敗する、典型的なパターンね」

「ああ。ただ俺は、チェイスをクソ野郎と言えなくなってしまった。娘を思う気持ちは本物だと思うし、実際に娘を育てるための金を出していた。その原資がギャンブルというのはどうかと思うけど……しかし、気持ちは否定できない。しかも彼は、子どもの頃から積み上げてきたものを失ってしまった。これからは、リリアンと暮らすことも難しくなるかもしれない。まず、どうやって生きていくかだ」

「チェイスのご両親は？　息子を助けようとしないの？」

「難しいと思う。一度も見舞いにも行っていないそうだ」

「でもそこは、私たちが口を出せるところじゃない」自分を納得させるように、リズがうなずいた。

「ああ。ただし、チェイスから依頼があれば、両親との関係では俺が仲立ちしてもいい」

「今のチェイスから、依頼料はもらえないでしょう。それに、親子の関係を修復する――それはさすがに、探偵の仕事じゃないと思うわ。何でもかんでも手を出したら、いずれパンクするわよ」

「分かったよ。俺はそろそろ、商売を小さくしていくことを考えないといけない時期だしな」

自分で言って、侘しくなってしまった。

俺の退院祝いは、早々にお開きになった。店を早く出たヴィクが、車で家まで送ってくれる。

「若い人たちは、賑やかでいいわね」ヴィクが言った。

「うるさ過ぎるぐらいだけど、連中は仕事はできる。リズの教育は大したもんだよ」

「それで、あなたは？　どうするの？」

「ああ……」

「暖かいところの方が、傷の治りも早いんじゃない？」

「そうかもしれない。ただ、ちょっと考えたんだ」俺はシートの上で座り直した。

「俺は自分で勝手に、老けたと思いこんでいた。実際、体力は落ちているし、判断力も……でもそれは、一人で仕事をしているから感じるんだよな。リズたちと一緒だと、俺の弱点はカバーされる。逆に俺の経験が生きることもあるだろう」

「リズの事務所に入る？」

「それも悪くない……でも、彼女を『ボス』と呼ぶのには慣れないだろうな。実際には今までと同じように、必要な時に組んで仕事をするのが現実的だと思う」

「そうね。チームで仕事をするのはいいことだと思うけど、あなたは今まで何十年も一人でやってきた。そこは崩さなくてもいいんじゃない？　変えられるところを少し変えるだけで、ずいぶん変化すると思うわよ」

「そうだな」

「あら、素直なこと」

「俺も変わるよ──変わったよ。弱気になったのかもしれないけど」

「弱気になるのは悪いことじゃないわよ。それだけ用心深くなったたっていうことでしょう。今まで無茶し過ぎたのよ」

「まあな」

ヴィクの運転は丁寧で、ビールの軽い酔いも手伝って、俺は眠りに引きこまれそうになった。しかしシートの上で体がずれた瞬間、肩の痛みで意識が鮮明になる。

「君、引退はどこまで本気で考えてる？」

「引っ越す場所は検討してるわよ。不動産についても調べている。まず、住むところがないと」

「それは……もう少し先でもいいだろうか」

「あら、引退撤回？」ヴィクが面白そうに言った。

「正式には、引退するとは一度も言っていないけど」

「あら、そうだった？」

「どの街がいいとか、どんな家に住みたいとか、そんな話をしていたから、俺も引退のレールが敷かれていると思いこんでいた。でも、引退するとは一度も言っていない」

「まだ仕事に対する炎があるわけね」

「君もだろう？　店は上手くいってる――これからもさらに店を増やせるだろう」

「この商売を誰かにそっくり売り渡すことが、私の引退の条件だったんだけど」

「でも君も、ニューヨークは好きなんじゃないか？　この街以外で、何もすることがなくてのんびり暮らすなんてできるか？」

これがニューヨークの魔力である。この街には、あらゆるものがある。愛も、憎しみも、痛みも喜びも。その刺激を味わってしまうと、他の街では、自分が腑抜けのように感じてしまうだろう。

「一日中テレビを見るだけでしょうね。ゴルフは始めるかもしれないけど」

「そういう生活には、俺は耐えられないね。仮に引退するにしても、やっぱりこの街に住んでいる方がいいと思う。いつでも芝居を見に行けるし、野球だって――ヤンキースの来シーズンの年間シートを二席、確保した。今度こそ君を、野球好きにしてみせる」

「どうなるかは分からないけど、デートのお誘いなら嬉しいわ。たまには球場のホットドッグもいいかも」

「それとクラッカージャックで……引退しない理由はもう一つある」

「何？」

「ジョー、私に内緒でギャンブルに手を出していた？」咎《とが》めるような口調でヴィクが言った。

「借金だ」

「違う、違う。ザネッティをぶちのめした時に、ミックのバイクを駄目にした――というより、丸焼けにしてしまった」

「あらあら」

「弁償することにしたんだ。俺がローンを組んで、新しいバイクを買う。しかし、日本のバイクっていうのは、どうしてこう高いのかね。必死で仕事をしないと、とても返せない。というわけで、しばらくは探偵仕事を頑張るしかないんだ」

「それは……仕事の動機としてはありなのか、なしなのか」

「若い奴をがっかりさせたんだから、ちゃんと取り戻してやらないと」

「それは、歳取った人間の義務ね」

「歳取った、はやめてくれよ」

「はいはい」

ヴィクが手を伸ばし、俺の左手に自分の右手を重ねた。初めて彼女の手に触れてから二十年……互いに年齢を重ね、俺の手には皺が目立つようになって皮膚も硬くなっているが、彼女の手は二十年前と同じように柔らかく、温かい。

これからどこへ行こうが、何をしようが、一つだけ変わらないことがある。
俺は必ずヴィクの近くにいる。

本書は文庫書下ろし作品です。

|著者|堂場瞬一　1963年茨城県生まれ。2000年、『８年』で第13回小説すばる新人賞を受賞。警察小説、スポーツ小説など多彩なジャンルで意欲的に作品を発表し続けている。著書に「支援課」「刑事・鳴沢了」「警視庁失踪課・高城賢吾」「警視庁追跡捜査係」「アナザーフェイス」「刑事の挑戦・一之瀬拓真」「捜査一課・澤村慶司」「ラストライン」「ボーダーズ」などのシリーズ作品のほか、『ピットフォール』『ラットトラップ』『赤の呪縛』『大連合』『聖刻』『0 ZERO』『小さき王たち』『焦土の刑事』『動乱の刑事』『沃野の刑事』『鷹の系譜』『鷹の惑い』『オリンピックを殺す日』『風の値段』『ザ・ミッション THE MISSION』『デモクラシー』『ロング・ロード 探偵・須賀大河』『守護者の傷』など多数がある。

ブラッドマーク

堂《どう》場《ば》瞬一《しゅんいち》

講談社文庫

定価はカバーに
表示してあります

2024年５月15日第１刷発行

KODANSHA

発行者――森田浩章
発行所――株式会社　講談社
東京都文京区音羽2-12-21　〒112-8001
電話　出版（03）5395-3510
　　　販売（03）5395-5817
　　　業務（03）5395-3615

デザイン―菊地信義
本文データ制作―講談社デジタル製作
印刷―――中央精版印刷株式会社
製本―――中央精版印刷株式会社

Printed in Japan

ISBN978-4-06-535098-0

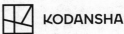

講談社文庫刊行の辞

二十一世紀の到来を目睫に望みながら、われわれはいま、人類史上かつて例を見ない巨大な転換期をむかえようとしている。

世界も、日本も、激動の予兆に対する期待とおののきを内に蔵して、未知の時代に歩み入ろうとしている。このときにあたり、創業の人野間清治の「ナショナル・エデュケイター」への志を現代に甦らせようと意図して、われわれはここに古今の文芸作品はいうまでもなく、ひろく人文・社会・自然の諸科学から東西の名著を網羅する、新しい綜合文庫の発刊を決意した。

激動の転換期はまた断絶の時代である。われわれは戦後二十五年間の出版文化のありかたへの深い反省をこめて、この断絶の時代にあえて人間的な持続を求めようとする。いたずらに浮薄な商業主義のあだ花を追い求めることなく、長期にわたって良書に生命をあたえようとつとめるところにしか、今後の出版文化の真の繁栄はあり得ないと信じるからである。

同時にわれわれはこの綜合文庫の刊行を通じて、人文・社会・自然の諸科学が、結局人間の学にほかならないことを立証しようと願っている。かつて知識とは、「汝自身を知る」ことにつきていた。現代社会の瑣末な情報の氾濫のなかから、力強い知識の源泉を掘り起し、技術文明のただなかに、生きた人間の姿を復活させること。それこそわれわれの切なる希求である。

われわれは権威に盲従せず、俗流に媚びることなく、渾然一体となって日本の「草の根」をかたちづくる若く新しい世代の人々に、心をこめてこの新しい綜合文庫をおくり届けたい。それは知識の泉であるとともに感受性のふるさとであり、もっとも有機的に組織され、社会に開かれた万人のための大学をめざしている。大方の支援と協力を衷心より切望してやまない。

一九七一年七月

野間省一

石川桂郎

妻の温泉

石田波郷門下の俳人にして、小説の師は横光利一。元理髪師でもある謎多き作家が、「巧みな嘘」を操り読者を翻弄する。直木賞候補にもなった知られざる傑作短篇集。

解説=富岡幸一郎

978-4-06-535531-2
いAC1

大澤真幸

〈世界史〉の哲学 4 イスラーム篇

西洋社会と同様一神教の、かつ科学も文化も先進的だったイスラーム社会において、資本主義がなぜ発達しなかったのか？　知られざるイスラーム社会の本質に迫る。

解説=吉川浩満

978-4-06-535067-6
おZ5

長野まゆみ　45°〈ここだけの話〉

講談社文庫 目録

講談社文庫　目録

講談社文庫　目録

講談社文庫　目録

平岩弓枝　新装版 はやぶさ新八御用帳(九)〈王子稲荷の女〉
平岩弓枝　新装版 はやぶさ新八御用帳(十)〈幽霊屋敷の女〉
東野圭吾　放課後
東野圭吾　卒業
東野圭吾　学生街の殺人
東野圭吾　魔球
東野圭吾　十字屋敷のピエロ
東野圭吾　眠りの森
東野圭吾　宿命
東野圭吾　変身
東野圭吾　仮面山荘殺人事件
東野圭吾　天使の耳
東野圭吾　ある閉ざされた雪の山荘で
東野圭吾　同級生
東野圭吾　名探偵の呪縛
東野圭吾　むかし僕が死んだ家
東野圭吾　虹を操る少年
東野圭吾　パラレルワールド・ラブストーリー
東野圭吾　天空の蜂

東野圭吾　名探偵の掟
東野圭吾　悪意
東野圭吾　嘘をもうひとつだけ
東野圭吾　赤い指
東野圭吾　流星の絆
東野圭吾　新装版 浪花少年探偵団
東野圭吾　新装版 しのぶセンセにサヨナラ
東野圭吾　新参者
東野圭吾　麒麟の翼
東野圭吾　パラドックス13
東野圭吾　祈りの幕が下りる時
東野圭吾　危険なビーナス
東野圭吾　時《トキ》生《オ》〈新装版〉
東野圭吾　希望の糸
東野圭吾　どちらかが彼女を殺した〈新装版〉
東野圭吾　私が彼を殺した〈新装版〉
東野圭吾作家生活25周年祭り実行委員会　東野圭吾公式ガイド〈読者1万人が選んだ東野作品人気ランキング発表〉
東野圭吾作家生活35周年実行委員会 編　東野圭吾公式ガイド〈作家生活35周年ver.〉
平野啓一郎　高瀬川

平野啓一郎　ドーン
平野啓一郎　空白を満たしなさい(上)(下)
百田尚樹　永遠の0《ゼロ》
百田尚樹　輝く夜
百田尚樹　風の中のマリア
百田尚樹　影法師
百田尚樹　ボックス!(上)(下)
百田尚樹　海賊とよばれた男(上)(下)
平田オリザ　幕が上がる
東直子　さようなら窓
蛭田亜紗子　凜
樋口卓治　ボクの妻と結婚してください。
樋口卓治　続・ボクの妻と結婚してください。
樋口卓治　喋る男
平山夢明　〈大江戸怪談どたんばたん(土壇場譚)〉魂《たま》豆《どう》腐《ふ》
平山夢明 宇佐美まことほか　超怖い物件
東川篤哉　純喫茶「一服堂」の四季
東川篤哉　居酒屋「一服亭」の四季
東山彰良　流《りゅう》